行
者

从 阅 读 走 进 现 实
k n o w l e d g e · p o w e r

knowledge-power

读行者

迟到的文明

袁伟时 著

线装书局

图书在版编目（CIP）数据

迟到的文明 / 袁伟时著. — 北京：线装书局，
2013.11

ISBN 978-7-5120-1122-9

I. ①迟⋯ Ⅱ. ①袁⋯ Ⅲ. ①中华文化 – 研究
Ⅳ. ①K203

中国版本图书馆 CIP 数据核字（2013）第 273305 号

迟到的文明

著　　者：	袁伟时
责任编辑：	杜　语　孙嘉镇 ·
出版发行：	线装书局

地　　址：北京市西城区鼓楼西大街41号（100009）

电　　话：010-64045283　64041012

网　　址：www.xzhbc.com

经　　销：	新华书店
印　　刷：	北京鹏润伟业印刷有限公司
开　　本：	640mm×960mm　1/16
印　　张：	19.5
字　　数：	250千字
版　　次：	2014年3月第1版　2014年3月第1次印刷
印　　数：	15000册

定　　价：	38.00元

目录
CONTENTS

1

第三辑　现代文明的标杆 / 193

自序：叩问现代文明迟到的斯芬克斯之谜

这部书的出版拖延了好些时候。一部书迟到，司空见惯，作者、编者都有点麻木了。

一个国家在历史行程中迟到，这可是大事！随之而来的是谁都不想见到的景象：冤魂、饿殍遍野，万千百姓化为厉鬼、人殉，甚至国家全境或部分地区沦为他国的殖民地。不幸，人类踏入现代文明后，东方各国大都成为迟到者，中国是其中突出的典型。

中国为什么会迟到？海内外历史研究者都在求索这个斯芬克斯之谜。

有话直说，原因无非两条：

第一，先天不足！

毫无疑义，祖先给我们留下了众多宝贵的文化积淀。摧毁文化遗产者，不外三种人：蠢货、疯子或罪犯！不过，同样毋容讳言的是中华传统文化也孕育了绵延不绝的宗法专制体系！在这个体系下，有非常不利于传统社会向现代社会转型的五大缺陷：

1. 个体的自由和尊严没有得到应有的保障。

以儒学为思想基础的宗法专制的核心是严格的上下、亲疏、贵贱等级体系——三纲六纪。直至秦代"君之于臣，父之于子，都是有生杀权的，到了后来则适用于君臣而不适用于父子之间了"。而直至清代仍然坚守"天下无不是的父母"的原则，"父母控子，即照所控办理，不必审讯"[①]。而在经济上，父母、祖父母在，不准"别籍异财"——分家和拥有私财，从而剥夺了个人独立的经济基础。

在三纲体系控制下，个人只是宗法关系中的一颗棋子，人际关系毫无平等可言。尽管清代县以下没有政府机构，体现三纲六纪秩序的族规、族法牢牢控制着每个人，个体的婚姻自由、经济活动自由、说话自由等等，无不被剥夺或受到严格的限制，个体的尊严和创造无从谈起。

2. 社会上没有经济活动的充分自由。

西方自古以来鼓励和保护贸易自由，支持海上牟利探险乃至掠夺，成为他们率先向现代社会转型的重要动力。

与他们相反，中国民人虽然可以按部就班，从事农耕、狩猎、手工业和一定范围的商业活动；可是，在重农轻商的传统下，有些跨越省区的贸易特别是到一些边疆从事经济活动，常在禁止之列；海外贸易更屡屡被禁。创办新式企业则要督抚甚至朝廷批准，机遇丧失殆尽。市场经济在政权重重压制下挣扎，传统社会向现代转型的生机被剥夺殆尽。

3. 思想文化领域尊圣宗经，没有思想和言论自由。

非圣渎经，罪不容赦，并且不准以夷变夏，堵塞了推动思想文化不断更新的内外动力，社会转型从而失去了方向和灵魂。

西方的宗教也禁锢思想，留下不少残酷镇压的记录。但在天主教内部也有保护异端的机制和为学术而学术的传统。加上民族国家的王权与大一统的神权矛盾，教内的革新和反叛，存在许多自由的空间。

4. 与西方封建分权、城市自治和相对独立的司法大异其趣，中国朝野把大一统奉为天经地义；没有保护个人权利的法治和地方自治，行

[①] 《瞿同祖法学论著集》第17、25页，中国政法大学出版社2004年北京版。

政与司法统一，商人、独立劳动者得不到发展经济必不可少的保护。

5. 不讲形式逻辑，科学和理性难于发展。对比一下先秦和古希腊、古罗马的思维方法差异和理论思维的高度，优长和弱点一目了然，何必讳疾忌医！

简单地说，不是中国人愚蠢，是祖传的僵化的制度和思想绳索捆住了他们的手脚，社会转型失去了内在的动力，遇到难于逾越的障碍。

第二，后天路径选择错误！

基础堵埂，自行转型艰辛；如果谨慎择路，见贤思齐，亦可减少赶路时间和代价。在闭关锁国环境下生长、见少识浅的中国知识阶层，打开国门后面对现代文明，同东方各国一样出现了欢迎和抗拒两大派。抗拒者固然辨不清方向；赞成向西方学习的人士在惊叹西方富强，艳羡其自由、民主的同时，遭遇19世纪以降席卷各国的极端思潮也眼花缭乱。如何看待主流文化和抗议黑暗的正义而偏激的思潮？这是一个世界性的难题。两端博弈中一误再误。他们在屈辱和激愤情绪支配下，冀图"毕其功于一役"，半醒半醉中成为极端思潮的俘虏。

一误于把来自西方的现代文明拒诸门外。

顶层从乾隆爷到慈禧；臣下愚昧如倭仁、刚毅；草莽无知如义和团，异口同声"不准以夷变夏"！更令人惊讶的是，博学睿智如梁廷枏也反对"师夷长技"！他说："天朝全盛之日，既资其力，又师其能，延其人而受其学，失体孰甚……反求胜夷之道于夷也，古今无是理也。"[1]即使大门被冲开，也坚守思想壁垒；现代文明的传播异常艰难！

二是沉溺于"革命"和夺权，而疏于具体制度建设。

经过鸦片战争后六十年的挣扎，20世纪第一个十年，大清帝国好不容易施行新政，开始进行现代社会的制度建设。辛亥革命打断了这个进

---

[1] 梁廷枏：《夷氛闻记》第172页，中华书局1959年北京版。

程，理应更执着全面更新社会运行规则——各项制度。不幸，国民党的夺权心态未变，一部旨在把权力从总统（袁世凯）那里夺到国民党手中的《临时约法》，打乱了力量平衡和三权分立的正常运作机制，引发了民国初年延绵不断的政争！①接踵而至的"二次革命""护法战争"、北洋各派内战、"国民革命"、国民党各派内战、国共内战、继续革命，人们热衷于相砍相杀，不愿包容反对者！

直至噩梦惊醒，只好从头做起，锐意改革开放。如果容许说句真话，那不过是赓续清末新政没有做完的事情！

为什么先天不足不能补足，后天的选择却屡屡出错？人，无论个体还是群体，行动都是受思想支配的。观念错了，一切皆错。制造偶像，编造信条，强迫或哄骗人们顶礼膜拜，这是历代统治者和暴民首领的愚民术。

历经瞩目惊心的沉沦、挫折，中国人理应大彻大悟，铭记血的教训，敢于冲破思想牢笼。

首先应该抛弃的是狭隘的民族、国家观念！

家国之恋，出自天然。问题在于怎样才有利于国家和民族的发展？固守传统，坚持"非我族类，其心必异"，拒绝学习其他国家和民族的先进文明，必然走入死胡同。

文明与野蛮永无止息的争斗，是人类历史的基本内容。每一个历史阶段，都有几个国家率先树立了文明的标杆。跟进还是抗拒？令人眼花缭乱的史剧围绕着这个轴心展开。

17世纪乃至更早，西欧、北美跑到前面去了。随着世界市场日益生长，世界逐步走向一体化，经济和思想、文化冲破一切障碍，在国际间

---

① 参阅拙作：《袁世凯与国民党：两极合力摧毁民初宪政》，摘要刊登于《品味·经典》2011年第一期第40—59页；《徐州师范大学学报》（双月刊）2011年第4期（98-106页）（7月15日出版）；全文见《江淮文史》2011年第3期第4—30页。

交流。是否接受现代文明，融入世界，成了国家和民族盛衰荣枯的生死线。偏偏在这样的时刻，中国的统治者和知识阶层却死抱着天朝大国心态不变，堵击现代文明，悲剧就上演了。

这个思想牢笼没有随清王朝坍塌而消逝。从孙文被封为文武周公孔孟道统的继承者，国民党中宣部宣扬的"中国本位文化"，到当下一些人洋洋得意鼓吹的"中国模式""反文化侵略""植根传统""儒家宪政"，如此等等，都是它的面目各异的修订版。

这样的蠢举长期无法纠正，在于它用"爱国"的华丽外衣包装自己。谁敢说半个不字，敢于揭露本国历史和现状的不足，谁就是"汉奸""卖国贼"！

是时候了，察古观今，中国人特别是知识阶层应该敢于大声宣告：先贤梦寐以求的大同世界——世界一体化正在敲门，欢迎各国、各民族的文化在中国争奇斗艳，当下各国的利益冲突都是可以化解的小波澜，不要一叶障目，不见泰山。

其次，应该告别阶级和阶层斗争偏执症！

各类人群，各个阶级和阶层有矛盾，但主导方面是各方有共同利益。中国百年动荡，知识阶层和政治家中一部分人思维偏执难辞其咎。沉溺革命，就要不断制造敌人。

撇开华丽言辞，清末革命党人心目中的的敌人是满族，他们要恢复大汉江山、汉官威仪。[①]辛亥革命后，北洋各派、国民党与各地方实力派、国民党内部各派忽友忽敌，变化之快，叹为观止。

中国共产党也走过不少弯路，其主要根源是以偏概全看待资本家和资产阶级，以及所谓依附他们的知识分子。这是把不应消灭和消灭不了的群体当作敌人。

---

① 参阅拙作：《昨天的中国》第82—106页，浙江大学出版社2012年杭州版。

资本的经营和管理活动是经济发展的最强大动力，不承认这一条等于抹杀市场经济在经济生活中的决定性作用。而且人力资本的作用越来越大，任何劳动者只要努力掌握和创造知识，都有可能上升为人力资本家。

要"改造资产阶级知识分子"？阶级、阶层都是经济范畴，以政治和思想、文化主张乃至学术观点划阶级、制造敌人，是摧残知识阶层和扑灭言论自由的荒唐和罪恶。

在国际关系上，动辄树敌亦属政治家的大忌。不要再用"帝国主义亡我之心不死"吓唬中国人！现在是和平与发展时代。领土争端是历史遗留；间谍活动、炫耀武力，彼此都有。有识的政治家应该盯住未来，举重若轻化解这些小矛盾。要是有人仍然沉迷于寻找"帝国主义代理人"，应该提醒他们重温苏联昔日的历史和当下邻国的勾当。

再次，要明确界定什么是社会主义。

经过34年的改革开放，对比世界各国的历史和现实，对于"什么是社会主义"，普通中国人都了然于心了。

不是那么神秘，也不是那么高不可攀，在经济领域，社会主义无非是普惠的社会福利制度。

条条大路通向社会主义！

纵观历史，俾斯麦就在刻意经营福利制度。

横看世界，所有现代民主国家，哪一政党执政敢不顾选民的福利？

不过，人不是猪狗牛羊；社会主义不过是现代文明的一种表现形式，它还有其他内涵。

首要的一条是人的自由和尊严。以财产权和市场经济为基础的经济自由；以头脑不受管制和人身不受威胁为前提的言论和信仰自由；加上适当的社会福利制度和保障这一切的民主、法治和宪政制度；这些都是自由和尊严不可或缺的要素。

1948年12月联合国通过的《世界人权宣言》说得好："一个人人享有言论和信仰自由并免于恐惧和匮乏的世界的来临，已被宣布为普通人民的最高愿望"。言论自由，信仰自由，免于恐惧的自由和不虞匮乏的自由，是第二次世界大战战胜法西斯和军国主义的思想旗帜，也是现代文明的标杆和现代国家的制度。简明扼要一句话：四大自由就是社会主义的真谛！

最后，必须牢牢记住现代社会是生长出来的。

现代文明是观念，也是制度。所谓制度无非是观念固化为社会运行的规则。逐步修改规则是成本最低的路径，革命则是以大量生命和财富的毁灭为代价的游戏。

千万不要忘记革命的代价。17世纪的英国革命带来近四十年的动荡和40万人死亡（英格兰当时只有500万人）。18世纪的法国大革命的动荡期是82年，以1871年3—5月巴黎公社起义和被镇压为标志，局势才大体稳定。20世纪俄罗斯的所谓社会主义革命，留下的是71年的短命王朝。苏共中央政治局委员、最后一任中宣部长雅科夫列夫说："仅仅这个世纪（20世纪），俄罗斯由于战争、饥饿和镇压就死亡了6000多万人。"到1991年覆没时为止，全苏联只有2亿8700万人。"合理的出路只有一个：放弃革命，走改良之路，痛苦的、缓慢的、在过去曾不止一次遭到否定和扼杀的改良之路。"[1]至于中国的故事，读者耳熟能详，不再赘言。

过去的革命是客观存在，没有告别与否的问题。创巨痛深，最少在中国，今后应该坚决摒弃这一变革方式。

世上没有十全十美的社会，改革是永无休止的过程。百年来，机遇一再消逝，知识阶层和政治家的极端思维难辞其咎。

---

[1] 雅科夫列夫：《一杯苦酒》第10页，新华出版社1999年北京版。

早在1919年，胡适就大声疾呼："文明不是拢统造成的，是一点一滴造成的。进化不是一晚上拢统进化的，是一点一滴进化的。"[①]走出极端思维，倍觉先贤的睿智。

眼睛紧紧盯着各个领域具体的制度改革！这就是中国发展的康庄大道。

总结30多年改革开放的经验教训，发展的不二法门是：

1. 稳定，以民主、法治达到真稳定。

2. 自由。没有自由，就没有积极性，与创造无缘，更谈不到人的尊严和幸福。要是说基本上把经济自由还给人民，中国人喘过气来了，支撑了昨天的发展和繁荣；为了让中国人活得自由自在，保持长期持续的发展，推动世界公认的文明大国的崛起，必须全面落实宪法规定的公民权利。

3. 融入世界。

少说空话，沿着这条道路实实在在走下去吧！

2013年12月21日 星期六

[①] 胡适：《新思潮的意义》，《胡适文集》（2）第558页，北京大学出版社1998年版。

【第一辑】
中国文化的现代困境

19世纪的中国，体用、本末、道器等等，争论得不可开交。直至20世纪90年代，余波仍不时涌现。其实，这些范畴说不上有太深奥的哲学内涵，争论的实质是继续抱残守缺、坚守传统，还是勇敢地推陈出新、接受现代文明的洗礼。后一主张很不中听，但不管多么迂回曲折，所有后发展国家终究不能不走这条路。

中国文化与近代中国社会转型的困境

友：作为研究近代中国多年的学者，你对中国现代化进程如此坎坷，常常感慨系之。世界颇多国家同中国一样，既有中世纪的重负，也受外来侵略，遭遇颇为相似，命运却大不相同。据你看，其中有什么奥秘？

袁：我想，这是一个很大且有多种答案的问题。实在不敢说我已经研究透了其中的奥秘，只能说点自己的思考，听后多数人不认为太荒唐，能引起讨论和思考的兴趣，就算蛮不错了。

弄清中国文化的实质

友：文化、中国文化，这些都是颇难界定的概念。

袁：确实难度较高，但也不是完全不可知的事物。通常说的中国文化，指的是中国传统文化。再严格点说，一般都是指中国主体民族——汉族的传统文化，很少涉及少数民族。以这一意义下的中国传统文化来说，国学大师陈寅恪的观点非常值得重视。概括起来有这么几个要点：

1. 文化可分为制度层面和观念层面。"自晋至今，言中国之思想，可以儒释道三教代表之……故两千年来华夏民族所受儒家学说之影响最深最巨者，实在制度法律公私生活之方面；而关于学说思想之方面，或转有不如佛道两教者。"①

2. 以儒学三纲六纪为代表的中国文化已经具体化为社会制度。"吾中国文化之定义，具于《白虎通》三纲六纪之说，其意义为抽象理想最高之境……其所依托以表现者，实为有形之社会制度，而经济制度尤其最要者。"②

3. 中国文化即使吸收外来文化也坚持固有框架，在吸收改造外来学说融为一家之说后，即显现排外的本质。"是以佛教学说能于吾国思想史上发生久长之影响者，皆经国人吸收改造之过程。其忠实输入不改本来面目者，若玄奘唯识之学……而卒归于消沉歇绝。"而吸收外来思想经过改造后存活下来的思想，"则坚持夷夏之论，以排斥外来之教义"。③

4. 中国的制度文化已经不可救疗。"故所依托者不变易，则依托者亦得因以保存……自道光之季，迄乎今日，社会经济之制度，以外族之侵迫，致剧疾之变迁，纲纪之说，无所凭依，不待外来学说之掊击，而已消沉沦丧于不知觉之间，虽有人焉，强聒而力持，亦终归于不可救疗之局。"④

这四点说得非常深刻，值得我们深思。今天特别值得重视的是区分制度文化和观念文化的观点。两者有密切关系，但是，思想观点有没有固化为制度，大不一样。百年来文化讨论纠缠不清，各不相让，原因之一就是没有注意这个区分。与制度文化无关的观念形

---

① 陈寅恪：《冯友兰〈中国哲学史〉审查报告三》，《三松堂全集》，河南人民出版社2001年第二版第3卷第461页。
② 陈寅恪：《王观堂先生挽词并序》，载《陈寅恪诗集》，第10-11页，清华大学出版社1993年版。
③ 陈寅恪：《冯友兰〈中国哲学史〉审查报告三》，《三松堂全集》河南人民出版社2001年第二版第3卷第461、462页。
④ 陈寅恪：《王观堂先生挽词并序》，载《陈寅恪诗集》，第10-11页，清华大学出版社1993年版。

态文化通常在个人自由选择中自然更替，任何强制绝对有害，也没有进行激烈批判的必要。私人的各种宗教信仰、人生目标和价值观念、文化艺术爱好，乃至政治观念如此等等，纯属个人的信念和行为，统一既不可能，干预则属侵犯公民自由。但当制度文化不适应社会进步的需要，批判就成了难以避免的环节。新文化运动就是这类应运而生的文化批判和文化重构。我想，没有及时破除制度文化障碍，从而无法认真吸收现代文化，是使中国现代化进程步履维艰的主要原因之一。

冲破古老文化大国情结

友：老兄的思路可能有点偏了。思想文化值多少钱一斤？你把它看做现代化成败的关键，是不是职业病发作？

袁：我相信社会发展是众多因素的合力，经济、政治、军事、教育和其他思想文化因素是互动的，但制度特别是经济和政治制度是决定性的。中国从中世纪向现代社会转型也不例外。人的一切行动都受思想支配，任何变革都从思想观念的转变开始。制度变革也必须以思想文化的变革为先导。

友：除了清代那些"严华夷之辨"的颟顸权贵外，我看不出有什么严重的思想障碍。

袁：别说得那么轻巧！光是冲破"严华夷之辨"，不准以夷变华这样迂腐透顶的观念，中国人付出多大代价？从鸦片战争算起，到登峰造极的义和团，历时整整60年。这期间死了多少人，赔了多少款？乾隆、嘉庆、道光、咸丰四位"万岁爷"及其奴才同洋鬼子打交道，争得不可开交的，往往不是国家主权和人民福祉，而是外国人能不能进北京、进广州，以及见了皇帝要不要跪拜等等无聊透顶的问题。现在看来，简直愚蠢无比，令人啼笑皆非；当时却认为事关天朝体制和华夷之辨，是绝对马虎不得的大事。而且这不是少数人的偏执，而是被当时朝野上下认同的中国传统文化的基本原则之一。

友：后来不是开始向洋人学习了吗？

袁：19世纪大清帝国那些所谓学西方的举措，根本问题是不愿意在制度层次上下功夫。当时有一场本末、道器、体用的讨论，郭嵩焘等有识之士一再指出：西方"自有本末"，它的本或体，就是传授现代科学的教育制度、民主政制和市场经济体制。但言者谆谆，听者藐藐，不肯废除腐朽透顶的科举制度，不给老百姓充分的经济自由，更不要说政治制度上的自由、民主了。时至1897年，湖南巡抚陈宝箴拟在湖南内河行小轮船，湖广总督张之洞居然不予批准。[1]在甲午战争以前，办新式企业是没有什么自由的，一律要经过官府甚至朝廷批准。有的官办企业则可以得到专营权，不准新的企业进入。甲午战败后好一些了，但仍要看官僚的脸色办事，批准不批准，首先取决于地方大员的态度。经济自由不是法定的制度，而是各级官员可给可不给的恩赐物。

友：制度与观念虽有联系，还是有区别的。我们把讨论尽量集中到观念层面上。"严华夷之辨"这样的腐朽观念，不过是18世纪、19世纪的陈谷子、烂芝麻，时至20世纪就不是什么大问题了。翻来倒去，有多大意思？

袁：我没有你那么乐观。应该冷静反思的，恰恰是这些腐朽思

---

[1] 梁启超：《戊戌政变记》，《饮冰室合集》专集之一第69页，中华书局1989年影印版。

想在20世纪是如何禁锢中国人的头脑的。

要是仁兄不太健忘的话，应该还记得两年前，几个少不更事的文人，甘拾狂叫"日本可以说不"的右翼极端分子石原慎太郎的牙慧，声嘶力竭大喊"中国可以说不"。这是十分荒唐的煽情，居然风靡全国，被不少人视若福音。其实，问题并不复杂。透过花里胡哨的言辞，实质究竟是什么？提出这个问题，是不是意味着指责中国政府软弱，该"说不"的时候没有"说不"？一个负责任的政府处理国际问题，需要根据每一件事的具体情况，冷静审时度势，笼统煽动"说不"还是"说是"都是极端不负责任的。如果他们想的是在普通平民百姓中鼓吹向外国人"说不"，说得轻一点，那是要中国人回归野蛮，回归义和团。平等、有礼，这是现代人相处之道。心同理同，哪国人都不例外。见到外国人特别是美国佬就"说不"？任何有教养的公民，都不会如此荒唐。千人千面，心思不一，各种极端的声音所在皆有，不必大惊小怪。令人惊诧的是有那么多人认同。我想，这些现象后面，是不是蕴藏着一种奇特的国民心理：古老文化大国情结。

历史的辉煌是大好事。不幸，在19世纪、20世纪的中国，它成了沉重的心理负担。"重睹汉官威仪"、"重振盛唐声威"，看来已经成为中国人的集体潜意识。这与贫弱的现实形成强烈的反差。怎么办？心理正常的话，虚心向别人学习就是了。有些中国人囿于源远流长的盲目民族自大心理，老是心有不甘。他们或是制造种种借口，反对向洋鬼子学习；或是自我膨胀，反过来要充任救世主。一般百姓随便说说也无所谓，言论本来应该是自由的。问题是这些意识似乎也得到部分上层人士的认可，或在主流文化中占有相当的地位，其后果就不能不令人忧虑了。

友：自我封闭当然是错误的。说是当时的国策似乎有点勉强。不是经常骂国民党的那帮人是美帝的走狗吗？既然是走狗，亦步亦趋，怎么说是封闭呢？

袁："走狗"是文学语言，与学术概念有严格的区别。我们不必在这个问题上纠缠。

是不是可以这样说：国民党政府在经济领域大体上是认同西方的，但他们搞官僚资本主义。这既是因为没有民主、法治，官员失去监督，必然利用特权牟利；也是因为当时苏联计划经济"成功"的表象影响很大，不少落后国家冀图利用国家资本主义实现现代化。总的说来，他们与美国政府的关系有顺从方面，也有不顺从之处，不是任何问题都亦步亦趋。例如在政治和文化领域他们就冀图另辟蹊径，其内涵很值得玩味。

20世纪30年代，有一场"中国本位文化"论争。出面的是十位教授，背后是国民党中央宣传部。听听他们的理据吧："中国在文化的领域中是消失了；中国政治的形态、社会的组织和思想的内容与形式，已经失去了它的特征。由这没有特征的政治、社会和思想所教化的人民，也渐渐地不能算是中国人。所以我们可以肯定地说：从文化的领域去展望，现代世界里面固然已经没有了中国，中国的领土里面也几乎已经没有了中国人。"①事关中国和中国人生死存亡，当然马虎不得。怎么办？"我们要求有中国本位文化建设！"中国"有它自己的特殊性"，"其可赞美的良好制度、伟大思想，当竭力为之发扬光大，以贡献于全世界；而可诅咒的不良制度、卑劣思想，则当淘汰务尽，无所吝惜。"②这些文字提出了好

---

① 王新命、陶希圣等：《中国本位的文化建设宣言》（1935年1月10日），载《胡适与中西文化》，第127-128页，牧童出版社1976版。
② 同上，130页。

些值得人们反复思考的问题。

头一个问题是，中国和中国人存在与否的标准是什么？是不是只有认同他们所说的中国文化才算中国人？上面说过，通常说的中国传统文化指的是汉民族的传统文化。顺理成章应该问：信守伊斯兰教、基督教和蒙古文化或别的文化的人，算不算中国人？中国有56个民族，各自有自己的传统文化；每一民族内部，各个公民的思想取向又往往很不一致。站在大汉族主义的立场，说只有固守我这些宝贝的才算中国人，是不是有点荒唐？

他们发表这个宣言，旨在反"西化"（他们夸大其词说是"全盘西化"）。任何人都不可能把一个国家"全盘"化成另一个国家，"齐天大圣"恐怕也没有这个本事。但提出这个问题却清楚表明，他们老想在思想文化领域打主意，要别人听他那一套；否则就是大逆不道，不是中国人！其实，这正是中世纪的思维方式。现代公民的结合只能是以自由、民主、法治为基础的制度结合。只要行动不违法，人家脑子里想什么，你管得着吗？摧残思想自由，就是扼杀文化更新，摧残国家发展的生机。煽动狭隘民族情绪，说到底是为文化专制主义张目。

至于说"特征"消失，更不知所云。任何国家"政治的形态、社会的组织和思想的内容与形式"都不可能没有自己的特征。从这个角度看，他们说的是十足的废话。当时，蒋介石正集党、政、军大权于一身，什么"国民政府""军事委员会""以党治国""一个党、一个主义、一个领袖"等等，被称之为"法西斯主义"，但与纳粹虽然神似而仍有差别，可说是举世无双，根本不存在什么"失去了它的特征"的中国！他们还要大叫大嚷，恐怕是还嫌"特"得不够；因而要把"消失了"的东西都找回来。

友：不是在20世纪30年代突然跳出十位教授，才提倡"中国本位文化"，有些学者早就这样说了。

袁：说得对。这样才值得好好讨论。从20世纪第一个十年开始，不算那些知识和思想认识基本没变的士绅，包括革命派和改革派在内的新派人物中，都有一批人力求利用和改良传统文化。康有为、章太炎、邓实等人组织的国学保存会及其机关刊物《国粹学报》，是其中影响最大的。中华民国建立后，杜亚泉、梁漱溟先后鼓吹固守本国特点，还有反对新文化运动力求保持国粹的学衡派……接踵兴起，连绵不断。此外，梁启超及追随他的张东荪、张君劢等人，既追求中国文化的本原，又支持新文化运动，情况错综复杂。

友：你是不是把这些都看作负面现象呢？

袁：他们的取向有很大差别。对复杂的文化现象不能那么简单处理。是不是可以这样讲：在19世纪、20世纪两个世纪，以儒学为主的传统文化亦有其不容抹杀的历史性建树。第一，为外来先进文化的进入开路。"礼失求诸野""一物不知，儒者之耻"等儒学固有观点成了西方现代文化进入中国的最初依据。而"经世致用"、"实事求是"等思维习惯更成了突破传统文化僵化外壳的内在力量。第二，为各领域的变革和制度创新提供合法化的理论依据。人们注意到进化论在19世纪、20世纪之交的巨大影响，但不应忘记，在儒学是文化主流的中国社会，"穷则变，变则通，通则久"的传统思想更是从19世纪至20世纪初各项变革的主要理据。晚清最成功的改革是清末新政，其中影响极其深远的是法律和司法制度改革。"治国之道，以仁政为先，自来讲刑法者，亦莫不谓裁之以义，而推之以仁。"沈家本等学兼中西的大臣正是以这些"根本经义"，击破反对者的借口而实现这一重大改革的。第三，传承了坚持正义、反抗强权的浩然正气。外来侵略与内在专制是这个时期中国的最大忧患。在这些邪恶的威胁下，中华民族的浩然正气没有终绝，这与儒家思想和道德传统的熏陶密不可分。在侵略者面前，中国军人大都坚持了民族大义。例如吴佩孚便冷对日本的威胁利诱，拒当卖国贼，这是他服膺儒学、修身养性的结晶。"得意时清白乃心，不纳妾，不积金钱，饮酒赋诗，尤是书生本色；失败后倔强到底，不出洋，不走租界，灌园抱瓮，真个解甲归田。"这副自撰对联道出了这位儒将的情怀。儒学还造就了不少在专制淫威下不屈不挠的耿介之士。分别生活在海峡两岸的大儒——梁漱溟、徐复观就是其中的佼佼者。

不过，这不等于那些以维护传统文化为职志的人们提倡的观点都是正确的。他们的差错主要出在两个方面：

第一，冀图构筑排斥外来文化的思想堡垒。应该考察20世纪形形色色的"中国本位文化"意味着什么。19世纪的中国，体用、本末、道器等等，争论得不可开交。直至20世纪90年代，余波仍不时涌现。其实，这些范畴说不上有太深奥的哲学内涵，争论的实质是继续抱残守缺、坚守传统，还是勇敢地推陈出新、接受现代文明的洗礼。后一主张很不中听，但不管多么迂回曲折，所有后发展国家终究不能不走这条路。但在中国，反应之强烈，实在令人吃惊。有谁敢提出这样的主张，帽子立即铺天盖地而来。19世纪，办个同文馆，学点外国语，派到外国去当驻外公使，讲两句外国的实际情况；如此等等，都被人视同卖国！时至20世纪，流风余韵仍在。你敢主张接受现代西方价值观吗？立即有人说你是"买办文人""数典忘祖""汉奸""离经叛道"！……汉字中这类词汇丰富得很。他们把学术和思想文化问题政治化。不用讲道理，不顺眼的，一律用大棍打死，不知学术自由、思想自由和百家争鸣为何物。例如，清代官绅盲目排外误国害民是今日的小学生都不难理解的事实；时至21世纪，有的文人居然把指出这个史实说成是"侮蔑正义斗争"，冀图挑动外力加以镇压！孔老夫子早就立下规矩："不可不诛"的五条大恶中，有三条是言论罪："言伪而辩"，"记丑而博"，"顺非而泽"。①不管主观意图如何，他们不过是中世纪思想文化的体现者和维护者。如果只是文人讲讲蠢话，不妨一笑置之。不幸，他们往往不学有术，把应该以理取胜的问题变为以力取胜！

他们的第二个差错，是要以中国传统的价值观念修改现代社会的游戏规则。在20世纪的中国，讨论体用、本位、本末、道器之类的问题，大体可以分为三类：一类是为俗人说法，"西体中用"说是其中的典型。另一类如梁启超的东方文化救世论。乍听挺吓人的，但读读他提出这一主张后写的《先秦政治思想史》，实际却是运用西方现代自由、民主、法治思想去梳理和褒贬中国固有的思想，其用意似乎是既要接受现代西方文化，又要满足民族自尊心。②这两类主张，说到底是为引导中国人接受现代思想文化开路的。但更多的是另一类主张：要求以中国传统文化为依据，修改现代社会的游戏规则。其实，回顾近代中国的中西文化论争，归根结底是围绕这个制度层次的文化——社会游戏规则或运作机制展开的。

20世纪末，应该反思的是：讨论这些范畴有没有意义？在19世纪讲中体西用，是要在严密的中世纪思想统治下打进一个楔子，功不可没。③到了20世纪再重复这些论题，恐怕就没有多大意思了。

---

① 《荀子·宥坐》。
② 梁启超以思想多变著称，这里仅指他在20世纪20年代的思想。
③ 陈旭麓：《论"中体西用"》，载《近代史思辨录》，广东人民出版社，1984年版。

这两个差错其实都是盲目的民族自大心理作怪。现代思想文化是在自由竞争中更新、发展的。死的该死，该活的死不了，人为的压制或保卫只能推迟而无法扭转历史行程。这样说，不等于可以像"破四旧"那样摧毁文化遗产。"焚书坑儒"任何时候都是摧残文明的罪行。唐诗、宋词这样的瑰宝无须保卫，自然传诵千秋万代，但是也不可能成为现代文学的主流。至于以中国传统文化说服中国人，让他们固守"本位文化"，进而说服洋鬼子，人人孔孟不离口，修身齐家治国平天下，四海之内皆兄弟，世界大同，确实其志可嘉。可惜，历史似乎还没有准备好让中国人分享这份殊荣。

面对思想文化的自然更替，有人愿意预设一个"本位"作为选择的前提，纯属个人私事，他人毋庸置喙。但把它上升为不准怀疑并用政权力量强制推行的基本原则，那就会误国殃民。其实，现代国家的政府，对这类问题应该做的事只有一项：保障学术和思想自由。

"文化平等"与文化落后

友：问题的讨论早已超越当年的水平。最近流行的说法是：各种文化是平等的，不可比的，并无高低、优劣之分。

袁："文化"这个词太笼统了。空泛地争论高低、优劣，而且掺进国家、民族平等这一类最易挑动感情的因素，不利于冷静地考虑问题。应该把问题具体化。

教育、大众传媒、艺术，算不算文化？如果算的话，不能说都是不可比的。例如，教育无疑是可比的，说中国现在的教育与西方发达国家已经在同一水平线上了，你相信吗？

友：他们主要指的是观念形态的文化。

袁：20世纪讨论得最多的是中外价值观念的差别。在我看来，这些也不是不可比的。首先要弄清差别在哪里；弄不清楚，无从比起。

友：重视集体、和谐、家庭、秩序，这不是中国乃至东方价值观高于西方之处吗？西方的环境破坏、家庭破碎、社会冲突和混乱，有目共睹。

袁：没有止于至善的社会。西方当然问题成堆。既然比较，两边的情况都要看。

人是社会动物，任何人群都必然结合为集体，按一定的规则形成正常的社会秩序。问题是这些集体和秩序怎样形成。陈寅恪一语中的，中国传统的伦理和社会秩序的基本规则是三纲六纪。按照《白虎通义》的阐释，三纲是："君为臣纲，父为子纲，夫为妻纲"；六纪即六亲，其基本规则是："诸父有善，诸舅有义，族人有序，昆弟有亲，师长有尊，朋友有旧。"它已固化在社会制度的方方面面，包括历代法典的条文上。这样的集体和秩序无非是宗法专制体系。有人说，可以使之现代化，去掉专制，保留集体优先、秩序井然的理想境界。随之而来的问题是：怎样确定哪些是真正的集体利益，如何防止特权者借集体名义以营私？怎样确定秩序是否合理？如果通过民主程序，不确立公民个人权利本位，就根本不可能有真正的民主。如果把民主放在一边，与传统的宗法专制体系又无实质差别。

陈寅恪的论述还有一个高明之处，即明确指出：中国传统的人心和社会秩序注定要消沉沦丧，因为它所依托的社会制度已经走向逐步消亡的不归之路。这是一个无法抗拒的历史趋势。确认这个趋势等于竖立了一支标杆：是顺应这个历史潮流，推进现代化进程，还是抗拒这个进程？任何集体和个人的言行都要受到它的量度。顺之者福国利民，逆之者祸国殃民。屡试不爽。

再看看"和谐"。说社会和谐吗？东西方都是相砍相杀，史不绝书。但各个历史阶段，也有社会秩序比较稳定、人际关系相对说来比较"和谐"的时期。说中国或东方在这方面比西方高出一筹，没有确实可靠的证据。

人们喜欢夸耀中国古代思想家对"和谐"的重视："和实生物""和为贵"……但西方思想家何尝不讲和谐？古希腊的赫拉克利特就反复说："互相排斥的东西结合在一起，不同的音调造成最美的和谐。""自然也追求对立的东西，它是以对立的东西产生和谐。"普罗泰戈拉也说过："人的生活，无不需要和谐与节律。"[1]

"天人合一"被一些学人吹得神乎其神，似乎是人和自然和谐的极致，但其本来的意思是"天人感应"。用董仲舒的话来说就是："天亦有喜怒之气、哀乐之心，与人相副。以类合之，天人一也。"[2]说这里蕴藏着环境保护的哲学依据，恐怕有些勉强。再看看实际情况，从历史到现状，说由于有"天人合一"这个伟大哲理的指导，中国的环境保护远胜西方，这样的大话，你相信吗？说到底，这是受西方绿色和平运动启示，创造出来的又一个"西学中源"说。鼓吹环境保护总比破坏环境好，有人愿意借此满足民族自尊亦不必苛责。但要趁机证明中国人比洋鬼子高明，就不符合实际了。

友：照你这样讲，中西思想岂不是没有差别了？

袁：差别当然存在，但要说得符合实际。实事求是地看，这是一个尚未研究清楚，最少是研究不透的问题。有些现象究竟是时代

---

① 周辅成：《西方伦理学名著选辑》，商务印书馆1987年版，第11、25页。
② 董仲舒：《阴阳义》，载《春秋繁露》卷十二。

差异，还是民族本性，仍无法论定。

例如，重视家庭的价值，我们的圣贤与西方的基督教，异口同声。当代中国，家庭关系确实比欧美稳定。可是，他们的社会生活已经现代化、城市化，市场经济已经成熟。以我们城市中特别是年轻一代的婚姻、家庭观念与他们比一比，差别究竟有多大？我们喜欢嘲笑他们未婚同居、同性恋流行，在我们的经济独立性较强的城市年轻人中，这些现象不是也不以为异，甚至可以说日益流行吗？有位社会学家告诉我，根据他们的调查，中国同性恋者所占比率与西方几乎一样。读一读中西家庭史，现代西方的一夫一妻制，总比中国传统的家庭制度合理得多吧？我看过好些中国农村社会调查资料，一些地区农民性伴侣之多，令我大吃一惊。两性结合的形态不是固定不变的，未来的发展趋势如何？怎样更有利于人的发展和幸福？这些都是应该冷静研究的学术问题。摆出一副终极真理就在此地的脸孔，未免贻笑大方了。

有一条倒是颇难反驳的：东方专制主义传统特别顽强，社会转型十分艰辛。研究东西文化，这个现象恐怕不能回避。

友：你承认不承认各民族文化有主体性？有人说，杜亚泉、梁漱溟、张君劢等人的历史性贡献，是提出和捍卫了民族文化的主体性；他们的主张，也是一种现代性，他们与西化派的争论是现代性内部的分歧。

袁：这是近年流行的一种主张。不过，这些历史人物自己写下的东西很不利于这一新鲜解读。因此，到现在我也理解不了。

讲现代性总不能离开现代经济吧？这些人恰恰全都是现代经济的反对者。

杜亚泉坚决主张国民经济"以自给自足为主旨，则其提倡之道，当依下列条件：一是当以人类生活所必须者为限（如纺织、制纸之类）。凡发达肉欲助长奢侈之工艺品，当屏绝之。二是凡可以手工制作者，勿以机械代之……三是吾国工艺制品，势不能与列强竞争，保护之道，在于提倡国货，勿以输入品之廉价而就之……四是吾国讲求工艺者，勿视此为投机致富之捷径，当长存公德之心，抱义务之念……以尽保护国货之责"。[①]这是一种拒绝竞争、甘居落后的经济纲领。动听的道德说教，如"公德""义务""保护国货"之类，虽然正确，却于事无补。如果把这个纲领制度化，只能令中国永远成为发达国家的附庸，彻底摧毁国家的独立自主，哪里谈得上什么"主体性"？

梁漱溟的主张也很妙："最与仁相违的生活就是算帐（账）的生活。所谓不仁的人，不是别的，就是算帐（账）的人。"[②]这样的生活当然非常高超，但现代经济也就化为乌有了。张君劢异曲同工，大声疾呼："现代欧洲文明之特征三：曰国家主义，曰工商政策，曰自然界之知识。此三者，与吾上文所举'我国立国之方策，在静不在动；在精神之自足，不在物质之逸乐；在自给之农业，不在谋利之工商；在德化之大同，不在种族之分立'云云，正相反对者也……吾以为苟明人生之意义，此种急功之念自可削除。"并且把欧洲文明的上述三个特征看作必须冲破之"三重网罗"。[③]按他们的主张办，个人和国家的独立自主也就不存在了。

友：仁兄有点攻其一点，不及其余的味道。梁漱溟在《东西文化及其哲学》中赞成科学与民主；张君劢毕生力倡宪政，这不是现

---

① 杜亚泉：《工艺杂志》序，载《东方杂志》卷十五第四号，1918年4月。
② 梁漱溟：《东西文化及其哲学》，商务印书馆1937年版，134页。
③ 张君劢：《再论人生观与科学并答丁在君》，载《科学与人生观》，山东人民出版社1997年版，第112—113页。

代性又是什么？他们力求避免西方的弊端，用中国的道德文化补西方之不足，这不是主体性又是什么？

袁：在《东西文化及其哲学》中，梁漱溟的确说过要吸收西方的民主与科学。可是，离开"算帐（账）的生活"，个人就失去财产所有权，从而丧失个人自由的最重要的基础。民主云云，只能成为一句空话。他的体系吞没了民主、科学、个性这些外在的微弱因素。把他的体系坚持到底，按照内在的逻辑，必然是放弃这些因素。他自己后来果然声明："我在民国十年讲演《东西文化及其哲学》时……那时模糊肯定中国民族尽有他的前途，在政治和社会的改造上，物质的增进上，大致要和西洋近代或其未来模样，便是原书所谓'对西洋文化全盘承受'的一句话了……十一年以后，方渐渐对于一向顺受无阻的西洋政治理路怀疑起来……我所疑在其根本……我疑心中国人之与近代政治制度怕是两个永远不会相联属的东西！"[1]

如果把主体性理解为国家要独立，这完全正确。如果说成是事事特别，那就可能误入歧途。一个值得深思的问题是：是不是任何特殊的"主体性"都应该肯定？希特勒德国很有主体性，你赞成吗？毕生向往宪政的张君劢有一条重要主张："我以为工业公有，乃化私产为公产之善法也。上自国家之法律，下至国民之教育，当以货恶其弃于地而不必藏于己之论，为全国一种训条，则私利之动机，自可消灭，而吾工业之进化，或者异于欧西，而别开一生面欤。"[2]并以没能将工业国有、省有、地方公有写进宪法草案而耿耿于怀。他的主张其实也是从苏联搬来的。但总算从传统文化中找到一些根据，可以勉强说有些中国特点。但这样"化私产为公产"，

① 梁漱溟：《主编本刊〈村治〉的自白》，载《梁漱溟·全集》，山东人民出版社1990年版，第5卷第8页。
② 张君劢：《国宪议》，时事新报社，1922年版，第116—117页。

消灭牟利的动机，大多数公民还有没有积极活动的动力呢？国民经济会不会健康发展呢？中国人对此已有足够的经验，不必赘言。

坦率地说，诸如此类的主张，都无助于中国的现代化进程。尽管能"别开一生面"，特点甚浓，现代性却难寻。问题于是回到起点：要这样的"特点""生面"干什么？为这些不惜牺牲国计民生，值吗？

现代文化的普适性

友：跟着别人屁股走，总是心有不甘。

袁：19世纪、20世纪中国的悲剧就在于摆不脱天朝大国潜意识的束缚，没有吸收现代文明一切优秀成果的坦荡胸怀，画地为牢，把整个国家害惨了，老百姓更苦不堪言。其实，他们说的虽然是中国话，基本论点和思维方式却是从西方一些极端流派学来的。梁漱溟、张君劢都引柏格森为同调。所谓文化多元主义，是西方的流行货色。在西方，他们批判主流文化，揭露它的阴暗面，推动社会自我完善。把它搬到中国来，与传统结合，成了抵制现代主流文化进入的思想壁垒，可就麻烦了。不能忘记两个基点：

一是任何国家的现代化都与全球化进程密不可分。民族文化的优劣、长短，必须在世界性的竞争中去判明。这个过程曾经非常残酷，今后也不可能充满诗情画意。要走出中世纪，就必须经过这个炼狱。不甘直面现实，冀图走捷径，只能弄巧成拙。

二是迄今为止，现代化的基本范式都来自西方。西方现代文化的基本价值观念具有普适性。严复说得好："身贵自由，国贵自主"[1]，自由、民主、法治……缺一不可。在思想文化领域反侵略

---

[1] 严复：《原强》修订稿，载《严复集》第1册，中华书局1986年版，第17页。

的主意，可以满足虚幻的民族自尊感。不过，它在逻辑上是荒唐的，因为它荒唐地拒绝人类文明的共同成果。在实践上，它误国害民。同时，它与思想、文化的本性背道而驰。思想文化只能在自由交流和讨论中分辨是非，鉴别轩轾。

友：在这个问题上，为什么有那么多波澜？

袁：窃以为这是由三个因素造成的：

第一，缺乏穿透复杂历史现象的观察力。20世纪有几个影响世界全局的历史事件：两次世界大战，1929年开始的世界经济大危机，苏联的出现及其计划经济貌似成功，等等。这些事件提供的信息，震撼着中国知识阶层的思绪。时至20世纪30年代，以坚定不移倡导宪政和传统道德著称的张君劢，也毫不犹豫地在自己的纲领中用实行计划经济取代20年代消极地反对牟利之工商。甚至在20世纪20年代至30年代，仍坚持不懈主张走西方道路的张东荪，到了20世纪40年代也主张向苏联学习。他说，在吸收计划经济优长的同时，"苏联还有一点最是为一切产业落后国家所应取法的。那就是对外贸易完全由国家办理……实在是产业落后国家自力更生以提高其生产的唯一要著……国家统办对外贸易是计划经济的前提，或柱石。此点办不到，一切必归无效。""尚有一点亦足以后进的农业国家所取法。那就是所谓集合农场。"①回答一个国家的出路在哪里这么重大的问题，最需要穿透复杂历史现象的洞察力，需要了解什么样的制度，才有最好的自我更新机制。在这个事关全局的大问题上，20世纪上半叶不少中国思想家交出的几乎都是不合格的答案。无论是 20世纪20年代的章士钊、梁漱溟的农国论，还是20世纪30

---

① 张东荪：《民主主义与社会主义》，观察社1948年版，第61-63页。

年代至40年代张君劢、张东荪的宪政加传统道德加计划经济，整体上都是错误的。

第二，无力抗拒西方极端思潮的裹挟。20世纪中国思想家的一大弱点是原创性不足。以提倡"农国论"名噪一时的章士钊就坦率地说，他的"农国论"不是自己的创造发明。欧战爆发以后，被战争及其后果所震惊的西方思想家，正各抒己见，探幽烛微。章氏说："以愚所知，今欧洲明哲之士，扬榷群制，思古之情，辄见乎词。如德之斯宾格勒，英之潘梯，其尤著也。"[①]这些战后西方非主流文化给他留下了非常深刻的印象。斯宾格勒的"西方没落论"固然是他立论的重要基础，"农国论"亦取自潘梯。他写道："英伦群家潘梯之徒，倡为农业复兴之论，识解明通，无可辩驳。"[②]唯一的保留是他认为西方积重难返，农业无法"复兴"；中国中毒未深，倒有希望"以农立国"。这是有充分代表性的事例。即使像梁漱溟那样特色十足的文化三阶段论和乡村建设理论，也是国际间从20世纪初开始流行的东方文化救世论的产儿。西方文化中非主流的偏门，特别是其中的极端思想，往往成为中国一些思想家各种千奇百怪主张的智慧渊源。

第三，民族主义情绪的侵袭。这些西方思想家的思路，也激活了他们的文化民族主义情绪。既然西方原路不通，正纷纷另找出路，其思想界非主流派中出现了回归传统的动向。而中国学西方的成绩又是如此不堪，于是，顺理成章应该回归本土和固有传统。中国人因一再受挫而郁结已久的民族主义情结，正好找到喷发的释放口。梁启超、梁漱溟、章太炎、张君劢、章士钊等人，在20世纪20年代无不在民族文化问题上讲了不少不切实际的大话："西化东

① 章士钊：《农治述意》，《章士钊全集》第4卷346页，上海，文汇出版社，2000。
② 章士钊：《业治与农》，同上书202页。

渐者何也？乃欧洲挟其资本侵略之淫威，东临吾国，迫吾不得不放弃农治之本国……洎至今日，吾人弃礼义，毁廉耻，坏田园，鬻妻子，以求合于所谓西化者，仍不得一当。"[1]回头是岸，"须知中国文化实有其绝大之价值……家有敝帚，享之千金，我们何反轻视本国文化呢？"[2]

从第一次世界大战爆发至1991年苏联解体，世界的变迁令人眼花缭乱。全世界的思想家和政治家都在思考：世界向何处去？答案是多元的。世界性难题难为了中国思想家。在中国，同样是众说纷纭。

不过，生活走在理论的前头。时至21世纪，以中国参加WTO为标志，中西文化的论争终于到了尽头。既然把按照国际准则建立健全的市场经济体系和相关的政府管理体制作为法定义务，这等于正式承认了现代文化的普适性。按照中国传统文化去修改现代社会游戏规则的美梦应该醒了。

面对这样的现实，我想中国人不应忘记，是自由开放的文化心态贻误了中国，还是闭关自守、盲目自大让我们吃尽了苦头？

2000年10月初稿，2002年11月修订

---

[1] 章士钊：《再论非党》，同上书262页。
[2] 《记章行严先生演词》，同上书157页。

从典籍看传统思维方法的缺失

　　各主要文明体系轴心时代的典籍，对本民族、本国的思想、文化的发展，影响都十分深远。中国在社会转型过程中的曲折，也与传统思维方法的缺失息息相关。

　　公元一世纪由皇帝裁决、班固执笔的《白虎通义》是当时的行为规范，是历代律例的重要渊源。看看它是怎样论证问题的吧。

　　　　何以言禹、汤圣人？《论语》曰："巍巍乎舜、禹之有天下而不与焉。"与舜比方巍巍，知禹、汤圣人。《春秋传》曰："汤以盛德故放桀。"

　　　　何以言文、武、周公皆圣人也？《诗曰》："文王受命。"非圣不能受命。《易》曰："汤、武革命，顺乎天。"汤、武与文王比方。《孝经》曰："则周公其人也。"下言"夫圣人之德，又何以加于孝乎。"

　　　　（《白虎通疏证》，中华书局版，第336页）

这样的思维有几个鲜明的特点：

1. 以经书为根据。《论语》、《诗经》、《易经》一句话定是非，不管那句话是否可靠，是否符合当前的实际情况。

2. 直观、比附。假定舜是圣人，《论语》将禹与舜并列，禹也就是巍巍乎的圣人了！

3. 逻辑跳跃。儒家所谓经典，往往是训条的结集，没有论据，没有论证过程。以上的引文就体现这个特点。提出的问题是这些历史人物，何以是圣人？你总得界定圣人要具备什么条件，这些人的言行，完全合乎这些条件吧。《白虎通疏证》完全不讲这些逻辑。

这样的思维方法，不是班固他们的创造，而是直接承袭轴心时代儒家经典。

儒家在思维方法上留给后人的是三大遗产：

1. 尊圣宗经。

"万物纷错则悬诸天，众言淆乱则折诸圣。"（杨雄《法言·吾子卷第二》）孔子是圣人，帝王也是圣人，听他们的话就行了。他们的语录和整理过的文献，就是经典，只能信从，无限拔高其中的所谓微言大义，盲目扩大它的应用范围。"半部《论语》治天下"，可以把法律条文放在一边，而从所谓经典中找出片言只语作为判案的根据。

更严重的是从汉武帝独尊儒术后，中国知识阶层知识面严重受限，读经，解经，"代圣人立言"成为全部活动的中心，创造力萎缩、言行不一成了生活的常态。

不要以为这些都是昨天的梦魇，不但从上一世纪50年代开始，领袖教导、"最高指示"是判定革命与反革命、罪与非罪、善与恶、是与非的标准，时至今日，权大于法的状况也没有改变。

细究其根源，与苏格拉底教人怀疑不同，孔子以传授信条为己任，并以文化标志自居，在其学生吹捧和统治者利用下，无所不知的"圣人"就浮出水面了。《白虎通》说："圣人未殁时，宁知其圣乎？曰：知之。《论语》曰：'太宰问子贡曰：夫子圣者欤？孔子曰：太宰知我乎？'"（《白虎通疏证》，中华书局版，第335页）接受吹捧，心知肚明！从古至今，毫无二致。

2. 不讲逻辑。

看看孟子怎样征讨墨子和杨子吧：

> 杨氏为我，是无君也；墨氏兼爱，是无父也。无父无君，是禽兽也……杨墨之道不息，孔子之道不著，是邪说诬民，充塞仁义也。仁义充塞，则率兽食人，人将相食。
>
> （《孟子·滕文公章句下》）

为我就是无君，兼爱就是无父！这个大前提，已经令人瞠目结舌，后面的推论和结论，更令人不寒而栗。

两千多年来，从汉代的王充到明代的李贽，直至戊戌维新中的康有为，都被认定为"非圣无法"，哪一个不是这样划定的？

早在17世纪，利玛窦就认定："他们（指中国人）没有逻辑规则的概念"，即使在道德哲学领域所达到的，也仅是"一系列混乱的格言和推论"。（《利玛窦中国札记》，中华书局版，第31页）事实俱在，要想推翻，难于哉！

3. 扼杀异端。

养成这样的思维习惯，随之而来的是把创新视为"异端邪说"而残酷摧毁。

带头的是孔老夫子。"攻乎异端，斯害也已！"（《论语·为政》）为了掩盖这个有损圣人光辉的污点，孔门弟子煞费苦心。可是，从杀少正卯，到康有为的著作被毁版，哪一个异端在儒学统治下得到宽容？鲁定公在夹谷和诸侯会面，加插歌舞，孔子竟以"营惑诸侯"的罪名，立刻下令斩杀演员，又有什么宽容？

不幸，这些奇特的思维方法在中国几千年的文明史中习以为常。让20世纪中国人吃尽苦头的正是这类引经据典以圣人之是非为是非，唯"最高指示"是从的荒唐之极的思维方式。现代科学固然无从产生，思想文化更新受阻，政治上的残酷斗争更是惊心动魄。

有人以儒释道总体上和平相处来证明儒门的宽容。他们不愿说明，这是以释门弟子和道教徒认同三纲五常，不与儒门争高下为前提的。

有人以西方的宗教裁判更黑暗、更恐怖，为中国传统的不足辩解。他们忘记了，西方中世纪确实有惨无人道的一面，但他们那时的寺院有庇护权，保护着学术的一线生机；有法治和地方自治的传统、贸易的自由，孕育着新世纪的曙光。更令中国人汗颜的是，他们的先驱们，从文艺复兴以降，前赴后继清算这些窒息生机的黑暗。而19世纪、20世纪的中国启蒙先驱却未完成早该完成的历史任务。

2011年1月3日星期一

刊登于《文史参考》2011年1月（下）

难于逾越的"天朝上国"思想堡垒

一辈子读书，教书，写书；在兹念兹的是中国历史，主要是近代中国历史。20世纪90年代开始，伴随我在史学领域徜徉的小胡，特地将近日闲聊的记录整理成文，认为可以公之于众。说时随意，错漏难免，敬请看官多多教正。

胡：你老是挑剔封闭的天朝心态，盛唐时期，有那么多海外各族聚居在长安、广州等地，怎能说是封闭呢？

袁：在中国漫长的历史中，作为一个大国，不可能完全断绝与外界来往，有些朝代甚至对外交往频繁。这些交往最显著的特点是以天朝上国和文明中心自居，来者是臣服朝贡的蛮夷。看到交流盛况的同时，不能忘记它的思想底色是"万邦来朝"。

这种关系是以儒家的华夷之辨为思想基础的。

子曰：夷狄之有君，不如诸夏之亡也。

（《论语·八佾》）

吾闻用夏变夷者，未闻变于夷者也。

（《孟子》）

学界公认，儒家建构的是文化民族主义。只要夷狄接受中华文明，就可以同化为诸夏的一部分。如果拒绝教化，那就永远是野蛮的夷狄。

这些信条的作用是复杂的。一方面，它是最大的民族——汉族的思想融化剂，而且泽被东亚，提高了周边国家的文明水平。另一方面，它又是封闭的思想堡垒，使中国人丧失了多次接受外来先进文化，推动社会转型的机遇。

以解释儒家经典《春秋》为职志的《左传》清晰地申明："非我族类，其心必异。"这个心态非常可怕。

于是，不但"洋鬼子"所作所为不能轻易仿效，且一言一行都居心叵测，绝对不可采纳！

胡：哪个民族的老皇历没有几笔这一类败笔?

袁：可是，"洋鬼子"通过文艺复兴和启蒙运动，摆脱了传统中负面因素的桎梏，完成了人的觉醒的历史任务，实现了从臣民向公民的转化，而中国知识阶层中的好些人至今仍醉眼蒙眬，热衷于维护思想壁垒。

胡：仁兄似乎有点危言耸听。

袁：回首话当年，19世纪的大清帝国朝野，不少人认识到当时面临的是"三千年未有之大变局"，救亡图存和"富强"的呼声不绝于耳，"自强"、办洋务的热潮席卷全国，甲午战争中却被"蕞尔小国"日本打得一败涂地。原因是什么?

依然把西方列强当蛮夷！不但有些人公开反对"以夷变夏"，更重要的是知识阶层的主流坚信表现在价值观和道德规范——三纲五常以及相应的制度上的文明水平，中国依然举世无双！因此只能"变器不变道"，坚持"中体西用"，学习"洋鬼子"的制造枪炮、造轮船、挂电线，如此等等。连要不要修铁路，都辩论了三十年！一些有识之士提出的废科举、开国会、开报禁、办商会等触及根本的改革，不是被目为异端邪说，就是被置若罔闻。

胡：呵呵，别炒19世纪的冷饭吧！

袁： 20世纪天朝心态也不绝如缕，变器不变道的阴魂不时浮现。

思想家如梁启超、梁漱溟、张君劢他们先是宣扬中国的"特异之国性"不能变；后来更提升一步，扬言东方文化足以挽救世界。

左右两派的政治家则异曲同工，老想重温世界中心梦。

孙文断言："外国的民权办法不能做我们的标准，不足为我们的师导。"中国的道德"驾乎外国人"。"中国的文化超过于欧美"！（《孙中山选集》第760、684、685页，人民出版社1981年北京版）

在数以亿计的中国人穷得吃不饱饭的时候，有的政治家却大言不惭：世界革命中心东移！潜台词是：轮到洒家当世界革命领袖了！言行一致，枪炮、金钱、粮食没有少送，勒紧裤带充大头！

21世纪，够新鲜热辣吧？变器不变道或中体西用的心态仍然是社会前进的阻力。

胡：有证据吗？

袁： 翻翻时贤的大文吧。这类论调俯拾皆是。

还有几千万人温饱问题未解决，人均GDP在100名以后，有些人就以"大国""盛世"自居了。有一篇宏文：《中国道路的世界意义》（《国际经济评论》2010年）真让人大开眼界！

"中国模式"还不过瘾，"20世纪中国走出了一条'中国道路'。这条道路不仅具有中国特色，而且具有世界意义。""要用国际上听得懂的语言向世界宣讲中国道路对于世界的普遍意义。"天朝崛起，福音降临，泽被世界，合该山呼万岁！

缘何如此伟大？

"中国革命造就了一个开放和平等的社会。"好家伙，三十年的闭关锁国不见了！处在底层的农民也被平等了！至今无所不在的隔离墙也被遮盖得严严实实了！

中国"完成了从'党国体制'向'国党体制'转变"（汪晖）；已经建立起继承科举制精髓的"选贤任能"的"贤能体制"，世界各国都望尘莫及！汉语太伟大了，只要两个字掉个位置，世界上最优越的政治体制就摆在中国人面前了！大约有点心虚，他们补充说："只不过这个过程不是民众的选票说了算，而是官员的德性说了算。"且不说中国官员的德性，路人皆知；更重要的是，先生们忘记了一个政治常识："总统是靠不住的"；只有权力互相制约和法治能防止官员变质。如果民众手中没有选票，他们真会"全心全意为人民服务"吗？

2011年1月12日星期三

刊登于《文史参考》2011年2月上第57页

孔子俯视长安街和"儒表法里"

胡：孔子雕像矗立天安门广场一侧，俯视长安街，引起海内外热议。老兄有何观感？

袁：没有政府批准并出资建造，这座雕塑不可能在那个地方出现。其中含义真值得仔细玩味。

首先是地点选择非同小可。中华人民共和国成立以来，只有六个人能享受这样的尊荣：马克思，恩格斯，列宁，斯大林，毛泽东，孙中山。第七位是孔子！不简单吧？

其次，高度也精心设计：九米五！象征"九五之尊"，这是历代皇帝专门享用的规格，也是孔子前所未有的礼遇。唐玄宗封他为文宣王；到了明代，嘉靖皇帝还不乐意，只称他为"至圣先师"，王位丢掉了！[1]想不到21世纪，时来运转，"黄袍加身"，与皇帝比肩，与革命领袖比肩了。不过，恪守礼制的孔子，地下有知，肯定会跳起来大声喝止："非礼勿视，非礼勿听，非礼

---

[1] 李零：《丧家狗——我读〈论语〉》，山西人民出版社，第13页。

勿言，非礼勿动。"（《论语·颜渊》）礼制不能破坏，别陷我于不义！

再次，这是国家博物馆独尊儒门的表征。孔子生活在百家争鸣的时代，中国传统文化是多元的，单单把孔子抬出来，孔子虚心请教的老子不见了，孔子认为华夏深受其惠的管仲（《论语·宪问》）也不见了，与儒学并列为显学的墨子不见了（"世之显学，儒、墨也。"《韩非子·显学第五十》），庄子等人更加无影无踪，这里明显表达了两个信息：

1. 歪曲了中国传统文化的真实状况。

2. 向往一元化、大一统的文化。

这可不是小事！

胡：儒学是中国传统文化的主流。突出孔子不是合情合理吗？

袁：不能否定儒学是漫长历史中的主流文化。但它对中国历史的影响是复杂的；公正地说，是得失参半。孔子是教育家、思想家，当年有杰出贡献，是影响最大的文化流派之一；其后的两千多年，他的学说与农业自然经济相适应，更演化为稳定的社会制度。儒学是凝聚汉民族的思想支柱，又是中国历史发展迟滞、转型艰辛的历史重负。

胡："发展迟滞，转型艰辛"不能归罪儒门。"儒表法里"，不能把法家的罪责往儒家身上推。

袁：老弟上当了！

第一，这是逻辑混乱！

主流就是支配性的，而且已成为法定的或约定俗成的规则。所谓社会制度就是人们必须遵守的规则体系。说儒家思想只是表皮，规则内容都是法家的，那就等于说，法家思想是两千多年中国社会的思想基础。

第二，这不符合历史实际。

"儒表法里"之说，由来已久。近年冀图把儒学锻造为新的意识形态枷锁的人们，冷饭热炒，意在掩盖儒门黑暗面，诱导芸芸众生重新拜倒在圣人脚下。可是，它与历史实际不符。

胡：拿证据来！

袁：两千多年统治阶层如何统治中国社会，可以从两个方面去了解。一个是全国范围实行的律例；另一个是维持基层社会秩序的族规。

望文生义，以为制定法律就是法家，儒家天下没有法律，全凭以德治国，那是小学生层次的笑话。如何区分法律蕴含的是儒家思想还是法家货色？

研究中华法系的著名学者瞿同祖教授说得好：

> 儒家思想以伦常为中心，所讲在贵贱、尊卑、长幼、亲疏有别……法家则讲一赏一刑，"不知亲疏远近贵贱美恶，一以度量断之"。反对有别，认为亲亲爱私则乱，所以以同一性的行为规范——法——为治国工具，使人人遵守，不因人而异其法。太史公论六家要旨所谓"不别亲疏，不殊贵贱，一断之于法"者也。此种思想正与儒家所标榜的亲亲尊贤之道相反，为儒家所深恶痛绝，认为"亲亲之恩绝矣，严而少恩"。[1]

---

① 《瞿同祖法学论著集》，中国政法大学出版社2004年版，第371—372页。

中华法系文献非常丰富，贯串其中的都是儒家思想。以集战国以来法律之大成的《唐律》为例，明显地旨在维护尊卑、亲疏、等级。其中有一条是"八议"，凡与皇族有关的八种人，即使是死罪，都要另行请皇帝决断处理。"《礼》云：'刑不上大夫'，犯法则在八议，轻重不在刑书也。"议亲，议故，议贤，议能，议功，议贵，议勤，议宾，与法家坚持的刑赏一律，大异其趣。[1]

而且这种精神贯彻整部律例，历代无不遵守。平民百姓犯法，也按亲疏、尊卑论罪。例如"诸部曲、奴婢詈（骂）旧主者，徒二年；殴者，流二千里；伤者，绞；杀者，皆斩"。要是主人"殴旧部曲、奴婢，折伤以上，部曲减凡人二等，奴婢又减二等；过失杀者，各勿论。""诸詈祖父母、父母者，绞；殴者，斩；……若子孙违犯教令，而祖父母、父母殴杀者，徒一年半。"[2]

再看族规、家训，这些基层治理的大法，更是彻底贯彻儒门伦理："凡诸卑幼，事无大小，毋得专行，必咨禀于家长。""凡为子为妇者，毋得蓄私财。俸禄及田宅所入，尽归之父母舅姑。当用则请而用之，不敢私假，不敢私与。"[3]

这是宋代以来族规的范本。按照这样的儒家规范培育子民，不但举目皆是俯首帖耳的顺民，而且财产权和经济自由受到严苛的管制，随之而来的是创造性被扼杀，工商发展受阻，社会转型步履维艰，就是其苦果。

2011年2月19日星期六

---

[1] 《唐律疏议》，中华书局1983年北京版，第16—18页。
[2] 同上，第424、414页。
[3] 《司马氏居家杂仪》，《大学精神档案》（古代卷），广西师范大学出版社，第180页。

再说"儒表法里"

拙作《孔子俯视长安街和"儒表法里"》谈及儒表法里，意犹未尽，还要再说几句。

一个是司马迁，司马迁写的《孔子世家》，说孔子在夹谷之会小题大做杀人，表明他是专制的。孔子思想有可取之处，一点儿都没有问题。但是另一方面他一朝权在手，又怎么做？

荀子也是一个高山，他是怎么样讲孔子的？维护森严的等级关系，坚决镇压不同意见。孔子当政七天就杀少正卯，编派出五条合该砍头的大罪，两条是个性鲜明，三条是知道很多丑事而又善于言说。假如你认为荀子歪曲了孔子，你就要证明他是怎样歪曲的。或者你不承认司马迁《孔子世家》里面的孔子，你也要证明他怎么样歪曲了孔子。

另一个高山是陈寅恪对儒家文化的论断。他关于冯友兰《中国哲学史》的两个审查报告是经典性的文件，里面很多论断很值得我们反复阅读。看看他是怎样说的吧：

李斯受荀卿之学，佐成秦制。秦之法制实儒

家一派学说致所附系。《中庸》之"车同轨，书同文，行同伦"（即太史公所谓"至始皇乃能并冠带之伦"之伦），为儒家理想之制度……汉承秦业……儒家《周官》之学说悉采入法典。夫政治社会一切公私行动莫不与法典相关，而法典为儒家学说具体之实现。故两千年来华夏民族所受儒家学说之影响最深最巨者，实在制度法律公私生活之方面；而关于学说之方面，或转有不如佛道二教者。

（陈寅恪：《冯友兰〈中国哲学史〉审查报告三》）

秦以来专制制度是儒家学说制度化的产物！时贤费尽九牛二虎之力为孔子化妆，说几千年的专制都是法家的罪过，儒家实在无比仁慈、平等、自由。他们有没有足够的力气推翻陈寅恪的上述论断？陈寅恪还指出，这个制度是跟自然经济、农业经济相联系，自然经济一变化，它就不可疗救。秋风想疗救？没门！这个高山越不过去。这是很明显的事实。

还有一个高山是近代中国的历史。

现在秋风他们想做的工作，其实19世纪那些主张西学中源说的学者已经做过了。他们出于好心，想减少阻力，"为俗人说法"，把现代文明跟古代文明结合起来，说议会、民主、法治中国古代都有，仅是"礼失求诸野"。那是好心，但是走不通，而且违反历史实际。这一条路对实际的宪政进展没有什么好处。这又是一个绕不过去的高山。

正确认识和对待传统文化

时间：2011年7月2日

地点：华南理工大学公共管理学院

主持人：今天我们非常荣幸地请到了袁伟时老师。袁教授是广东兴宁人，是著名的历史学家、哲学家。袁老师是个公众人物，在媒体、学界影响、知名度非常高，国际上也有比较大的影响。很多主要媒体都请袁老师做过专门演讲。今天下午我们请袁老师给大家谈谈关于怎样认识和对待传统文化这个话题。很巧的是，袁老师读大学一二年级就是在这幢楼里的，很好的机遇。所以他今天来的时候很高兴，故地重游，精神非常好。

下面期待袁老师的演讲，大家欢迎！

演讲部分

非常高兴跟大家聊天。

说到怎么认识和对待传统文化，可能人家的第一印象是，袁伟时对传统文化有很多批评。我感觉到应该请我来讲这个题目，因为有很多误解，我需要将我对传统文化的一些基本观点说一下。

作为个人来讲，我是很喜欢传统文化的。假如你们有机会到我家，我家里挂的都是中国画，还有书法，我个人喜欢这些传统的中国书画工艺品。这是一个方面。而且在我看来，摧毁传统文化是犯罪的。

回到一个文化学的基本概念。文化有大传统和小传统。大传统比较简单地解释，主要是精英文化方面，比如传统经典，价值观念和理论层面的；小传统主要是风俗习惯。任何一个国家、民族，文化传统是割不断的，特别在小传统方面，传承的方式是自然传承、自然更替、自然发展的。风俗习惯等会变化，但这个变化不应该是人为的，特别是政府机构或者团体，不应该用暴力，这个暴力包括合法的力量、强制力量，如政府通过法令禁止某种传统。比如婚姻制度，我们讲一夫一妻制是最合理的。而中国传统可以多妻制，包括娶妾，这个应该通过法律来规范。中国在国民党执政期间，20世纪30年代，已经解决了这个问题。20世纪30年代通过当时的宪法草案，民法已经规定一夫一妻制，而且在中国历史上第一次规定男女平等。辛亥革命时候没有解决这个问题，那时妇女没有选举权，不但中国没有解决，世界上也没有完全解决。很多国家，他们的男女平等是20世纪20年代才解决的问题，而中国是在20世纪30年代初。这些方面可以通过法律干预。除此以外，是不应该干预的。让它自然发展，对整个社会最为有利。包括各种民间的组织、宗族的组织、行业的组织，自然发展是最合理的。

所有的民间文化我认为都是这样。在我看来，广州有一个事做得最糟糕，就是四九年后将民间的慈善组织摧毁了。比如，东莞有一个很好的慈善组织叫明人堂，原来和当地的学宫是一体的，它有大量的土地，所以有收入。原来它培养当地的举人、秀才等，清末废除了传统科举后，它转而支持新的教育，凡是东莞人，只要考上学校，都给予资助，很多家里比较贫困的学生，能够拿到一笔助学金念完大学。我认识很多朋友，他们都是这样念完大学的。这样的组织是非常好的。广州市也有很大的组织，所谓善堂，做了很多慈善事业，这些都被摧毁了。东莞明人堂和其他慈善团体，还被当成地主，将它的土地分掉，后来对改善农民的经济状况并没有多少帮助，但是将这个大的慈善机构摧毁了，这对民间社会的发展非常不利。广州如七十二行商会、慈善会，都这样。

所以我认为，凡是民间组织不能动，民间的风俗习惯不要随便动它。如果真是对人的发展不利，就通过法律来处理。有些结合商业发展让它商业化，其实也很好，比如最近的龙舟竞赛，这很好。让大家高兴嘛，人都要找些休闲，没有坏处。原来我们念中学时有乞巧节，很多女孩做工艺品，摆在家门口让大家看，这个没有什么坏处。现在广州又支持这些，如珠村。凡是这类，不要动它。

另外如文学艺术，政府更加不应该管。假如艺术家自己要组织成立各种画派的组织或俱乐部，不要管它，一管它就完了。当官的不是艺术家，他不懂，即使懂也只是一部分。只是从苏联那里听到一点什么社会主义现实主义就来提倡，然后强制执行，指责这个歪曲那个又不符合现实！拍了一个《武训传》很感人，被批判说不讲阶级立场，因为武训是地主。为什么韩国的电影电视风靡中国，我们比不过它？其实关键就在领导乱干预。这个状况改变了，中国的文学艺术肯定繁荣兴旺。美国有文化部吗？根本没有，它的好莱坞风靡全世界。有人说这是文化侵略，是吗？你可以跟它竞争啊。有些中国人得了奥斯卡奖；那是不是中国文化入侵美国呢？文学艺术政治化没有必要。中国政府要扶植文学艺术，就设立基金会，让专家评审哪些应该支持的，就拿出钱来支持。有些传统艺术很弱势，没有多少人看，应该通过专家评审拨款支持，什么粤剧、汉剧、潮剧，现在年轻人不喜欢看，但这些应该保留下来，要保留就去支持它。除掉这些以外，别管。连演员怎么演戏，导演怎么拍，你都要干预，完全是仗势欺人，害了文化和传统。让它们自然发展，自由更替，那样就没问题。对传统的破坏，发展到登峰造极就是文化革命，"破四旧"，将很多的艺术品和文化遗产摧毁了；那是对人类文化的大犯罪。

另一方面，我对传统文化也有很多批评。但不在一般的文学艺术，它也是精英文化的一部分。我批评在另一个部分，在制度层面、价值观念上，相应地有所批评。

全世界不同的国家、不同地区和民族都要转化成为现代社会，核心就是要将人解放出来，成为有自由思想、独立精神的现代公民，假如没有这样一个人的解放，就不可能有现代社会。现代社会的核心和基础就是现代公民，现代公民有很多权利要保障，不然经济就发展不起来，文化发展不起来，人的精神状态得不到充分改善，创造性要充分发挥就没有可能。所以要变。这个在全世界基本一样，大同小异。也就是说，一个国家要发展，都必须让公民成为独立自主的现代公民。

原来中国人是臣民，基本的地位是在"三纲"支配下的，不能有独立自主的精神。他必须服从官长，服从皇上和圣人。假如"非圣无法"，对圣人有所议论，甚至批评孔孟，那是大逆不道的。骂祖宗也是犯罪，骂官长也不行。而且在中国，经济上也不能独立。从汉代以后就规定，祖父母和父母在，后代子孙就不能"别籍异财"，就是不准另立户口，不准分家，财产分割是不行的。在这样的宗法关系下就麻烦了，个人的活力就受到压抑。为什么巴金的《家》反响那么大，一个大家庭将个性和自由都扼杀了，人的地位很低，上头有家族伦理、族规和家规，在这样的限制下，人不能成为现代公民，所以一定要冲破。

　　除了宗法家族制度以外，政治制度上，原来中国根本没有民主。不冲破还是"三纲"支配，中国要不要发展？人要不要自由和幸福？西方为什么要革命，还是人的解放的问题。通过宗教改革、文艺复兴，慢慢意识到人要站起来，人要解放。到了英国革命，就说英国人有传统的自由，国王是不能侵犯的。传统的自由有很多很多。13世纪一个很重要的文件，英国的《自由大宪章》，你们一定要找来看看。1215年，相当于我们的南宋末年，它就有很多规定。那些规定你不能不服气。我们还在"三纲"支配下懵懵懂懂，没有人的自由，它那个已经规定法治，要依法办事，国王的行为要依法。其中六十三条规定了贸易自由和其他方面的自由，很规范，我们根本就不行。我们缺少了些东西。我的《晚清大变局》第一章就讲了这个问题，详述中西传统社会的不同。在那些层面上，非改不可。制度不能不变，不变整个国家没有希望，人的幸福就没有办法。美国《独立宣言》说，人生下来，造物主给了我们基本的不可剥夺的权利，就是自由权、生命权、追求幸福的权利，这是现代公民都要的。然后法国大革命《人权宣言》又重复讲，人生下来就有这些权利。我们为什么要有政府？就是为了保障这些权利。我不知道你们有没有看过法国《人权宣言》，没有的话就找来看看，就知道现代公民需要什么，要规范什么。

　　一个是13世纪的《自由大宪章》，一个是18世纪的美国《独立宣言》，法国《人权宣言》，对比一下，你就知道，那些不变不行，对传统文化就会比较客观、冷静。为了这个制度上的变革，相应的，在价值观念上要有所考虑。

　　中国原来的儒家、道家以及后来引进的佛学，它有它的价值观念，有些到现在还是有用的。比如现代人的生活节奏很快，为了缓解精神上的压力，好多人愿意读点老庄、禅宗。会读的话，不让消极处世的一面支配了自己，吸取它积极的一面，我感觉很好。但是不要沉到里面去，无所谓。就像"有等于无"，就缺少一种积极向上的力量，不行。

儒家讲修身，讲道德，当然有好处。我特别提倡做官的天天念，修身齐家治国平天下，让他们经常敲敲脑袋，注意自己不要胡作非为，不要贪赃枉法，一点儿坏处没有。但是儒家的等级制应该反对，对中国人发展不利。

所以，牵涉到蒙学的一些通俗读物，有些让孩子们念《弟子规》，自己也念，甚至企业也念。我想任何地方都讲团队精神，讲规矩、礼貌。但是我认为，千万不要让孩子去念《弟子规》，这是害人。中国的孩子最没有创造力，但孩子天性很活泼。之所以没有创造力是因为压制，中国幼儿园教学很简单，要出去玩就得排队，整整齐齐，一个个走，不能乱蹦乱跳，太糟糕了。我参加过一次美国人的游行，留下深刻印象。很好玩的，他们每年有一天是"艾滋病日"，大家支持关心艾滋病人和治疗，到那天人们从四面八方到三藩市一个地方聚会，然后捐款。整个场面，有游行，歌星唱歌，有表演，各企业拿出产品招待大家，根本没有人排队。都是成年人，走起来浩浩荡荡，很不整齐，就是美国人那种自由散漫、活泼精神，但它爱心出来了。没有官员的长篇大论，完全民间的，讲也讲得很简单，很高兴。为什么不能这样？现在的传播工具那么发达，官僚有什么话就讲啊，通过媒体传播出来，为什么要在那个时候高谈阔论？讲几句就行了。而《弟子规》就说，要走在长辈后面，他讲的话要听，即使讲错了也不能当面批评。小孩就是应该让他乱跑，坦白说出自己的看法，那多好，他的创造精神就出来了。

成年人怎么样？我讲个故事。90年代台湾的经济发展很好，发展科技行业，邀请在美国的顶尖的学者到台湾建研究所，买最尖端的仪器设备，在全世界招聘研究人员。我认识其中一些人，有一个在"中央研究院"兼了所长。我问他怎样，他说，我们内部完全是按照美国的方式管理的，一离开研究所，接触外面那种官僚气息，就不行了。在美国的研究所，我的儿子儿媳都在美国做研究工作，在硅谷做，在大学做，现在每年回来讲学，他们的研究所里没有等级观念，对学者和教授都是直呼其名，彼此都是以名字相称，讨论的时候不论年轻年长和资历，都有发言权，可以随便讲话。这就不同了。因为每一项研究竞争很激烈，一有研究成果就要发布，先发布一小时都是领先。在不断的强大竞争下，每个人的积极性和创造性都出来了。为什么70%的诺贝尔奖金获得者都在美国？就是这样一个自由制度。这些东西搬到中国来有什么不好？

所以，归根到底人要解放，要培养自由思想、独立精神的公民，从小就不要让他读《弟子规》之类，从小就要尊重他，当他是个独立人，什么都跟他商量，那他整个精神就不同了。所以我认为制度层面不能含糊。

回过头来，我们传统文化里面就有问题。问题在哪儿？要了解中国传统文化，必须要读一下西方的经典，要看苏格拉底、柏拉图那些东西。比较一下，同样的轴心时代，他们的水平怎样，我们的水平怎样，亚里士多德的理论和我们春秋战国时代的相比怎样。要这样比，不要盲目自大，关起门自吹自擂。人家十七八世纪解决的问题，我们二十一世纪还在艰苦奋斗，还说这是新思想。要命啊！人家那是多少世纪以前的事了。

最近我跟一些人争论孔子的问题。孔子在世界历史上有地位，他是一个教育家，而且是伟大的教育家，他对伦理思想也有贡献。但要说他是世界最伟大的教育家、伦理学家，就不要这样讲，要讲就要先对比一下，同一时代，其他国家，和人家比怎样。最少在教育思想上，孔子是灌输式的，提倡尊师重道，"攻乎异端，斯害也已"，假如离开老师就"小子鸣鼓而攻之可也"，是这样教导的。孔子虽然讲过要举一反三，但跟苏格拉底的教学方法完全不同，苏格拉底就提倡不断地怀疑，不断地辩论。特别后来，儒家的四书五经变为中国的基本教材，就完了，中国人的知识面就被限制了。为了我们转型一两百年还完成不了？就是这样，知识基础太差。人家中世纪的教育有"七艺"，我们光知道西方有宗教法庭，有异端审判，但另一方面，他们也有保护学术自由的一面。他们的教堂，警察和暴力不能进入，就能够庇护异端，《巴黎圣母院》就讲到这样的情节。而且修道院内部，也有为学术而学术的传统，如辩论一个针尖上能站多少天使之类，各种看似无聊的辩论，里面是逻辑学的训练，西方的中世纪教育就有逻辑学。中国文化的弱点就是不讲逻辑，没有形式逻辑理论。拿古希腊的几何原本跟中国的数学比一下，我们说中国的圆周率是了不起，但《九章算术》都是讲具体方法，没有上升到一个理论高度。这些弱点要不要正视？

作为现代公民，我们很客观地看看，中国有什么好东西。有些东西是不能现代化的，唐诗宋词元曲等，这些绝对不能现代化，只能保护。这些就传承下去，永远要保护。但作为现代公民，我承认中国传统文化中有很多辉煌的成就，另外，我不回避中国传统文化有很多不足。那样的话，胸怀就不同了。现在为什么还要拼命讲这些常识呢？因为有些人在玩弄一些权术，想将中国文化搞成文化民族主义，变为抵制现代文化的一个思想堡垒，那样中国人就自讨苦吃了，思想文化不能得到充分的发展。其实现代文化就是这样，不外乎自由交流自由讨论，错误的让大家识别，好的不管哪个国家的我们都要。

我就先讲这些。有什么大家可以提问。

交流部分

问题1：您的演讲对我们追求真相大有帮助，我赞同您，我的问题是，如何在全球化的环境中标识一个中国人？

答：这是一个很活的问题，不是现在提出来的，1935年有十位教授在国民党中宣部支持下发表了一个《中国本位文化宣言》。他们提出，现在我们看到，没有本来意义的中国人了，因为不再是中国原来的思想了，所以文化意义上已经没有中国人了。现在又碰到这个问题，这个很有鼓动性。

中国人的特点在哪里？我想有个根本的立场要先解决，文化究竟是为人服务的，还是人要为文化殉葬？我们讲，人是根本的，人的幸福是根本的。作为中国人，只要幸福，还有整个国家发展了，就可以了。管你是什么文化，只要对我们整个国家发展有利，对人民的幸福提高有利，对人的独立精神、创造精神，对精神世界的提高有利，就可以吸收。

有一个这样的口号"复兴中国文化"，这个口号错了，应该是"繁荣中国文化"。因为一个学者或公民，在文化上要有所创造的话，就要利用全人类的资源。至于哪些资源，不要理，他自己会找。每个公民，不管是思想家、学者，他应该用什么资源，应该创造出什么，是他自己的选择，不用去指导他。一指导就把他限制住了，让他手脚和头脑充分自由，他就能创造。假如中国在22世纪出现一大批爱因斯坦那样的科学家，出现比孔子、老庄还要伟大的思想家，在全世界得到公认。现在影响世界的罗尔斯的正义论、诺切克的理论，全世界都受影响，中国为什么不能出这样的思想家？只要出这样的思想家，他利用中国的传统文化，或者将其他国家的文化都吸收进来，管他干吗？只要中国出现十个二十个这样的人，影响世界走向的科学家大思想家，中国文化就繁荣了。要是中国能出大艺术家，使中国电影在全世界风靡，使世界都像我们现在看进口大片一样追着看中国电影，有什么不好？所以我认为，不要强调什么主体性，而是要强调中国人的创造性、创造精神。中国人将来会怎样，有什么特征？不知道。让他自由发展。文化是自由更新和自由传承的，这样到将来，广州人还会很热烈地过春节，很热闹地去看龙舟，有什么不好？但也可能大家都烦了，根本不想过春节，就想有几天假全世界地玩，现在年轻人恐怕更喜欢这样。这个不知道，将来自由发展就行了。把这块土地变为全世界最向往的地方，最愿意留在这里生活的地方，那就行了。为什么中国人就一定要口口声声地念孔子怎么说，孟子怎么说？但不等于孔孟的一些好东西我们不传承。我们在中学的课本里就应该将这些内容编进去，让他知道要培养浩然正气。这样就很好。

问题2：想追问一下，您这样说，会不会对人对自由过分的乐观？我们常常争论关于自由的问题，孙中山把西方的自由观来了个大的改造，到后来变成了民主集中制，把自由都回避了，变成了集体的自由。以至于靠国家力量对自由的宣传，大家都理解得不到位，几乎变成了自由和规矩的结合。但您的说法在这样一个国度中会不会过于乐观？因为我们中国传统对秩序是有情结的。有没有这个问题？

答：我想这是一个误解。首先一个前提，现代社会在各国都是大同小异的，其中很重要一条，它是一个法治社会。要有很严格的法治，所谓秩序就体现在这个地方。不信到香港看看，在地铁吃东西罚一千，大街扔垃圾罚几千，你敢吗？这就是秩序，对社会必要的，对保持公共秩序必要的，通过法律来规范。现在香港所有公共场所都是禁烟的，有些朋友说要命啊，整个校园都不能吸烟，太惨了。没办法，它就是这样。对个人自由好像有限制，但这是保证公司秩序和公共福利必要的。有了法治，这些都不成问题，比那些所谓传统的东西更好，是不是这样？

讲到刚才提的第二个问题，现代社会的要素在哪儿？首先公民自由，这是最基本的，然后一定是法治社会，一定是民主社会，要有民主素养。还有其他各个方面，我没想清楚，一下子概括不了。

问题3：现在的人在这样一个社会中，如果对他启蒙应该有哪些？

答：启蒙的一个核心就是理解现代社会是怎么运作的，一个现代公民有什么权利和义务。我想这是核心。你要做的话，就要将现代社会的一些经典性的文件让他们好好看。包括《自由大宪章》以下的各种各样基本文献，包括英国的《权利法案》，美国的《宪法修正案》，主要是人权法案，法国的《人权宣言》，到1948年联合国的《世界人权宣言》，最好还有后来的两个人权公约。我想应该普及这些知识，因为世界已经进展到这一步，而且一点儿也不离经叛道，因为中国政府签署了这些文件，有些已经如社会权利公约批准了，政治权利公约到现在还没有履行法律手续，但已经签了字，签字就表明中国认为它的原则是对的。领导人一直都说我们会尽快批准，目前条件不够，我们正在创造条件。十多年过去了，还没有创造出足够条件。再过十年又怎样？在学校里进行教育就要提前，将中国政府认同的基本原则让大家知道。我感觉看了这些资料以后，他就知道现代社会应该是这样的，是非标准在这里。《论语》不是标准，《论语》在古代有贡献，而作为现代人应该知道，现代社会的是非标准在这个地方。

问题4：我在公共管理学院教了两年西方政治哲学史，有一个比较疑惑的问题：在西方政治制度史上，自由、平等、博爱等恰恰产生在法国，以整体的形式提出来。但是在目前，法国的等级制是西欧国家最严重的，法国的文化和我们目前的文化就组织文化而言非常相像，政治权威，等级分明，这方面，我在想，我们的口号理念、我们人类共同追求的价值怎样才能影响政治系统？

答：第一，我先说明我对法国没有系统研究，有些东西我会知识不足，解释得不够彻底。第二，根据我现在的认识，我感觉，法国的等级制可能表面上的比较多，实际上还是自由平等的。有些人以能保留一些贵族的称号为荣，有这种情况，但这都是形式上的，基本的东西还是比较自由比较平等，大致没有问题。所以有些政治家来自草根，不一定是精英阶层才能充分发挥作用。

另外也要考虑到法国文化传统的影响，它原来就是个等级制很分明的国家，那些会有影响留下来。那种"左"的传统，革命的东西，用激烈的形式去推翻那个社会，常常会有反作用，比如认为社会很动荡，就会怀旧，要恢复帝制。法国是在1871年以后才稳定下来，在稳定之前的几十年，那么激烈的革命，雅各宾专政，造成的后果，是拿破仑结束革命以后还有帝制复辟。虽然是形式上，其实是对极端措施的反弹，在法国社会的生活里面会打下一些烙印。再一个，后来法国的一些发展我感觉有些不好，就是好走极端。特别"二战"以后很明显，一方面有戴高乐政府专制的一些做法，思想界受苏联影响很厉害，所以雷蒙在《知识分子的鸦片》中的反思，很值得重视。

在中国这样的反思还没有，其实中国也需要这样的反思。苏联的历史是人类历史上的一个大弯路，它所造成的影响，负面的东西，我们面临彻底的清算。而我们在这方面做得很不够。我现在还在上课，给学生规定的参考书有《共产党宣言》，也有恩格斯的《法兰西内战导言》。同时，最后还有苏联最后一任中宣部长雅各夫列夫的《一杯苦酒》。就是说，在思想文化上有些问题要澄清。中国人受苏俄的影响很重。《共产党宣言》中讲，我们共产党人，全总理论归结为一句话：消灭私有制。后来苏联的问题、中国的问题跟这个有很大关系。苏联的新经济政策，就是发现消灭私有制不行，马上实行新经济政策想挽救，但是经济情况好一点，又回去搞公有制。结果大批人死亡。苏联反对私有化是政治上镇压，大肃反，饿死几千万人。中国为了摆脱这些东西就改革开放。你看改革开放跟《共产党宣言》的基本观点，是不是纠正不适应新的历史阶段的一些东西？现在就是说，改革开放的路不能往回走，不能像苏联的新经济政策一样只是临时措施。不能临时，就是正轨，要回到正轨。

这个是不是等于说《共产党宣言》没有贡献？不是。它在当时的历史条件下是个正义的呼声，那时它抗议资本主义的黑暗面，指出它很多不对的地方。有批判这个社会才能改进。我们要继承其中好的东西，对已经不适应时代发展的东西、历史证明是错的东西要敢于正视。我想这样就会比较好些。

问题5：中国包括一些东亚国家，日本韩国等，都是受儒家思想影响很深的。但是这些年来日韩崛起，尤其日本成为世界的强国。作为文化相近的国家，我们可以从他们身上学到什么促进我们国家发展？

答：这里常常有一知半解造成的误解，同时有些人喜欢做出耸人听闻的结论。日本从二战失败成功发展以后，国际上兴起一股思潮，说"儒家资本主义"，日本就是儒家跟资本主义结合起来所创造的奇迹。其实这个很肤浅，他对日本历史的全局没有了解。日本之所以明治维新在经济领域上成功，它跟中国不一样，没有科举制，所以它学西方。它比较聪明，先在教育上全盘西化，军事方面也全盘西化，在政治上则是半西化，废除了封建制，改为地方的自治，将封建主的权力收了回来。同时在经济上学习西方，原来搞官办经济，后来发现此路不通，官僚办经济效益很低，于是将所有国有企业低价卖掉，结果财政减负，三菱、三井等一批大企业发展了起来。同时日本人很聪明，它也有租界，也有不平等条约，中国所受到的不平等待遇，包括治外法权，外国驻军，租界，它都有。明治维新以后，它知道这个很屈辱，从十九世纪七零年代开始就想废除不平等条约，但达不到目的，就埋头苦干，一直到19世纪90年代，才开始逐步废止不平等条约，到1910年辛亥革命前夕，它才彻底摆脱这些条约，整个国家发展起来了。

但是政治上它只是学了一部分西方，政治体制改革不彻底，它在1889年通过了宪法，是有宪法没有宪政。问题在于天皇保留了很多特权，军部属于天皇直接领导，另外保留了元老院操纵政治，不是民选众议院彻底管理国家。后来日本军国主义化，有些军人冒险想征服世界，绑架了整个日本。所以日本是军国主义，不是法西斯主义，这两者有区别，我们不要随便讲日本法西斯。另外在思想文化上，为军国主义提供了支持的是儒家教条。这个我们要记住。日本19世纪80年代到90年代，教育方面有几个文件，有个教育敕语，基本内容是以儒家的道德观教育年轻人忠君，以忠为基本的教化根本，直截了当要以儒家作为道德修身的根本。另外还有一个对军人的最高指示，也是强调军人要绝对忠于皇上。民族主义再加上儒家的教化，日本就糟糕了，培养出来的是绝对服从的人，变为军国主义的思想制度，发动了侵华战争，发动了太平洋战争，中国为之死了两千多万人。

所以，假如要歌颂儒家伦理道德，就要记住，这些儒家道德曾使中国人死于国外的刀枪下。还要记住，19世纪中国非正常死亡的人数一亿多人。这一亿多，绝大部分是中国人自己相砍相杀，像太平天国，还有因为不学西方使得国家非常贫穷落后，导致大灾荒的非正常死亡。为什么对孔孟之道要那么警惕，对文化民族主义要那么警惕？因为它给中国带来的负担那么重，造成的恶果那么大。所以，我们讲传统继承，要很小心，特别在制度层面要很警惕。

问题6：刚才您讲到国学教育，我个人有这样的理想：我的孩子很难教，他有自己的天性，有独立性，做家长有时头疼，可能因为自己比较固化，我们希望管理孩子，可能因为自己没有到一定高度。但另一个角度，现在这种科技，让孩子过度地把精力放在网络电脑上，通过接触《弟子规》《论语》这些传统，孩子确实有些方面不一样，包括尊重、感恩、孝道，他会有比较大程度的让我们欣喜的变化，能够约束到他。所以我个人认为这些儒学文化可能在目前的教育还是要做一些。怎么样平衡是另一个问题。对我们这一代成年人，所有关于做人的教育来自于家长，在我们的教科书里都是做人的功利性教育，我们成年人如何宣扬这一份儒家文化去改变目前这样一种现状？

答：我是这样想的，任何文化都有感恩、守秩序这些内容。对孩子，怎么既让他们保持童真和创造性，又让他们遵守起码的礼貌和秩序，我感觉是很重大的问题。就我的看法，我想，第一重要的，是让他们跟书籍交上朋友，让他们有一个追求知识的动力。我认为这是让孩子们成长的最基本途径。玩电脑他们会喜欢玩游戏，但引导他们知道电脑不光有游戏，还有各种用途，假如让孩子们有浓厚的追求知识的精神，他们对什么都很好奇，想要去求得解决，他们跟知识交上朋友了，我想这个孩子将来的发展会很正常。

从教育来讲，应该是要建设一个书香校园，我认为比你让他们读经好得多。因为读经，很多东西他们不懂的，那是古代的一种蒙学教材。那么为什么不拿他们能够理解的书籍给他们看？不管中外古今，他们能看懂，一看就兴致盎然，而且会受到教育，养成读书的习惯，追求知识的习惯，就很好了。你就要挑选积极的读物给他，包括有声读，让他听故事，看知识方面的东西，等等，活力就出来了。这个过程中，你要教他基本的礼貌，比如他帮你做了什么事，要说谢谢，对人也学会基本的礼节，他的感恩之心等习惯就出来了。就是说，要把他当成现代的自由的小公民，培养他的独立精神、自由思想，培养他的法治习惯和追求知识的习惯，他就成长起来了。我认为读《弟子规》不是好办法，我不赞成。假如让他自由地追求知识，可能成长更快。问题要有一群人就更好了。你选择一个学校，是能够按这样的方式教学的，我相信比读国学班更好。

香港最好的学校就是这样，要求学生一个礼拜读一部书，儿童读物，是双语教学的，有很完整的一套方法，那样出来的学生知识面很宽，性格很开朗，胸怀很广，比我们按部就班把他们变成小老头好得多。为什么把他们变成小老头？为什么让他的眼界变为只知道中国的一些圣人？我认为这个应该很清醒，不要很耽误孩子。

对成年人，我认为如果要了解中国，可以看看中国的传统经典，但是同时应该读世界读物。不要片面地去读传统经典，刚才我讲的古希腊的经典，近代的一些经典，要读。那样就不会成为一个片面的民族主义者。

问题7：老师好，我认为中国现代化的难点是八亿农民的现代化。您对这八亿农民和农村落后的生产方式的现代化出路怎么看？

答：所谓农民的现代化关键就是市场化。让这八亿农民成为城市人，一定是通过市场方式，留在农村的，把农村的传统农业变为市场农业，一家一户也可以成为市场农业。我去看过西方的一些农场，就是一家人经营一个农场，完全市场化，一方面可以改进自己的经济收入，另一方面他的眼光又是现代商业的眼光。我认为现在建设新农村，好像没有抓住这个要点。就是要市场化，搞市场农业，让大批农民进入城市，当然还要改善农村的基本建设和基本条件，政府当然要支持。但基本一条，农业市场化。

问题8：中国有个大难题是人口特别多，而且小农生产方式几千年以来都没变化。但西方历史上通过海外掠夺和殖民活动，实现了这种工业化的原始积累，但现在中国已经完全不能走那种海外掠夺的积累的道路，我们整个生产条件又没能提高……

答：我知道你要讲什么，不用说下去。中国是个大市场，只要路线对了，以内需为主，它是无穷无尽的市场。关键不是人口多少，而是是不是让市场充分发展。因为市场是会自己扩张的，不用殖民地，本身就能不断扩大。市场经济的特点就是要面向大众。

人口那么多，关键就是过去没有好好发展市场经济，特别没有发展民营企业。让大批民营企业发展起来，多少人口都能吸收进去。问题是这个过程，因为人口多会慢，可能需要二三十年，但无论多少年都要走这条路。现在我们选择了市场道路，是对的，但是有一条还不够聪明：没有把资金充分支持民营企业发展。我认为这点值得担忧。比如广州最近招商引资说，"十二五"期间有一万亿的投资来自民营企业。但不知你们有没有注意到，前一两个月，中央企业说要在广东投资两万个亿。我说民营企业才投资一万亿，中央企业要投资两万亿，那还不是国进民退？其实央企我想它不是用自己的利润投资，还是用银行的资金。那么银行资金为什么不交给民营企业去办？把支持央企的两万亿拿一半出来给民企，或者两万亿交给民企发展，央企几千亿就够了，顶多一万亿，那样面貌就不同了，就业局面就大大不同。所以，要坚定不移地发展以民营经济为主体的市场经济。广东省前两年有个文件，民营企业应该是市场经济的主体。我说这个认识很重要，也很正确。

问题9：我想说一个现象，也提个问题。我是做幼儿教育的，现在幼儿园基本都会教国学，我们发现其实国学没有那么恐怖，孩子背完很快就忘记，基本每个孩子都会背几句，但传统文化对他们并没有产生足够的影响。所以我认为，国学教育关键是教师，教师怎么对待传统去演绎。老师为教而教，上课背，下课一样乱七八糟，什么都不记得，这是现象。那么，如果我们真要把国学教下去，那孩子该在什么时候学？学些什么？哪些经典可以让他们学，哪些不应该学？如果都不学的话国学会不会失传？如果真要把国学传下去应该选哪些？或者在什么年龄段学？

答：我同意你这个观察。小孩有他的是非观，他认为对才接受。但是用了那么多时间收到那么点效果，为什么不用这点时间让他接触人类文化最容易接受的好的东西，或者说精华？让他们养成追求知识的习惯？就好像西方办得好的学校一样，教他们怎么观察客观事物。不久前有个介绍，德国幼儿园教什么，就带孩子到超级市场，教他怎么买东西，带到邮局告诉他邮局怎么运作，带他到野外让他观察自然。那就应该养成一个追求知识的习惯，另外养成读书的习惯，拿到好书怎么读，怎么观察世界怎么了解，怎么分析问题，那样培养出来的公民就很有创造性。我认为应该这样来培养孩子。

对中国的传统经典，我认为应该放到中学，或者大学一二年级语文。具体应该选哪些，应该通过有关专家讨论，就会比较恰当。不要简单化。对传统不应该排斥，应该学，但要等他有分辨能力的时候再好好教。因为基本是文言文，到中学或小学高年级，一些浅显的文言文可以学，让他可以理解。如果小学要读的话，可以挑一些浅显的诗词，就很好了。

问题10：我有个问题，关于这个民族性和主体性的问题，因为您倡导自由主义，不主张太强调民族性和主体性。但我想这是不是一种期待和理想，你不讲民族不讲主体，但别的民族，西方的文化他要讲他们的主体性，他会利用自己经济和文化的优势来强调他们的民族性和主体性。有个典型例子，当年以色列建国的时候有很多争论，要不要建立自己的国家？我们完全可以不讲犹太民族性，到西方国家一样可以生存。但就遭到很多犹太人的反对，我们为什么要消解到别的民族里去？今天我们中国面临同样的问题，如果我们没有自己的民族性，没有这种主体和根的话，我们只是把西方的东西都搬过来，那我们只是长得像中国人，但我们的心灵和文化都完全被别人消解了。会不会有这样的风险？

答：这是一个想象出来的问题。主体性最强的是朝鲜，那个主体性你要吗？第二，你想象人家都在文化上侵略你，威胁你。好莱坞有没有接受美国政府的指令，制造一些东西来侵略你，它有没有搞这样的策略？如果穿牛仔裤、T恤和衬衣是侵略别国的基本策略，那为什么你会穿？都是西化的东西呀。它没有这样的国家政策。你想象那是文化侵略；反过来看，是文化侵略吗？所谓心灵的西化是现代化还是西化？人类发展到这个阶段就接受这些东西，我们为什么不行？

同样，讲提倡中国文化，问题是，你提倡的中国文化跟独立精神自由思想符不符合？进一步追问，自由精神、独立精神对不对？什么都可以问的，什么都可以讨论。除非不希望国家发展，要国家发展，发展市场经济，前提就是公民要有自主权利。没有自主权，一笔交易都做不成，所以一定要有独立的权利。自由思想独立精神，这是现代公民、现代制度的基础。很不幸它先在西方发展出来。你怎么办？坚决抵抗它？这是你的自由。不过，这个抵抗对整个国家发展很不利。所以，我认为不应该抵抗，而应该在这个基础上发挥更大创造力，出比爱因斯坦更伟大的科学家，出更伟大的思想家，影响世界，为此要有很自由的环境。大艺术家、大思想家是不需要指导的。

现代社会与前现代社会不同之处，最重要的是个人就是主体。个人会自由选择的；心灵要怎样铸造，要保留传统的什么东西，我自己会选择。比如我很喜欢龙舟竞赛，喜欢中国的传统音乐和绘画，各种各样都是个人喜欢，不要干预。在一个群体中，人们可以自由提出各种主张，个人觉得好就接受，不好就不接受，不应该用大帽子吓唬人，说不接受这套就不是中国人。为什么你要穿T恤、西服？你喜欢穿汉服就穿，我穿T恤就不是中国人了？汉服是不是好看，实用，是个人的感受和选择，后面还有利益问题。所以我觉得应该保持一个自由心态，让大家自由选择。

中国人将来会发展成什么样？不知道。假如你有民族责任感，就创造一个自由环境，支持更伟大的创造，而不要迷恋过去那么一点点东西。那些需要人研究和宣扬，但不要受它限制，胸怀要很宽。

问题11：现在民营企业有个问题，它根本没什么管理，面对外部的变化和成本的增加，很多搞不下去，做几个月就关门了。民营企业是国家经济的一部分，他们出路在哪里？

答：我不是研究管理的，实在没有办法答复。我现在也不研究经济学，民营企业应该怎么改善客观环境，问题应该不断提出来，外部环境有什么问题，政府的支持怎样，金融怎样，怎样改善中小企业的贷款条件等等。怎么管理，找管理学书籍来读，但不要光看黎红雷的什么中国传统管理哲学，那只是一个道理，你还要研究所有世界上的管理学，感觉哪个对你有用，就去学。而且竞争会教会你选择，用什么办法才能在激烈竞争中生存发展下去。我感觉还是有很宽广的胸怀，吸收各种各样好的经验，至于外部条件，就要不断提出来，政府哪里做得不对，支持民营企业哪方面做得不够。

问题12：我非常赞同你对用《弟子规》教育孩子的反对。以我三个孩子来说，第一个用比较传统的儒学来教育的，第二个很宽容，我从来没管他的教育，第三个的教育比较中庸，半管半不管。我感觉三个孩子，传统教育那个成绩非常好，听话，但要办个事，出去吃饭订位都没有主张；第二个，不用跟他说什么安排，他组织能力很强，但成绩很差，要他办什么事，他根本不用你说，自己会想办法，很有能力；第三个，要他自己做什么，他总要求别人给意见。你认为哪种方式最好？

答：可能你第二个做得不够，你没有引导他跟知识交上朋友。放任不能完全不负责，要让他跟知识交朋友，不断追求新知识。光是有活动能力不行，还要能接受人类积累下来的传统。第二个要是加上这条，成绩提高了，就很好了。

自由和产权差异决定中西不同命运

古今无法割断　环境决定命运

胡：众口一词，中华文化博大精深，古代中国成就辉煌，你却一再找碴。为什么要说这些不合时宜的话呢？

袁：我也赞赏中国古代文化的成就。但作为历史研究者，只能一是一，二是二。知其一，不知其二，片面，危险。你要回答近代中国转型为什么那么艰辛，不能不追问祖宗的基因有什么缺陷。

胡：清算祖宗三代，你这个思维方法就值得质疑。

袁：一人做事一人当，个人言行不能祸延祖宗和家人，这是现代法治的常识。但是，就一个国家或民族共同体说来，它的制度和文化连续性带来什么后果，可不能不认真考察。

制度无非是成文或不成文的规则和相应的观念。这就是通常说的社会环境。它与地理环境相纠结，决定了共同体的历史命运。研究历史怎能不追根溯源呢？

言行应该审时度势。应该清醒地看到肆意摧残传统文化的年代已经过去，中国人处在还历史旧债的年代，必须针对已有的缺陷下功夫。

自由和产权差异决定中西社会不同命运

胡：老兄喜欢挑毛病，你认为中国传统社会有什么缺陷呢？

袁：在我看来，中国传统社会有三大缺陷：宗法专制，封闭的天朝心态，思维方式缺乏严密的逻辑。

先说第一个缺陷吧。要了解中国传统社会，有两个历史文件值得认真读读：

一个是根据公元76年至公元88年间当政的东汉章帝召集儒生在白虎观开会，由他最后裁定，班固执笔写成的《白虎通义》。这是根据儒学制定的行为准则。从帝王是天子的由来、爵位、诸侯、征伐、刑罚到三纲六纪，嫁娶、丧葬的规矩，一一明文规定。实际上就是当时社会制度的法制化。它是公元前71年开始，西汉宣帝"诏诸儒讲五经异同"，历时100年后，由皇帝拍板定案的最后成果。后来历代的律例，都是这个文件的延续和发展。从中可以看到四点：

1. 中国社会治理的特点是"礼治"。这是儒学制度化的成果。有人认为后世是儒表法里，坏事都是法家思想惹的祸，显然与事实不符。

2. 这样的传统社会，君臣、父子、夫妇之间只能绝对服从，没有平等的契约关系。皇权至高无上，社会结构上，没有任何势力或制度可以制约它。所谓道统可以制约政统，宰相可以制约皇帝等等，不过是20世纪中国学者制造出来的幻象。

3. 传统社会和传统思想的核心是三纲六纪（六亲），等级森严，构建成一个中央集权的宗法专制大帝国。

4. 规定很周详，葬礼、称呼都说到了，就是没有说怎样保护臣民的财产和人身自由。

西方传统社会有黑暗的一面，但也有中国前现代社会无法企及的一面。1215年英格兰的《自由大宪章》是国王与贵族、教会、地方、法官、商人、自由人之间的契约。它的63条内容，条条都与传统中国迥异。人们喜欢追问，为什么是西欧而不是中国领头向现代社会转化。看看这个宪章，你就会有所感悟了。

自由贸易及其他相应的自由是推动传统社会向现代转型的主要发动机。《自由大宪章》规定：

> 伦敦城，无论水上或陆上，俱应享有其旧有之自由与自由习惯。其他城市、州、市镇、港口，余等亦承认或赐予彼等以保有自由与自由习惯之权。

这里说的自由首先是贸易自由。为此，宪章特别规定：

> 一切商人，倘能遵照旧时之公正习惯，皆可免除苛捐杂税，安全经由水道与旱道，出入英格兰，或在英格兰逗留或耽搁以经营商业。

回过头来看中国，明代不准沿海商人经营海外贸易，逼出一大批倭寇和海盗。大清帝国为了开放几个口岸，在有限范围内让外国商人可以逗留和经商，大动干戈。难怪人家发达啊！13世纪就用宪章认可行之已久的习惯：全国范围内，不论哪国商人都可以自由逗留、自由经商。

有些号称史家的中国人至今还在唠叨列强强迫中国开放口岸的罪过。他们的认识水平远远落后于19世纪的李鸿章。早在1876年，他就沉痛地指出：

人皆震惊于添口之多……西洋各国到处准他人寄居贸易，而仍日益强盛，可知其病不在添口而在不能自强。

(《全集·朋僚函稿》卷十六第30页)

有清一代，只开放了34个口岸，比不上现在广东省的开放口岸，更比不上中世纪的英格兰。

胡：我们国土等于一个欧洲，国内可以自由贸易，不也可以带动经济转型吗？

袁：老弟想得太简单了。天朝的国内贸易也是不自由的。到了19世纪，江浙的运输商——沙船想开辟海上航线，到直隶（河北）、奉天（辽宁）经商，道光皇帝硬是不批准。本国商人向现代航运业转化的机遇因此被扼杀，哪里有什么自由？19世纪的中国，办工业一直实行批准制，而不是现代国家通行的登记制。这是真正的经济自由吗？何况几千年来，历代政府奉行的都是抑商政策，商人积聚的资金只能投向土地，却没有带动农业向市场农业转型，农民出路很窄，活不下去，就造反啦！没有工商大发展，包括商业农业的发展，任何国家都摆脱不了贫困。说英格兰现代农业发展中很残酷——"羊吃人"，这样的道德批判已证明并不符合历史实际。

《自由大宪章》还有一个值得注意的地方是对财产的保护相当细致。

一切州郡……均应按照旧章征收赋税，不得有任何增加。

余等之巡查吏或管家吏，除立即支付价款外，不得自任何人之处擅取谷物或其他动产。

如此等等，恰恰解决了一个根本问题：财产权受到严格保护。与此同时，建立了独立的司法体系，保护人身自由和财产。这又解决了社会转型的另一关键问题。

胡：老兄患了崇洋病了！不是说直到19世纪初中国仍然是世界第一大经济体吗？

袁：哈哈，你上当了！中国人口那么多，"第一大经济体"顶什么用？最迟在18世纪，乃至更早，中国已经是经济落后的国家了。大话怕计数。早就有学者指出：英国13世纪、14世纪每个农户平均产粮2369公斤，15世纪、16世纪上升至5520公斤。而19世纪初，中国平均每户农民只产粮2651公斤。贫富差距太大了。

胡：说这些老皇历有什么用！

袁：记住历史真相，头脑会清醒一些。

现在保护知识产权的呼声蛮大，是否落实是另一回事。保护财产权的声音却相当微弱。拆迁冲突，基本原因就是没有按市价给予足够的补偿，说得不好听一些，是劫掠人家的财产了。广州这方面的冲突不严重，据说是补偿比较到位。

此外，不少人老是想打富裕阶层的主意，经济学家和历史学家很少人敢于理直气壮为富人说话。茅于轼先生说了几句，立即遭到围攻。这很不正常！人们热心调节收入分配，却没有为私营经济的发展给予足够的支持。源头不旺，想百姓富裕，不是南辕北辙吗？其他健全法制、保障自由等等，就不说也罢。

2010年12月25日 星期六
《文史参考》2011年1月（上）第45页

俞大猷的正气和海盗的狂欲

2002年8月2日、3日两日，承《看世界》杂志社热情邀请，十余友人结伴重游肇庆。

这个著名的旅游城市历史悠久，公元6世纪（589年）设置端州，12世纪（1118年）改设肇庆府；乾隆十一年（1746年）以前，两广总督也驻在肇庆，这里是岭南地区最重要的军事、政治中心。刚好不久前重读《利玛窦中国札记》，这位中外文化交流历史的伟大开拓者在此的种种遭遇仍萦回脑际。不过，历史的风雨似乎已把昔日这位海外来客造访的痕迹冲刷干净。一直陪同我们的导游晓晓小姐，自小在这个城市长大，从本地的旅游学校毕业不久。她满脸纯真生怕我们没有注意到这个城市古往今来的各种辉煌，却无一语道及在这个文化名城整整栖息了六年（1583–1589）的利玛窦，更没有看到一处有关景点。课本中没有说及？介绍肇庆历史和现状的各种资料也没有提到？如果不是，这位爱说话的小姑娘不可能如此疏忽。

利玛窦问题发人深省

人们悲叹近代中国丧失了那么多机遇。其实，利玛窦开创的明末清初第一次中西文化大交流的中断，已经预示了后来诸多挫折。近年来中外学者津津乐道的"李约瑟问题"："为什么中国自身发展不出现代科学？"应该正名为"利玛窦问题"。利玛窦在中国度过了他一生的最后28年（1582—1610），中国文化已经如此腐朽，以致作为一个有高深学问的西方传教士，一眼就看穿了其中的许多弊端及其根源。他肯定："中国人不仅在道德哲学而且也在天文学和很多数学分支方面取得了很大进步"，但在天文学方面"他们的推论由于无数错讹而失误"。更由于"相信我们地球上所发生的一切事情都取决于星象"而弄得一塌糊涂。加上中国人"没有逻辑规则的概念"，即使在道德哲学领域达到的也仅是"一系列混乱的格言和推论"。更致命的是由于科举考试限于儒家经典，又决定知识阶层毕生的荣辱升迁，"钻研数学和医学并不受人尊敬"。对绝大多数人说来，其行动总是受利益驱动的。既然教育和升迁的基本制度没有给科学留下位置，思维方法上形式逻辑缺位，加上学术文化的是非定于一尊，严惩所谓离经叛道者，现代科学当然无法诞生。①明末清初大批传教士进入中国，本是推动中国文化更新的良机，但是，康熙皇帝禁教，七千卷西书翻译计划中断，机遇随之飘逝。

俞大猷的佚诗和正气

著名风景区七星岩，山、水、岩洞、文化积淀浑然一体，耐人反复踏寻。进入湖畔的碧霞洞，历代石刻，目不暇接；最引人注目

---

① 《利玛窦中国札记》，中华书局1983年版，第31－34页。

的是一幅气势宏伟的五言："胡然北斗宿？化石落人间。天不生奇石，谁擎万古天。"题写者是明代平定倭祸的名将俞大猷（1504—1580）。赶快拿起相机拍下。回家后查阅他的著作：《正气堂集》，发现这是没有收入的佚诗。

倭寇是长期困扰明代朝野上下的重大问题。这次祸乱有几个特点：

一是时间长。倭患起自元代，明代更为严重。"倭寇之患与明相始终。而自嘉靖二十六年至万历十六年四十年间，沿海州县被祸尤酷。"①

二是范围广。东南沿海江苏、浙江、福建、广东一再被蹂躏，受害最深。

三是损失大。仅十六世纪五六十年代倭寇盘踞闽中七八年，"所破城十余，掠子女财物数百万，官军吏民战及俘死者不下十余万。虽时有胜负，而转漕军食，天下骚动。"②二百多年的倭祸，不但老百姓受苦受难，国家的财政基础也因之动摇。打从朱元璋时期起，不得不在沿海各地大量筑城设卫，屯兵防卫。"迨至中叶，倭寇交讧，仍岁河决，国用耗殚。于是里甲、均徭，浮于岁额矣。"③大明帝国的覆没原因很复杂，外患与自然灾害交错，官吏的压榨引起民变，如此等等。说倭患是导致明朝灭亡的重要原因之一，并不为过。

平定这个祸乱，戚继光和俞大猷不愧是两根擎天大柱。史称："继光为将号令严，赏罚信，士无敢不用命。与大猷均为名将，操行不如，而果毅过之。大猷老将务持重，继光则飙发电举，屡摧大

---

① 黄遵宪：《日本国志》卷五，上海古籍出版社2001年影印本，第67页。
② 《沿海倭祸》，谷应泰：《明史纪事本末》卷之五十五，中华书局1977年版，第868页。
③ 《明史》，中华书局1974年版，第1579页。

寇，名更出大猷上。""戚家军名闻天下"[①]，敌人闻风丧胆。他的兵法直至19世纪仍为曾国藩等人所继承，成为编练和指挥湘军、淮军的指针。而"大猷为将廉，驭下有恩"，"负奇节，以古贤豪自期。其用兵，先计后战，不贪近功。忠诚许国，老而弥笃，所在有大勋。"[②]他驰骋疆场三十年，屡遭奸人压抑、陷害，甚至被抓去坐牢，仍然不屈不挠。俞大猷对平靖广东局势，其功尤伟，死后广东饶平、崖州等地人民建祠奉祀。俞大猷题诗的乙丑年是公元1565年。那几年俞大猷正转战广东、福建。上一年还在潮州、惠州、海丰一带大破倭寇，并擒获重要的倭寇首领，迫降与倭寇勾结的大盗。在肇庆留下墨宝并非偶然。这两位一代名将，是在严嵩等奸臣当道的年代征战南北的。在内忧外患交织中为民除害，实非易事。"天不生奇石，谁擎万古天"，不愧是他们人格和事业的写照。

倭祸从何而来

值得追问的是：倭祸从何而来？史家们早已指出：倭寇最后的根据地在日本，但是大量巢穴在我国沿海岛屿；成员中虽有很多日本的武士、浪人和盗贼，但包括其头目在内，70%是中国人。根源必须从中日两方去寻找。

倭寇横行时，日本正处于战国时代，国家分裂，社会秩序混乱。黄遵宪经过系统研究后得出的结论是："今考日本是时，瓜分豆剖，各君其国，诸国又互相攻击，日寻干戈。无赖奸民，以尚武好斗之风，流为盗贼，杀掠为生。上虽严禁，令有不行。准之今日公法，实为海寇，无与邻交。"[③]这段话说得很清楚，总的看来，

---

① 《戚继光传》，《明史》卷二百二十，中华书局1974年版，第5613、5611页。
② 《俞大猷传》，同上第5608页。
③ 黄遵宪：《日本国志》卷五，上海古籍出版社2001年影印本，第67页。

倭寇不是日本的政府行为，而是政府衰弱失控的产物。不能一说到倭寇，就认为是日本政府的侵略。日本有关方面把这些海盗解送中国的记录倒是史不绝书，尽管他们也不乏禁止不力的表现，甚至有某些诸侯和寺院在背后支持的证据。

更值得重视的是中国方面促成倭祸的内部原因。

从明代开始，不少有识之士已经注意到，倭祸生成的最根本的原因，是当时的中国政府没有处理好同孜孜求利的沿海居民的关系。逐利——谋求更好的生活是人的本性。沿海居民冀图从海上贸易中讨生活，正是这种本性的体现。可是，历代中国政府往往不是因势利导这种无法遏制的本性，发展海外贸易，而是陈陈相因采用很不合适的基本国策：稍有风吹草动就禁海锁国；即使不禁海了，也建立起由官府控制甚至垄断海外贸易的制度，使民间资本无法顺利发展。与此相适应，形成两个奇特的外贸制度：

1. 朝贡贸易。这是自唐代以来逐步形成的贸易制度。史家们早就指出，藩属国到中国朝贡，很大程度上是贸易行为。跟随贡使入贡的商人，带着大量货物，寻求贸易机会。可是，这种贸易是很不自由的。首先是不能随时来，除了朝鲜、越南等关系特别密切的国家可以一年一贡外，多数国家只能三年、五年乃至十年朝贡一次。其次，所带货物也不能随意与商人交易。明太祖洪武二年规定："朝贡附至番货欲与中国贸易者，官抽六分，给价偿之，仍免其税。"[①]这是有代表性的规定。60%要由官府收购，贸易场所也有严格限制，贸易自由度实在低得可怜。

2. 官府严格控制下的市舶贸易。唐代在广州设立市舶使，管

---

① 《钦定续文献通考》卷二十六市籴考，浙江古籍出版社1988年影印本，第3025页。

理海外贸易。后来宋元明各代，在指定的港口设立的市舶司，对外贸实行全面控制，并直接隶属于朝廷。奇特之处在它不但是管理机构，而且直接买卖商品或经营对外贸易。例如，元世祖至元二十一年（1284年），在杭州、泉州设置了市舶都转运司，其运作方式是："官自具船，给本，选人入番贸易诸货。其所获之息，以十分为率，官取其七，所易人得其三。凡权势之家，皆不得入番为贾。犯者罪之，仍籍其家产之半。其诸番客旅，就官船买卖者，依例抽之。"①大清帝国建立后，虽然不再设立市舶司，外贸仍由半官半民的十三行商人垄断经营。

尽管这些制度具体的运作方式各朝有所改变，但控制外贸、扶植官商、遏制私商的基本指导思想却根深蒂固。虽然有过准许自由贸易的年代，但宋代以后，通常以限制、控制为主。不受监督的专制权力与贪赃枉法是一个铜钱的两面，在这样的制度下，官员的贪污受贿成了难以清除的积弊。以残忍著称的朱元璋用剥皮的酷刑也没能治好这个顽症。有些"倭寇"就是这些贪官需索无厌和办事不公制造出来的。

嘉靖年间，倭寇猖獗的导火线，就是官员受贿。嘉靖二年（1523年）有两批日本贡使到宁波，互争真伪。市舶司官员受贿，支持其中之一。此举不但导致双方互斗，而且在受到排斥的贡使宗设带领手下"大掠宁波"。皇帝偏信某些官员的意见，认为这都是海上贸易惹的祸，干脆下令停止市舶贸易。"市舶既罢，日本海贾往来自如，海上奸豪与之交通，法禁无所施，转为寇贼。"②如果认为这是没有普遍性的特例，那就错了。正如前人所说："盖惟商道不通，而利之所在，人必趋之，不免巧生计较，商转而为寇；商

① 《钦定续文献通考》卷二十六市籴考，浙江古籍出版社1988年影印本，考3023页。
② 同上，考3028页。

道既通，则寇复转而为商。"① "顾海滨一带，田尽斥卤，耕者无所望岁，只有视渊若陵，久成习惯。富家征货，顾得捆载归来，贫者为佣，亦博升米自给。一旦戒严，不得下水，断其生活，若辈悉健有力，势不得拊手困穷。于是所在联结为乱，溃裂以出。"②有明一代，这类实例，俯拾皆是。

中西文化差异与郑和、哥伦布的命运

历代皇朝之所以要这样做，与中国传统文化息息相关。基本出发点是天朝大国心态。"普天之下，莫非王土；率土之滨，莫非王臣"，这是朝贡体系赖以建立的基础。大清皇上的一句口头禅是："天朝上国，无所不有。"于是，洋人要来做生意是"乞求"，是否"恩准"得看皇帝老子的情绪。这一心态惹来很多麻烦。其实，这不是清朝皇帝的发明，明代著名学者、大学士邱濬进呈给皇帝的名著《大学衍义补》就有这么一句话："国家富有万国，固无待于海岛之利。然中国之物自足于用，而外国不可无中国之物。"③既然自身无求于人，贸易是对外国人的恩典，一有麻烦自然就把国门关上。而这样的天朝上国心态不过是先秦华夷观念的延伸，是深深植根于中国传统文化的基本观念。

进一步追问，我们还会发现，这些行为还有一个根深蒂固的传统观念：把牟利等同卑鄙。翻翻史籍，历代皇帝口口声声"怀柔远人""嘉惠远人"，朝贡中赏赐多于贡品固不待言，而且往往以大方的赏赐代替贸易，处处显示不屑牟利的自以为高人一等的姿态。乾隆元年（1736年）暹罗要求到广东买铜，皇帝干脆命赏给八百

① 《钦定续文献通考》卷二十六市籴考，浙江古籍出版社1988年影印本，考3029页。
② 张燮：《东西洋考》卷七，转引自谢国桢编：《明代经济社会史料选编》（中册），福建人民出版社1980年版，第126页。
③ 邱濬：《大学衍义补》，转引自《钦定续文献通考》卷二十六市籴考，浙江古籍出版社1988年影印本，第3027页。

斤。①任何民族都是从氏族发展过来的，能不能较快摆脱宗法关系的束缚，是决定后续发展状况的重要因素。东方很多国家老是背着宗法专制的重负步履蹒跚，而以西欧地区的民族则从古代起逐步孕育了自由、法治和民主的传统，决定性的因素就在于自由贸易能否顺利发展以及它在社会生活中的作用大小。自由贸易的必不可少的条件是经济主体自由意志，是居住和迁徙的自由，这就意味着冲破宗法关系的羁绊。法治、议会、地方自治乃至宪政等等保障个人权利的制度，都是在这个基础上逐步生长出来的。

看看西欧的具体情况吧。1215年6月15日，即中国的南宋灭亡前64年，英国以国王的名义公布了《自由大宪章》，其中有一条规定："除战时与余等敌对之国家之人民外，一切商人，倘能遵照旧时之公正习惯，皆可免除苛捐杂税，安全经由水道与旱道，出入英格兰，或在英格兰全境逗留或耽搁以经营商业。"②如果一百五十多年后诞生的大明帝国也有这样的贸易自由，倭寇赖于产生和发展的社会条件不存在了，倭祸不就消弭于无形了吗？进一步追问就会发现，英格兰国王所以要签署这个《大宪章》绝非偶然。那时的英国社会形成了权力分立、互相制衡的多元社会运行机制。教会与自治的地方，成了国王所代表的行政权力强大的制约力量。教会和贵族的代表迫使国王不能不承认，征税必须取得议会的同意。"英国教会当享有自由，其权利不受干扰，其自由将不受侵犯。""伦敦城，无论水上或陆上，俱应享有其旧有之自由与自由习惯。其他城市、州、市镇、港口，余等亦承认或赐予保有自由与自由习惯之权。"而自由民也享有人身自由，"任何自由人，如未经同级贵族

---

① 《清朝文献通考》卷三十三，浙江古籍出版社1988年影印本，第5161页。
② 《自由大宪章》（1215年6月15日），全文见《世界人权约法总览》，四川人民出版社1991年版，第227－235页，以下有关引文出处不另注明。

之依法裁判，或经国法裁判，皆不得被逮捕、监禁、没收财产、流放，或加以任何其他损害"。与此同时，司法独立和有专门知识的人才能执法。用《大宪章》的规定来说是："除熟悉本国法律而又志愿遵守者外，余等将不任命任何人为法官、巡察吏、执行吏或管家吏。"如果不健忘的话，中国人还应记得，1997年，《南方周末》载文论述法官必须受过高等法学教育，居然被有些权威视为异端邪说，一再发表文章痛加讨伐；直到进入21世纪，这个现代各国已成习惯的常识才被中国主流文化认可，并被政府采用为基本政策。

百年中国的坎坷命运应该从中国传统文化的缺陷中去寻找。倭寇肆虐时代震撼世界的一件大事是哥伦布发现新大陆。近年不断有人在宣扬，郑和的业绩更加了不起。其实，这两件大事正好体现着两种文化体系的差别如何决定着中西人民的命运。

哥伦布1492年8月2日扬帆西去，历时33天，至10月12日，终于发现了新大陆，揭开了世界历史新的一页。在他之前，郑和有过七次下西洋的壮举。郑和初次奉使日期是在永乐三年（1405年）六月十五日。此行历占城、爪哇、苏门答腊、锡兰山、古里及旧港等国家和地区，于永乐五年（1407年）九月二日还朝。宣德五年（1430年）奉命第七次下西洋。以后，以王景弘为首，又一次远航，到了苏门答腊便返航了，其规模已不及郑和历次下西洋。据史家研究，郑和最远曾到达非洲西部。从时间看，比哥伦布首航整整早了87年，最后一次也比哥伦布早62年；每次航行都长达一年多以上，哥伦布更望尘莫及。

再看看船队规模：哥伦布首次航行仅有三艘轻帆船。其中最大的长不到17米，宽6米。此后，他又三次到达美洲，最大一次由17条船组成的船队，人数约为1200人。最后一次航行是1502年4月

3日开航，花了21天到达古巴，船队由四艘轻帆船组成。而郑和第一次是"将士卒二万七千八百余人，多赍金币，造大舶，修四十四丈（约138米），广十八丈者（约56米），六十二，自苏州刘家河泛海至福建，复自五虎门扬帆……"[①]第四次随行的通译马欢说：此行有"宝船六十三号，大者长四十四丈，阔一十八丈，中者长三十七丈，阔一十五丈"[②]。"计下西洋官校、旗军、勇士通事、民稍、买办、书手，通计二万七千六百七十员，官八百六十八员，军二万六千八百名，指挥九十三员，都指挥二员，千户一百四十员，百户四百三员，户部郎中一员，阴阳官一局，教谕一员，舍人两名，医官、医士一百八十员，余丁两名，正使太监七员，监丞五员，小监十员，内官、内史五十三员"[③]，加上其他中小船只，经常为二百余艘。其规模之大是哥伦布的船队绝对无法比拟的。

那么，为什么郑和的壮举无法继续，也没有创造一个新世界？

"支费浩繁，库藏为虚"，是终止下西洋的直接原因。永乐年间，新建和改建了约二千艘海船。这些船只多备下西洋之用。其中每只宝船造价约需五六千银两。此外，还要加上各种赏赐品的费用。据说大约花了六百万银两。而直至明中叶时，财政岁支不过三百余万两。如此宣扬国威的收获之一，是朝贡使臣大量涌至。永乐年间，每年来贡的外国使团平均七个。在六下西洋回朝时，竟有十六国遣使臣一千二百人同时来朝！对这些外邦朝贡者，按规矩还要赏赐。明成祖曾说："朝廷取四夷，当怀之以恩。今后朝贡者，悉以品级赐赉，更加厚不为过也。"[④]以上还没有计算生还者要赏赐，死去的大约一万人则要抚恤。在不堪重负的情况下，这些壮举

---

① 《明史》卷三百四《郑和传》。
② 据有关专家计算，按这个尺寸，宝船的排水量约为15000吨。另一种观点认为，宝船应是千吨级。即使按后一观点，也比哥伦布的船大得多。
③ 明抄说集本《瀛涯胜览》。
④ 《永乐实录》卷一百一十九。

只好中止，而且连归入官方档案的最完整的航海资料也被兵部尚书刘大夏下令烧掉了，现存的是参与者的记录和私人保存的部分副本。400年后，明成祖下令为感谢马祖保佑郑和下西洋平安而修建的南京静海寺竟成了签订屈辱的《江宁条约》的活动地之一。

不仅如此，明代的法律还规定，擅造二桅以上大船就属违法，"若将大船雇与下海之人，分取番货，及虽不曾造有大船，但纠通下海之人，接置番货，与探听下海之人，番货到来，私买贩卖苏木、胡椒至一千斤以上者，俱发边境充军，番货并入官。"①于是，一度领先世界的造船技术落后了，不但沿海社会经济丧失了发展机会，被藐视的"蛮夷"反而依仗"船坚炮利"随意宰割"天朝上国"。

大清帝国更变本加厉，康熙年间，不但本国造船严加限制，在外国打造船只回国贸易，亦在禁止之列；凡因贸易或其他原因飘洋过海在国外逗留不归者，"不得回籍"（开除国籍）。时至1759年，乾隆爷批准《防范外夷规条》，规定：不准"将房屋改造华丽，招留夷商，图得厚租""借领外夷资本及雇请汉人役使，并应查禁""夷商购买货物，分遣多人前往浙江等省，不时雇请千里马往来探听货价低昂……请永行禁止"。②专制统治者肆意剥夺国民的经济自由，禁止正常的贸易往来，不但令当时人民困苦，也为后来的民族灾难埋下祸根。

这就涉及中西思想和制度的一个根本差别：牟利还是不牟利？要不要保障国民的包括经济自由在内的各种权利？

在西方，哥伦布一类探险者，其活动旨在掠夺黄金、白银、

---

① 熊明岐：《昭代王章》卷二，转引自谢国桢编：《明代经济社会史料选编》（中册），福建人民出版社1980年版，第124页。
② 梁廷枏：《粤海关志》卷二十八。

土地或其他奇珍异宝。国王和政府的支持，目的也非常明确：这是一笔有利可图的投资。哥伦布为了说服投资者——国王，整整费了八年！但他得到了应有的回报：国王"封他为新发现地方的总督和副王。他将从这些占领地所制造或经营所得黄金、珠宝、香料及其他商品中抽取十分之一归己，并且一概免税。他对一切开往那些占领地的船只有权投资取得八分之一的股份。所有这一切爵位、职位与权利都可以传给他的继承人和后代，世袭罔替"①。对中国人来说，似乎还应补充一句：西班牙国王也没有因为他是意大利热那亚人而加以歧视。马克思说过，200%的利润可以让人甘冒上断头台的风险。这一点儿也不高尚，但新世界就是这样闯出来的。

与之相反，郑和下西洋的目的是"宣扬国威"，一个没有说出口的附带任务，是寻找只做了四年皇帝就被明成祖赶下台的惠文帝的下落。完全是"政治挂帅"。对中国说来，"何必曰利"不但是圣贤的教导，而且是施政的基本原则，谁敢触及，往往要倒大霉。康熙七年，"前漕运总督吴维华请征市镇间架钱（房地产税），洲田招民出钱佃种。上恶其言利，下刑部议罪"②。时至20世纪下半叶，仍然有对市场经济的长期敌视。

俞大猷是可敬的，但他毕竟是跪在皇帝脚下的臣子和武将，比起同时代一些致力经世致用眼光更加广阔的大臣也略逊一筹。这突出表现在要不要招抚倭寇问题上的争议。俞大猷坚决反对招抚最著名的倭寇首领、中国商人王直及其追随者。他最为担心的是这些人以后的出路问题。他们"岂能舍所乘之舟以从陆乎？……或既招之后，仍准照旧在船，能必其背去为乱乎？"③千虑万虑，就是没有

① 莫里逊：《航海家哥伦布》，湖南人民出版社1983年版，第36页。
② 《清史稿·圣祖本纪》
③ 俞大猷：《正气堂集》嘉靖四十四年（1565）版，卷之五，第11页。

考虑让他们展其所长，开拓海外市场。他也不懂得这是保持社会稳定和带动沿海经济发展的上策。有的史家说："俞大猷要求建立现代化的海军以拒敌于国门之外，作战的目的，则在消灭国际贸易，也和世界历史趋势相反。"①这不是俞大猷个人的过失，传统文化的重负遮蔽了他的眼光。

2003年1月27日星期一
原载《看世界》2003年5月号

---

① 黄仁宇：《万历十五年》，三联书店1997年版，第186页。

铭记十三行辉煌与毁灭的教训

央视正在热播《帝国商行》，说的是清朝广州十三行的故事。这部文献纪录片，展示了很多历史文献，记述了有关事件和传说，再现了十三行商人兴起和没落，有助于人们重温昔日的辉煌与失误，从中吸取历史智慧。

十三行滥觞于明代嘉靖年间。17世纪80年代，康熙皇帝平定三藩、统一台湾后，开放海禁，1685年粤海关成立，垄断对外贸易的十三行应运而生。从1757年起，85年间广州成为唯一对外通商口岸，十三行步入它的巅峰时期。1842年五口通商，垄断性的十三行式微；1856年12月15日，在第二次鸦片战争的炮火声中，广州一些百姓放火烧洋行，十三行夷为平地，正式终结了它的历史。一部170年的十三行史，演绎着说不完、道不尽的忠烈与绮靡交织的逸闻、趣事，但从中国社会发展的全局看，有三条教训是应该永志不忘的：

第一，垄断是经济发展的断头路。

看《帝国商行》，人们很自然会联想起一个问题：这些富可敌国的商人到哪里去了？为什么没有从中生长出现代财团，推动中国成为现代化国家？

构筑闭关锁国的宗法专制大国是明清两代的根本国策。鸦片战争以前的中国对外经济关系，根本的指导思想是天朝无所不有，必须切断臣民与外部世界的联系，以免产生非分之想。对外经济交流是在藩属国朝贡的政治外衣笼罩下进行的。在垄断的口岸，建立了垄断性的十三行。建立之初，它就得到官方的授权：一切买卖必须通过行商进行；外商的行动亦受行商约束和管理；外商乃至外国官方代表也不准同官府直接打交道，有所要求必须通过行商。这样的垄断制度，带来三个恶果：

一是腐败。官商勾结成为这个制度不可避免的副产品，各种超额利润自然滚滚而来。1732年广州城守副将毛克明上奏揭露："洋行共有一十七家，惟闽人陈汀官、陈寿官、黎关官叁行，任其垄断，霸占生理……若非监督纵容，伊等焉敢强霸？是官渔商利，把持行市，致令商怨沸腾，众口交谪。"①而受制于地方督抚的海关则纵容所属官吏乱收税费。

二是这种享有特权的行商不可能有竞争力，一旦其他口岸开放，垄断地位丧失，他们就逐渐边缘化了。

三是堵塞了中国人通过自由贸易改善经济状况的机遇，有的丧失生路的沿海居民铤而走险。明代的倭寇大部分是中国人，而清代的海盗也盛极一时。

第二，官商错位是祸国殃民的毁灭之路。

一部世界近代史，是资本主义在军舰大炮掩护下开拓自由贸易的历史。鸦片战争前后大清帝国与列强的冲突，基本内容是自由贸易与特权管制之争。如果顺应世界潮流，恰当应对，这些矛盾有可

---

① 梁嘉彬：《十三行考》，广东人民出版社1999年版，第17页。

能化解，从而为中国走上现代化的康庄大道打开通道。

不幸，当时无论官方和民间不但不了解世界大势，而且错位运行。

官府没有尽到保卫国家安宁和改善政府施政的责任。堂堂大清帝国长期没有外交部，只有理藩院，当与不是藩属的国家打交道的时候，他们交给广东地方官员去处理。一个奇特的典型是叶名琛，从1847年起任广东巡抚、两广总督十年，凡是外国领事有所要求，他必迅速回答，答案则是拒绝。1857年，英法联军打到广州城下来了，他还不愿意与他们谈判，理由是上次与他们谈判的地方——行商的别墅已被摧毁，而让洋鬼子进到城内官署中来是万万不可的！上面谈到的"众口交谪"中颇大一部分是饱受非法盘剥的外商。他们提出的要求好些是正当贸易应对当解决而且不难解决的。当时政府置之不理，是导致中外关系激化的重要根源。

官员不负责任，商人则承担了他们不应承担的责任：既是外商的管理者，又是中外政府的中介。甚至对外战争失败了，官府还强迫他们交出几百万巨款作为战争赔偿费。在夹缝中生存的十三行商人，他们的身家性命没有得到应有保障，向现代企业家转型无从谈起。

第三，法治与自由是富民、强国的唯一通道。

有两千多年历史的广州，历来是中国重要的对外口岸，曾经有过聚居众多外商的辉煌历史。十三行生存在世界迅速联成一体的17世纪至19世纪，它投错家门成为依赖官府的垄断商行后，虽然积聚了大量财富，却没有在历史大潮中发挥人们期望的作用。

这不能归罪于个人。他们中有些人为了挽救危亡的祖国，可谓呕心沥血。鸦片战争刚结束，他们就曾"顾觅夷匠"仿造西式的轮船和水雷，囿于工业和技术基础，造出来的船"放入内河，不甚灵便", 只好放弃。1843年, 清政府创设海军, 他们极力支持, 出资购买两艘洋船交给政府。两件事虽然都成效不彰, 但从中可以看出他们的爱国情怀。

制度是决定性的。在同一时期, 西方的商人是社会转型的中坚, 关键在于他们有在法治保障下的自由, 财产、经营的自由, 人身的安全、行业和地方自治乃至选派国会议员的权利都得到充分保障。

让历史变为智慧。法治国家, 法治政府, 这是我国宪法和中共中央、国务院确定的奋斗目标。回顾十三行的盛衰, 让我们更加自觉为之奋斗。

2006年4月9日星期日

2006年4月10日刊登于《南方都市报》A02版

【第二辑】
文化纠缠

1628年英国的《权利请愿书》，1776美国的《独立宣言》和1789年法国大革命的《人权宣言》，贯穿其中的有个基本思想：人天生有基本的不可剥夺的权利，包括财产权、生命权以及追求幸福的权利。为了保障这些权利，公民组织了政府，政府是为了保卫公民的自由、权利而存在的，主权在民。同时任何现代国家都应该是法治国家。所谓法治，说到底就是通过法律来保障个人的自由和权利。所以有个学者说，现代民主说到底就是个人权利的法律化。

叮人牛虻和啼血杜鹃
——近代中国的公共知识分子

　　说起公共知识分子，苏格拉底的一段话，也许称得上是经典性的："我这个人，打个不恰当的比喻，是一只牛虻……这个国家好比一匹硕大的骏马，可是由于太大，行动迟缓不灵，需要一只牛虻叮叮它，使它的精神焕发起来。"①公共知识分子是一个国家历史和现状的观察家和批判者。他们肩负推动观念更新、揭露和批判丑恶、呵护文明、维护正义的重任。不过，逆耳忠言总不如甜蜜的颂歌那么动听，权势者充耳不闻还算好的，等而下之者不惜动用权力打压、围剿，甚至对批判者置之死地而后快。翻检中外历史，这类现象比比皆是。骨梗之士受尽折磨，甚至民众和国家因不听忠告而历尽千辛万劫！公共知识分子的处境，是国家状况的缩影。在一个国家现代化以前，公共知识分子必然同自己的祖国一齐受难。

　　中国知识阶层有以天下为己任的传统，加上经世致

---

① 柏拉图：《苏格拉底的申辩》。

用思潮兴起，对国家大事的关注和批判延绵不断。鸦片战争后的大清帝国内外交困，而朝野上下沉睡未醒。在西学东渐中拓宽了视野的一些士大夫，抨击，呼号，建言，逐渐向现代意义的公共知识分子转变。让我们看看他们的足迹如何与国家的苦难交叉吧。

鸦片战争后第一声凄厉的呼喊是魏源发出的。侵略者的军舰撤离南京不过三个月，他就捧出一部《海国图志》。它不但力求详尽汇编各国的历史和现状，而且魏源在《筹海篇》和按语中提出了一个改革开放的纲领。

知道魏源说过"师夷长技以制夷"的人很多，可是有多少人知道，他早就惊觉世界正在走向一体化："岂天地气运自西北而东南，将中外一家欤！"主张抛弃严华夷区分、不准以夷变华的陈腐观念，指出老老实实向西方学习的第一步是了解西方。魏源悲愤地写道，同外国通商二百年了，给人家打得一败涂地了，仍然"茫茫昧昧"不知这些"岛夷"是何方神圣！因此，"欲制外夷者，必先悉夷情始。欲悉夷情者，必先立译馆缮夷书始"。就是这么一个小建议也是20年后才得以实现的，而因为不懂"夷情"闹出的笑话和惨剧在19世纪不知凡几！

又有多少人知道，由于他已经察觉中国落后和深知官僚的腐败，加上他有经商的经验，早在1842年他就提出应在虎门用类似今日办特区的方法，雇请洋人来办工厂，而且要民办为主，以民用产品为主。而大清帝国所以一再遭厄，就是错误地选择官办工厂和军火生产为主的恶果。

他对科举的荒唐也深恶痛绝："昨日大河决金堤，遣使合工桃浪诗。昨日楼船防海口，推毂先推写檄手。"学非所用，用那些诗文高手去对付外敌和修复大堤，同用《春秋》决狱、半部《论语》治天下一样，都是儒家文化的荒唐一面。

同魏源等少数先觉者的著作流传不广的状况不同，时至19世纪70年代，中国公共知识分子已经成了公众瞩目的人物。这是以《循环日报》《万国公报》《申报》几乎同时在香港和上海出版息息相关。王韬、郑观应和西方在华传教士林乐知、李提摩太及其助手蔡尔康等人引领着传播新文化和批判腐朽的潮流。他们说些什么呢？

与统治者满足于买船造炮的取向迥异，19世纪70年代的郑观应力倡发展经济，同洋人"商战"；而且深知沉溺于官办工厂和军火生产是条死胡同，强调一定要"操泰西立法之大旨本源"，"改官造为商造"，将已经建成的福州船政局、江南制造局等官办工厂"招商接任"，"专造民间机器，而不尚兵船机器"。①他的这些主张，一针见血揭示了当时经济发展的困境的症结所在，与坚决贱价出卖官办工场导致明治维新成功的日本的政策措施不谋而合。如果当局听取这些诤言，改弦易辙，洋务运动的状况就大不一样了。这个历史经验不被后人健忘，又该有多少虚掷的财富可以挽回？

他们要求废科举，兴办新式学校。他们深知中国知识阶层的知识结构极端狭窄、落后，从小读经、宗经，思想不敢越雷池半步。科举则是"专以无益之画饼，无用之雕虫"②去培养、选拔肩负国计民生的要员。"今日之计，宜废八股之科，兴格致之学，多设学校，广植人材。"③可是，科举直到1905年才废除，新式教育体系建立，也是20世纪的事；与没有科举制的沉重包袱，一举建立新式教育体系保证了明治维新成功的日本形成鲜明的反差。

他们要求进行政治体制改革，开议院，以英国为榜样，实行"君民共主"。"故自有议院，而昏暴之君无所施其虐，跋扈之臣

---

① 郑观应：《论中国轮船进止大略》，同上书第53—56页。
② 同上，第37页。
③ 《郑观应集》第481页。

无所擅其权，大小官司无所卸其责，草野小民无所积其怨，故断不致数代而亡，一朝而灭也。""苟欲安内攘外，君国子民持公法永保太平之局，其必自设立议院始矣。"这是限制不当权力，实行法治，沟通官民的长治久安之道。道理讲得非常清楚，可是统治者置若罔闻，终于导致大清帝国的覆灭。

他们的批判锋芒还直指传统文化的深层结构。一是这个文化体系抹杀了人的价值。自天子以下妻妾成群，"几等妇女为玩好之物，其于天地生人男女并重之说不大相刺谬哉！"二是孔子提倡的道德规范引人盲信，应该否定。王韬在《循环日报》上撰文指出："世以仁义礼智信为五德，吾以为德唯一而已，智是也。有智则仁非伪，义非激，礼非诈，信非愚。盖刚毅木讷近仁，仁之偏也。"①儒家一贯以仁为德的核心，而直接批判孔子说的刚毅木讷近仁，在那时属于非圣无法的大罪。王韬迈出了使中国人从愚信中觉醒、重新审视传统文化的第一步。三是在思维方法上，中国传统文化不切实际，与西方文化实事求是迥异。四是体用、道器、本末是统一的，不要自欺欺人说中国的"道"或"体"比西方高明，中国应该彻底进行改革。

此外，以甲午战争为典型，他们把清政府及其军队的腐败揭露得淋漓尽致。林乐知、蔡尔康等编辑出版的《万国公报》和《中东战纪本末》，不但留下甲午战争的重要史料，也成了揭露腐败的重要文献。

要是说甲午战争前中国的公共知识分子还是作为少数先驱在呐喊的话，战争失败后，在追究失败原因、寻求救亡之路的热潮中，一个由他们主导的群众性启蒙运动终于汹涌澎湃激荡四方，并且很

---

① 王韬《智说》，《弢园文录外编》卷七。

快就转化为推动改革的维新运动。从此时至整个20世纪上半叶，成了公共知识分子人数最多、影响最大的时期。

引领这次大潮的是沉默了将近二十年的严复。他在1895年2月至5月间发表的《论世变之亟》《原强》《辟韩》《原强续篇》《救亡决论》等五篇雄文是这次大潮中最为深刻的思想文献。深受西方在华传教士、严复影响的康有为的学生梁启超异军突起，很快就超越其师成长为直至20世纪初期执舆论牛耳的思想领袖。他所编辑的以《时务报》《新民丛报》为代表的多种报刊，改变了一代人的思想观念。而在维新、革命、留学、推行新政等四股热潮交汇、撞击中，出现了报刊星罗棋布、人才辈出的崭新局面。

首先，他们大声疾呼中国已经到了非变不可的关键时刻。梁启超沉痛地说："大势所迫，非可阏制，变亦变，不变亦变。变而变者，变之权操诸己，可以保国……不变而变者，变之权让诸人，束缚之，驰骤之，呜呼，则非吾所敢言矣。"

其次，他们要求变革不停留在经济领域，政治体制非改不可。

同指望圣君贤相施仁政以实现国泰民安的传统文化不同，他们强调要从建立民权制度中求国家长治久安和人民免受暴政之道："国之所以常处于安，民之所以常免于暴者，亦持制而已，非持其人之仁也，持其欲为不仁而不可得也，权在我者也……此之谓民权。"①

为此，他们严厉驳斥认为议会制不适合中国的谬论："今日本行之亦勃然兴起，步趋西国，陵侮中朝。而犹谓议院不可行哉？"②当权者以中国人程度太低为不能实行民主的借口。他们针锋相对指出：任何国家的人民只有在民主的实践中才能学会民主。"日本当初开国会之时，其人民程度实未尝有以远过于我国之今

---

① 《严复集》第四册，第972页。
② 同上书，第315页。

日；国会既开，人民习于政治，程度亦即随之而升。若不畀与参政权……则虽更阅十年二十年，而程度之无从加进，又可断言也。"[1]

经过十年积累，商人和知识阶层的团体在20世纪第一个十年蓬勃发展。以此为基础，不顾清政府的压制，一个全国性的请开国会运动掀起一次又一次的高潮。清政府不愿顺应历史大潮，当机立断，和平请愿之路被堵死之后，革命风雷就拔地而起了！

再次，他们认为维护公民的自由，特别是言论自由关乎国家盛衰。

严复毫不含糊地说，"身贵自由，国贵自主"，"自由不自由"是国家盛衰的关键。为此，政府特别不能侵犯公民的言论自由，否则就是专制政府："为思想，为言论，皆非刑章所当治之域。思想言论，修己者之所严也，而非治人者所当问也。问则其治沦于专制，而国民之自由无所矣。"[2]而梁启超则进一步指出保障言论自由非同小可："文明之所以进，其原因不一端。而思想自由，其总因也。"[3]

最后，时至19世纪、20世纪之交，王韬藏头露尾对传统文化的窥视已被梁启超高昂的呐喊取代："后世儒者动言，群言淆乱，衷诸圣。此谰言也。此乃主奴之见，非折衷也。"[4]而他在1902年撰写的长文《论中国学术思想变迁之大势》，成了系统清理中国传统文化的第一步专书。而他撰写的以自由思想为核心的数以千万计的介绍西学、评论时政的文章成了影响一代人的百科全书。

此外，他们提倡语文合一，提倡俗话，提倡改变文字表达方式和改变文体。

[1]《马相伯集》，复旦大学出版社1996年版，第86页。
[2]《严复集》第四册，第973页。
[3] 梁启超：《保教非所以尊孔论》。
[4] 梁启超：《论学术思想发展之大势》。

到19世纪90年代，许多公共知识分子都已看到中国必须同欧美一样，走语文合一的道路。一个办"俗话报"的热潮在各地兴起。梁启超也积极参与了这一表达形式的变革。他说，"古人文字与语言合"，"宋贤语录，满纸恁地这个"，主张"今宜专用俚语，广著群书"。①而他创造的半文半白的文风，风靡一时，成为白话文成为通用文体以前的过渡形式。

辛亥革命胜利，改变了公共知识分子生存环境。言论自由达到前所未有的高度。很快就形成不同公共知识分子群体三足鼎立的局面：与袁世凯政府合作的以梁启超为思想领袖的参政、议政群体，办起《庸言》《大中华》等报刊（与这一派合作而又持独立立场，猛烈批判袁世凯及其政府的有著名记者黄远庸）；围绕在孙中山周围的国民党激进派持坚决革命、彻底反对和批判现政府的立场；以章士钊为代表的《甲寅》派与国民党中比较稳健的黄兴等人合作，批判一切与法治背道而驰的现象，提倡"调和立国"，力图把中国推上以法治、宪政为基础的两党政治的道路。穿插其间的还有刘师复的无政府主义、江亢虎的社会主义等小流派，他们也各自拥有自己的报刊。而后来成为新文化运动领袖的陈独秀、李大钊、高一涵等人都曾是《甲寅》杂志的重要骨干。

任何社会变革都要以思想变革为先导。以"三纲"为基本架构的中国传统社会不可能自行生长出现代社会。时至19世纪，不改造、更新中国传统文化，中国社会寸步难行。这四代公共知识分子适应时代要求，为改造中国的文化做出了巨大贡献，深刻影响着中国社会的走向。他们有如杜鹃啼血，唤醒一代又一代中国人。

检视近代中国公共知识分子的言行，给人们留下一个难以磨灭

---

① 梁启超：《幼学》。

的印象：他们说的有不少至今仍是奋斗目标。愚意以为这个现象应该这样回答：

1. 没有他们辛勤的耕耘，不但戊戌变法、清末新政和辛亥革命这些震动沉睡中的中国人觉醒的历史事件失去思想基础，而且新式教育体系、新的法律体系与司法制度、新的政府机构和国会等等都不可能建立，私营工商业的发展也不可能有那么显著的成绩。他们的奋斗已经推动了中国社会的变革。

2. 传统社会向现代社会转型，必然伴随着文化更新的过程。从历史全局看，新文化运动从鸦片战争后已经开始萌发，而在甲午战败后出现第一个高潮。只要社会转型还没有完成，这个过程就会以各种形式顽强地进行下去。只有这样才能理解为什么20世纪以降人们反复关注的话题，很多都是19世纪中国的旧话重提。

他们的成败得失，归根到底证明：没有气势宏大、人数众多、眼光锐利、敢于批判的公共知识分子，就不可能有不断从改革中求发展的自由、民主、公正、富裕的现代社会。

2004年8月30日星期一
原载《南方人物周刊》2004年第7期（9月8日）

由热烈有为转向凄寂无为
——中国自由知识分子的境遇

苏格拉底说："我是一只牛虻……这个国家好比一匹硕大的骏马，可是由于太大，需要一只牛虻叮叮它，使它的精神焕发起来。"自由知识分子就是牛虻，各个时代最鲜活思想的来源和正统学说最重要的抗衡和批判力量。

（一）中国传统社会没有发展出独立的自由知识分子群体

知识阶层的生存状况，总是受制于当时当地的社会结构。

受惠于先秦时期"礼崩乐坏"、群雄并立的状态，春秋、战国时代的知识阶层有较大的活动空间，出现了至今为人乐道的百家争鸣的局面。不过，早在1903年，梁启超已经指出，即使在这一时期，中国的知识阶层也有诸多弱点而远逊于希腊哲人：如大都以向统治者献策为己任，"门户主奴之见太深"，缺乏独立品格。同时对别家学说很不宽容。孔老夫子就"滥用强权，而为思想自由言论自由的蟊贼"①。他断定"不可不诛"的五条大恶中，有三条是言论罪："言伪而辩""记丑而博""顺非而泽"。②孟子与之一脉相承，把异见看做是洪水猛兽。洞察显学（主流文化）和社会弊端的流派（如老庄）则走向相对主义和消极避世。

秦汉以后，与全国性的宗法专制体系建立相一致，圣人的教导被确立为是非标准，加上大一统的局面，关山飞渡难，自由思想者的命运注定十分艰难。

时贤为中国传统文化辩护，说是儒家有"从道不从君"的传统。此说不能说毫无根据。先秦就有"从道不从君，从义不从父，人之大行也"（《荀子·子道篇》）的说法。在这个思想熏陶下，确实出过好些耿介之士。例如，有的史家在帝王压力下，仍然秉笔直书，令人钦敬。"屈于身兮，不屈其道，任百谪而何亏。"③但另一方面，这个所谓"天不变，道亦不变"的道，就是一条捆绑思想的绳索，历代出的所谓忠臣，大都是愚忠的迂呆，离自由思想不止十万八千里。

另一说法是"心即理"，有如在上帝面前人人平等，是罕有的自由境界。不过，细绎宋明理学或心学的本来意思，修心养性旨在收其放心，固守思想牢笼而已。

尽管如此，不管如何禁锢，人的自由本性总是难以灭绝。缝隙中还是冒出一些有批判精神的自由思想者。例如，两汉时期高张"疾虚妄"大旗的王充，"东汉太学三万人，危言深论，不隐豪强，公卿避其贬议"；还有明代的李贽，"先天下之忧而忧"成为士大夫的理想人格；如此等等，浩然正气，不绝如缕。其顶峰是明

---

① 梁启超：《中国学术思想变迁之大势》。
② 《荀子·宥坐》。
③ （宋）王禹偁：《三都赋》。

末清初的黄宗羲和顾炎武等人。黄氏痛斥君主"敲剥天下之骨髓，离散天下之子女，以奉我一人之淫乐，视为当然……然则为天下之大害者，君而已矣！"①难怪有的当代学人视之为近代启蒙思想的开端。

（二）近代中国的自由思想和三代自由知识分子

近代中国自由知识分子继承了传统文化中"天下兴亡，匹夫有责"等信念，深厚的忧患意识成为他们批判现状的出发点。但总的说来，近代中国的自由思想是舶来品。1833年，德国传教士郭士立在广州创办中国内地第一份中文报刊《东西洋考每月统记传》，1835年，它发表了这么一段有启蒙意义的"新闻"："英吉利国之公会，甚推自主之理……倘国要旺相，必有自主之理。不然，民人无力，百工废，而士农商工，未知尽力竭力矣。"②这里说的"国之公会"是国会最早的译名，而"自主"就是自由的意思。这是自由思想在中国传播的开端。与推动社会向现代转型的历史任务相一致，自由知识分子与中世纪意识形态搏斗中使用的主要思想武器来自西方。

在外来思想滋润下，19世纪末至20世纪上半叶，中国涌现了三代自由知识分子。

第一代以严复和梁启超为代表。严氏1877年至1879年间在英国学海军，十分关注其政治和法治；回国后执教于北洋水师学堂，却蛰伏十多年，对政治无所建白。1895年，愤于甲午战争的溃败，他破门而出，大声疾呼："身贵自由，国贵自主"，国家盛衰的关键在于"自由不自由"，③标志着中国人第一次打出自由

---

① 黄宗羲：《明夷待访录·原君》。
② 《东西洋考每月统记传》，中华书局1997年影印版，第186页。
③ 《严复集》，中华书局1986年版，第17、2页。

主义旗帜，就准确揭示了19世纪、20世纪中国的基本问题。以此为开端至20世纪初的戊戌启蒙运动，梁启超等人批判大清帝国的腐朽，呼号改革，以"人之独立""国之独立"为核心，力倡道德革命、男女平等，培植公民意识；鼓吹政治体制改革，实行君主立宪；呼吁变革思维方法，建立新史学，创作新小说，实行诗界革命和语文合一。日后新文化运动的各项内容，均可在此找到端倪。

第二代是民国初年至20世纪20年代初，以陈独秀、胡适、蔡元培为代表的知识分子群体。辛亥革命建立了亚洲第一个共和国，中国自由知识分子面临两大难题：一是如何监督军政大员，使之不走宗法专制的老路；另一是如何补救国民素质低下的现实状况，帮助中国人尽快从专制体制下的臣民蜕变为现代公民。由于报刊林立，言论比较自由，加上独立的商会和知识分子团体星罗棋布，形成了强大的批判力量，以人权与科学（1919年以后改为民主与科学）为中心，掀起被称为新文化运动的启蒙运动新高潮；揭示了南北政府"如一丘之貉"的本来面目。尽管梁启超等人曾与袁世凯、段祺瑞携手合作，一度丧失批判精神，梁氏1917年11月辞去财政总长职务后，也恢复了锐气，他和他的追随者成了新文化运动的重要一翼。

第三代是在反抗国民党一党专制的斗争中集结起来的自由知识分子。

抗日战争前可以胡适和鲁迅为代表。胡适先后办了《新月》和《独立评论》，1929年开始持续至抗日战争爆发前，在人权、宪政、民主与独裁等问题上尖锐批评了国民党的倒行逆施。他和他的支持者指着鼻子痛斥国民党："造成了一个绝对专制的局面，思想言论完全失了自由。""我们不能不说国民政府所代表的国民党是反动的。"①要求结束一党专政，立即实行宪政。鲁迅则站在革命立场上，率领左翼革命青年，反复揭露国民党专制统治的方方面面，并力求刨根究底，为摧毁专制政府和旧的社会制度尽心尽力。

抗日战争爆发后，出于民族大义，胡适出任驻美大使，1942年离任后，又留在美国，钻到《水经注》的考证中去了。在国民党统治区工作的大批知识分子，以傅斯年等人为代表，毫不留情地揭露国民党政府的腐败，先后把两个行政院长（孔祥熙、宋子文）赶下台。抗战胜利前后，以集结在储安平主编的《观察》杂志社和西南联大的自由知识分子为骨干，围绕着反内战、要和平，反独裁专制、要民主自由，掀起了20世纪中国自由主义运动的最后一个高潮，推动1946年政治协商会议达成了一个颇为完满的决议。

不过，20世纪中国的自由知识分子没有完成推动国家现代化的历史重任，这是与这个群体自身的弱点密不可分的。简单地说，他们总体上处于分散斗争的状态，现代政治就是政党政治的觉悟太迟，力量过于软弱，眼睁睁看着20世纪20年代的"国民革命"把自己的祖国推向极权政治而无能为力。他们从20世纪30年代开始组党，至20世纪40年代联合成为民主同盟，声威略壮。但在两大武装集团对峙的严峻局面下，没有出现有足够威望和魄力的政治家将其发展成为足以左右局势的强大的第三势力。自由知识分子仍直接间接成为两极的附庸，为日后的悲剧埋下伏笔。

逃往台湾、流落香港的知识分子虽在学术上有所成就，但止于发展成为自满自足的学术流派。倒是从国民党中分化出来的雷震和

---

① 胡适：《新文化运动与国民党》，《胡适文集》第5册，北京大学出版社1998年版，第579－580页。

殷海光等人，或是奉胡适为思想领袖，勇敢组党，或是致力于自由思想的传播，筚路蓝缕为日后台湾社会的自由、民主立下不可磨灭的历史功勋。

（三）顾准、李慎之和大陆自由知识分子群体

现代国家和社会管理的基本知识是权力必须分散和互相制约。1949年以后，自由知识分子都衷心接受一元化领导，不懂得国家制度建构必须坚持分权制约；更没有警觉保持民间社会和知识分子独立地位，使执政党受到应有的制约事关国家盛衰。在"歌唱我们的祖国，从今走向繁荣富强"的热烈企盼和"当家做主"的认同中，伴随着私营工商业和农业的社会主义改造，民间社会被彻底摧毁，包括知识分子在内的公民独立性扫地以尽。

不过，困境和灾难催人觉醒。早在20世纪50年代就出现了两个先觉者。

一个是顾准。著名经济学家吴敬琏指出，当时在中国，"只有顾准鲜明地提出让价格自发涨落，即真正的市场规律来调节生产。所以，顾准是我国提出社会主义条件下市场经济理论第一人"①。而在包括苏联和东欧在内的整个社会主义阵营中，顾准也是最早提出这个重大问题的思想家之一。

李慎之在这个时候提出的是政治制度问题。李先生回忆当年情景时写道："当毛主席看到波匈大乱而派秘书林克到新华社来向王飞和我征求意见的时候，我们就大谈苏联东欧出问题的根本原因就在于没有在革命胜利后建立起一个民主制度。冷西同志（当时任新华社社长、列席中共中央政治局会议的吴冷西）向我说过，'毛主席说我们现在还是在训政时期。'我就向林克说：

---

① 吴敬琏：《我与顾准的交往》，《顾准日记》，经济日报出版社1997年版，第430页。

'请毛主席除了经济建设的五年计划之外，还要制定一个还政于民的五年计划。'冷西还向我说过：'毛主席说我们现在实行的是愚民政策。'我就说：'我们也要开放新闻自由。''小学中学都要设立公民课或者宪法课，新中国每一个公民都要清楚自己的权利与义务。'冷西又告诉我：'毛主席说我们的问题不止是官僚主义，而且是专制主义'，我就说：'我们应当实行大民主，应当建立宪法法院'。"①这表明，早在1956年，李先生就已经意识到中国共产党必须在政治上充分吸收现代文明的成果，回归主流文化。

顾准也在思考"民主社会主义"或"社会主义民主主义"问题。1959年，他便说："第一个问题是政治——哲学问题。""最不重要的问题才是社会主义经济问题。"一个必须正视的政治问题是恐怖主义。"罗伯斯比尔式的恐怖主义是夭折的，社会主义的罗伯斯比尔主义并没有夭折。"②到了20世纪70年代，他终于毫不含糊地指出："奢望什么人民当家作主，要不是空洞的理想，就会沦入借民主之名实行独裁的人的拥护者之列。""两党制的议会政治，是两个都可以执政的政治集团，依靠各自的政纲，在群众中间竞争取得选票……这是唯一行得通的办法。"③

他们不是孤立的。在"大跃进"和"文革"等接踵而至以后，人们纷纷追问为什么这些灾难一再降临？通过各种渠道，人们重新睁开眼睛看世界，认同以自由、法治、民主、市场经济为核心的现代文化的知识分子日益增多。尽管言路狭窄，他们仍为改革开放迈入市场经济轨道、把建立法治国家写入宪法等等起到重要作用。历

---

① 李慎之：《一段公案的由来》，《中国的道路》南方日报出版社2000年版，第339页。
② 《顾准日记》，中国青年出版社2002年版，第100－102页。
③ 《顾准文集》，贵州人民出版社1994年版，第368、364页。

史不是快乐的郊游，但中国或迟或早总要走上现代文明的共同道路，这是无法逆转的。

2003年6月11日星期三

原载《澳亚周刊》2003年7月号

"五四"·普世价值·多元文化
——与杜维明教授对话

袁伟时（以下简称袁）：今年是"五四"运动80周年，我想请你谈谈对"五四"新文化运动究竟有什么看法。

杜维明（以下简称杜）：我觉得如果以一般的理解，"五四"新文化运动想要通过吸收西方最先进的一些思潮，希望通过现代西方启蒙运动所能展现出来的一些基本的价值：自由、人权、民主，对清朝的腐败所造成的各种困境，尽量把它的负面因素化解。只是他们把克服传统的阴暗面的任务可能估计得太轻松了一点儿，过分乐观了一点儿。所谓轻松了一点儿，乐观了一点儿，可以从当时一种形象的说法取得证明，即是把传统的阴暗面像包袱一样丢掉。所谓传统的阴暗面，如官本位、不健康的人际关系、权威主义等消极因素已渗透到民族文化的各种结构里去了。要想消除它，是不能简单地像包袱一样丢掉，要经过更深刻的转换，转换的进程非常复杂。也就是说，要清涤已经渗透到骨髓和血液里面而且好几代努力都还不能消除的"毒素"，不能只是从外部引进资源，一定要开发自己的传统文化资源。这个工作做得太少、太草率、太肤浅。

"五四"的文化精英都是中国文化的受惠者，同时也是牺牲者。那一代知识分子本身的叛逆精神，为民请命的意愿，对家国天下的关切，对社会的参与，对文化的感受，这些与儒家文化里比较优良的传统确有非常密切的关系。因此，当时所碰到的一个严肃的课题就是：已经渗透到骨髓、血液里面的封建遗毒，既然和现实政治上的权威主义和官僚主义结合起来，那么，这复杂的机制绝不能够一厢情愿地靠自己不熟悉的外来价值，一定要开发传统资源的精华来对治这些阴暗面。这些工作当时估计得很不够，所以现在如果重新回顾"五四"以来八十年的发展，特别是在政治文化、商业文化、社会文化种种方面还有很多需要重新清理和考虑的议题。另外，对西方文化方面也不能完全从工具性，而要从更深刻的、触及真善美的价值来了解。

"五四"时代初期的知识精英曾经强调自由与人权的重要，从自由人权转向科学民主。这中间，一般讲来非常符合当时中国的需要。中国需要建设，需要发展，需要科学技术；建设需要管理知识，需要发展物质条件和调动人民参与建国的积极性，要把一盘散沙凝聚为具有公民意识的国家民族。其实，自由、人权是西方启蒙思潮的灵魂，它和科学、民主有内在的联系。只发展科学、民主而不注重自由、人权，这在理论上和实践上都有巨大的缺陷。因为自由是突出人的价值，人权是突出对每一个人的尊重。如果牺牲极少数人的利益为了大众的福祉，假如大家百分之九十九点九都可能赞成这样一个原则，那么它本身却具有不可预期的杀伤力。这种为大家福祉设想的观点，本身有不合理性，甚至是一条通向权威乃至专制的路。对每一个人的个人人格尊重，是对全体人格尊重的前提，不应该放弃。从"五四"以来，这个原则的误用和误导，曾经造成了非常大的灾害。

袁：我很同意你这个看法。新文化运动最初提出人权与科学，到后来变成民主与科学。这种转换过程里面，有很丰富的内涵。但我认为，整个新文化运动，它对自由、人权没有背弃。其实，整个新文化运动的核心问题，就是要恢复人的尊严，人的自由、自主的权利，这是一条最基本的线索。1919年1月，《新青年》发表了陈独秀执笔的《本志罪案之答辩书》，明确地说："要拥护那德先生（即民主——编者注），便不得不反对孔教、礼法、贞节、旧伦理、旧政治。"所谓旧政治，指的就是"特权人治"。可见，在他们心目中，民主与自由、法治是密不可分的。批判孔教和旧伦理，无非是扫除自由的障碍。有人批评或否定新文化运动，说它对自由坚持得不够，我想这是对新文化运动的全面资料了解不够的错觉。

理解新文化运动还有重要的一点。当时已经初步建立起一个现代的文化教育制度。虽然是初步，确实已有这样一个制度。蔡元培改造北京大学，就将一批新知识分子集中、吸引到北京大学来了；更重要的是他把原来北京大学旧的教育思想抛弃了，在教育思想、教育精神上跟现代教育接轨了。他继承了洪堡的教育思想，可是这个教育思想是跟整个现代西方一样的。用蔡元培自己的话来说是："仿世界各大学通例，循思想自由原则，取兼容并包主义。"这是现代大学的灵魂和标志。中国人自己办大学，始于盛宣怀1895年创办天津头等、二等学堂（后来改称北洋大学堂），但严格说来，真正符合标准的现代大学，是从1917年蔡元培整顿北京大学为开端的。用这样的精神来办北京大学，为新文化的发展提供了很好的基础，亦为全国大学树立了榜样。

另外，经过两次反复辟（袁世凯和张勋复辟），对新闻自由的限制打破了。袁世凯去世以后，段祺瑞就下令将袁世凯制定的报刊条例废除，新闻自由、言论自由有了基本保证，这一条也是新文化运动能够发展的重要条件。但也不是一帆风顺，也有禁止报纸甚至抓编辑记者的情况出现，但不多。同时，从清末新政时期开始，办报办刊都比较自由。当时全国一下子冒出四百多种支持新文化运动的报刊，大都是新办的，其骨干又多半是北大或其他大学培养出来的。这些现象体现着现代文化教育制度的建立。新文化运动不能离开这个制度的基础去理解。以思想自由、学术自由和言论自由为核心的制度，恰恰是新文化运动的目标之一，体现着它所追求的现代人的自由和权利，是新文化运动性质的重要方面。

现在很多人都在讲要超越新文化运动。有的人甚至认为"五四"有"文化殖民"烙印，要吸取历史教训，坚决反对"后殖民"。其实当务之急是继承新文化运动，发扬光大。简单点说是继承"五四"，回归"五四"。任何事物都不可能完全一样，这不可能。但从基本精神和基本制度上面应该回归"五四"。

杜：这80年有很大的变化。在"五四"时代，中华民族命运是"人为刀俎，我为鱼肉"。那时候，中华民族是千疮百孔，一无是处。现在情况已有很大的改变。毫无疑问，现在碰到另外一个问题，刚才我们所讲的，如果理解错误的话，会变成狭隘的民族主义。"人为刀俎，我为鱼肉"的情况现在被新的情况所取代了。这新的情况是中华民族的再生。现在以知识界为例，对所谓的中国文化、传统文化，特别是儒家文化，所知甚少，但在生活世界之中，特别是所谓人伦日常之间，又和儒家伦理，包括心灵的积习结了不解之缘。我基本上是赞同你讲新文化运动有个主线，但这个主线有时会变成潜流。主线是独立人格，是自由。这个价值现在看来不仅有生命力，而且非常重要。北大的学风是通过自由探讨，树立独立人格、学术独立这些价值。我想现在这些价值在学术界还有巨大的生命力和说服力。自由、人权、民主、科学和理性的价值,在学术、知识和文化三界各领域都获得认可。回顾"五四"的文化心理,其中有一个值得进一步分析的问题,就是从西方启蒙心态所引发的基本价值。在面对民族的再生和国家的统一这一大的课题时,它扮演的角色是什么。我认为当时"五四"知识界的共识是:救亡就要启蒙,启蒙是救亡的不二法门。那个启蒙是我们现在所了解的现代西方启蒙心态的启蒙,就是欧美的启蒙。

西方从18世纪发展起来的启蒙运动,是一种极端的人类中心主义。这种西方的启蒙心态和中国传统的人文精神大异其趣,因此,当代学人坚决否定中国传统曾发展出具有现代意义的人文精神。农业经济社会和专制政体有千丝万缕的联系。不过我要强调儒家传统的确开展出一个涵盖性的人文景观,就是个人和社会的互动,人类和自然的和谐,人心和天道的合德。这是比较全面的,不是反宗教,不是反自然,也不是反传统的人文思想。这和西方启蒙心态所代表的极端的个人主义的人文思想不同,它是要冲破一切传统与社会的枷锁、自然及神权的枷锁。

今天我们碰到的问题,除了政治民主化、新闻自由、言论自由、集会自由、信仰自由、人权保障这些价值以外,还有文化资源怎样持续的问题。能不能储备充分的文化资源,拥有足够的文化资源来面对现在碰到的人类困境。全球人类社会和自然的关系,全球人类社会各个不同的社群之间如何能够和平共存,如何能够和谐,如何能够通过对话而不是通过冲突去解决问题?再就是如何能够在各种不同的风暴,除了自然灾害的风暴以外,还有金融风暴和其他风暴的环境中间,发展出一条既能够使得个人价值充分体现,又能够使得社会稳步前进的这样一条复杂的道路?经过80年,现在所碰到的挑战有这几种。一个复杂的现代文明,除了储蓄经济资本之外，还必须储蓄社会资本。而社会资本一定要通过对话、交谈、沟通各种信息的来往，使得这个资本由单薄转而雄厚。殊不知，没有对话、交谈、辩难，会导致社会资本的薄弱，即无法回应市场经济带来的多种选择，结果必然会步调大乱，人云亦云。

第二个问题，除了科技能力以外，必须要积累文化能力。文化能力的积累主要靠报刊、电视、新闻等各种媒体。我现在担心的是国内的知识界所掌握的信息、能够发展的舆论空间、讨论问题的渠道等都非常有限。殊不知不同的声音、多元多样的信息、各种独特的观点正是复杂的现代文明所不可或缺的条件。如果知识界的信息量、知识界的各种各样的观点不够，没有合法合情合理的渠道发表观点、声音，从而发挥其激励创意的作用，那么不仅对外无法回应，对内也无法形成起码的共识。

第三，除了智商以外，还需要发展情商和伦理价值。国内有很多人是在企业管理各方面有一定的智商，可以赚钱，可以发展的人才，但是他没有足够的伦理价值来维持发展。伦理价值是通过复杂的市场经济的动作所发展出来的一种机制。

第四，除了物质条件以外，还有精神价值的问题。"五四"时对人格的尊严、人的自由和对学术的独立探讨，这些价值正是开发社会资本和培养文化能力，以及发展有创见性的理论思维、道德理性和精神价值的必要条件。假如不给年轻人培养这些资本，他就没有经过风吹雨打，他的观念非常简单，对价值理念、道德理念各方面的看法非常单一，那将来他在更宽广的世界里面运作，会碰到困难。

综合上面的观点，我们一方面要坚持放诸四海皆准的基本价值，就是：把人当人看，不把人当工具看；把人当目的看，不把人当手段看。这个人不仅是群体，而且是个人。严格地说，人权就是在这个价值中体现的。西方有一套符合西方社会的人权论。我们可以说欧美政客用西方的人权论在政治和经济上对第三世界施压，因此我们必须反抗这种霸权，但如果追究其价值根源，人权的基本信念就是政府对每一个国民的基本权利和人权的尊重。市场经济、民主政治和个人尊严三者必须配合。中国这几十年来的发展有显著的进步。这个显著的进步为我们带来了崭新的课题。单从经济发展本身来看，为了发展国力，就必须培养一大批拥有深厚社会资本、文化能力、伦理智慧和精神价值的知识分子，否则只以科技为导向的策略，会造成创意缺乏、头脑简单而竞争力薄弱的不良后果。

袁：现在从上到下都讲中国人面对知识化的时代，面对全球化的时代，最重要要有创新的能力。如何从文化心态和制度上保证中华各族人民创新的能力？跟杜先生的几次交谈，我有一个很深的印象，你对怎样积累社会资源、文化资源非常重视。我感到应充分从历史经验中吸取智慧。

一百多年来的历史经验，包括新文化运动的历史经验，我认为最基本一条就是文化上要坚决反对自我封闭。把儒家的学说变为将中国封闭起来的工具，这是很危险的。19世纪不准以夷变华的"天朝"心态，结果一再延误了清帝国的转化。到了20世纪，封闭的危险仍然是主要的。有的人认为，新文化运动将儒家文化冲垮了，其实不是那么回事。新文化运动以后，官方提倡的主流意识形态仍然是以儒学为基本的指导思想。北洋军阀时代，那些人讲的东西仍是儒学那一套。当时就有人骂袁世凯、徐世昌这些人，说你当总统，但你发的那个文告还是清代皇帝"上谕"的变种，里面讲的话还是儒家教化的那种口吻。到了国民党时代，官方口口声声讲道统，提倡四维（礼义廉耻）、八德（忠孝仁爱礼义和平），还是儒学的东西。1949年以后，表面看来好像不提倡儒学，实际上不但用革命的词句培育和发展盲目的民族自大和封闭，而且继承了传统文化中很多很糟糕的东西。总之，假如儒学或其他意识形态变为一个国家自我封闭的工具，那就非常危险。新文化运动的贡献恰恰就是打破这个封闭，这是一个方面。

另外一个方面则是在世界文化的格局里，儒学如何发挥作用。我同意杜先生讲的，应该有一个多元化的世界、多元化的文化。我不知道有没有理解错，我想杜先生的意思是不是这样：多元化应该有一个基本前提，就是要承认一些基本的共同的现代性，比如法治、民主、人权、自由、理性……这些是全世界任何国家、任何民族都应该分享的现代文明成果。无论道路多么曲折，各国人民始终会走到这里。在这个前提下，各个民族和国家才能持续、健康地发展，充分保留和发展那些该保留和发展的自己的文化传统、文化特点。

杜：你的论点我很有同感。我想就你提的这两个观点，作点回应。传统的儒家文化所造成的一种天朝的封闭心理，乃至造成在中国的政治文化中间，一次又一次从军阀一直到国民党甚至到建国以来很多的习俗，各种习俗——政治文化方面的习俗，还是深受相当不健康的儒家的封建遗毒的影响，特别是在文化心理结构中下意识层次的影响。这一点我是赞成的，而且这也是我前面所说的"五四"的知识精英把传统文化的阴暗面当做包袱一下丢掉，对其根深蒂固而且继续不断的腐蚀力估计得不够。但是作为封建遗毒的儒家传统，经过好几代人批判还在发挥消极的作用，这表明想要消除它并不是那么简单。姑且把这种潜势称之为"心灵的积习",即是在民族的文化心理的底层所积聚下来的一种"习",它有健康的和不健康的。不健康的一面非常明显,特别是政治文化中。对权威政治的认可所预设的权威意识,在充分体现工业文明的新加坡也有这个认识。比如说我不太接受李光耀所讲的儒家所代表的权威主义,但是批评儒家的权威主义并不一定把儒家在政治文化中的一些积极作用消除掉。比如韩国这次金融风暴,全国上下共同克服困难。如果不是出于政治化的民族的感情,而是为了更大的目标来奋斗,这是健康的。但健康的因素反而被利用而异化。这些"心灵积习"怎样处理,还需要一代一代人去努力。

另外,我也很赞成你提到的,就是说进入现代文明(有些人说后现代),有些最基本的价值——人在世界上的最基本价值,对这些基本价值的认同应是现代文明价值取向的前提。因此,这些价值都有各种不同的文化体现。但是,基本价值如果被消解了,前提就不能产生,就会变成一种文化相对主义,或者变成:因为我们属于儒家文化,所以不要讲人权;因为我们讲儒家文化,所以不讲言论自由;因为我们讲儒家文化,所以不讲个人自由。这是很荒谬的。

但是,我觉得这个最基本的价值,它的层面可能还要宽一些。在美国学术界讲儒学,我作了这样一个考虑,就是到底在道德推理这一层面,自由和公义这两个价值之间的关系如何。我们要突出自由是毫无疑问的,但是我们不能不照顾到公义。很好的价值之间,甚至是最好的价值之间,可能就有不可消解的冲突。譬如自由是非常好的价值,公义是非常好的价值,而这两个价值是冲突的。这就极需要在一个复杂的现代社会对这个冲突而又都是健康的价值之间展开一种协调讨论,一定要在自由的空气里面讨论这个问题。

还有就是理性，这是毫无疑问的一个价值。但是理性和同情，这两个价值要配合。西方强调理性，凡是不注重理性的道德推理，西方哲人必加以批评。那么同情呢？恻隐之心在中国传统文化里含有非常深刻的道理，亦就是说"不忍人之心"。"文革"反对这种"温情主义"，甚至反对家庭的温情。这一种反对"同情"的论说，我觉得很不健康。

再就是法律和习俗之间如何配合的问题。我们不能说法治即可维持社会秩序。这个中间怎样配合是一个非常值得考虑的课题。另外，一种社会的凝聚力，不靠法律而是靠长期积累的习俗，就是个人作为一个独立的个体和个人作为一个群体关系网络的结合点，这中间的互动如何解决；再加上权利，譬如权利意识，但是权利和义务必须配合。

这些都应该是基本价值，它的源头，特别是启蒙心态所体现的价值，当然是来自现代西方。但来自中国传统文化特别是儒家文化的启蒙思想或说人文精神的也不少。我是非常赞成人权的，特别是国际人权宣言所指的基本价值。人权还有非常基本的理念，这个理念就是，一个真正代表人民的政府不能够用文化或者其他理由来损害一个人最基本的尊严。比如说，不经过正常的法律程序就宣判其有罪。

另外，我想进一步讨论中国的自由主义所代表的各个层面，包括自由、人权、民主、个人尊严、法治、隐私权，还有理性。这些价值在中国的土壤里，哪一些资源可以促使它真正发扬光大。这是非常值得讨论的议题，因为这是一个千秋万世的大课题，并在现实中有更宽广的意义。我们如能扎根中国现实，并对西方各种派别的自由主义进行全面、充分的认识，而且对它确实要有一种自我批判和自我理解的能力，也许就叫它为"内在反馈体系"。自我调节其至自我批判意识的出现，对自由主义在中国的健康发展有极大的研益。我觉得从"五四"开始这80年来，自由主义是最珍贵的传统之一。在"五四"时代所讨论的水平，后来在抗战的时代，有些地方超过台湾在20世纪60年代所讨论的水平。20世纪80年代很多学者提出关于自由人权的理念，但未必超过20世纪60年代台湾学术界讨论的理论水平。我觉得现在很值得海内外华人共同合作一起来开发自由主义的资源。开发资源一定要有引进各种体系的自由理念，而且一定要有批判的认识。

从知识分子群体，特别是中国知识分子群体的自我意识的角度来观察，现代自由主义所关切的，例如暴力问题、言论自由、人格尊严、学术独立及信息流通受到限制的问题，对此大家都有很强的共识，不再说是属于自由主义知识分子关切的议题，保守的知识分子则可不闻不问。那么困难在什么地方呢？就是如果要进行此类问题的探讨，自由主义者认为，他们的手是被绑起来的，不能畅所欲言地进行辩难。因为不能开放公平地进行辩难，所以自由主义者有一种难言之痛，必须采取佛教的方便法门。这个方便法门就是旁敲侧击的方便法门。这一类的方便法门比较容易引起激情。这个激情的本身不是针对其他学术界的派别的问题，而是针对另外一个不能讲但它的阴影又使得你不能充分发挥理念的东西。

袁：中国当前面临的是什么问题呢？这是一个。另一方面，就是下一步，更遥远的，仍有一些问题。这两步都应该看到。

杜：但是后面的问题跟现在如何运作是配合起来的。其实西学本身的多元，并不能"跳出如来佛的掌心"，也就是启蒙心态发展到现在的论域。今天西方最杰出的一些知识分子已经在这个论域中开展了许多新的问题意识，如传统与现代的对话问题、东西方的对话问题。我们现在应当从这些问题切入。当然，我们不能把现实性消解掉，因为太严重了。不过当前的现实性和后面更宽广的论域可以结合，因为指导我们在面对现实的困境中能做出回应的资源正在做更深层的反思。以自由主义为例，仔细讨论伯林和哈耶克的异同，详论自由理念的内涵，深究自由和人权、平等、正义责任的关系，剖析欧美社会自由主义的多元性。表面上和当前自由主义者所关切的政治、现实并无直接的关系，但这些问题的探讨，可以为自由主义开拓更加丰富的人文资源。将来实际情况改变了，这些资源不仅有价值，并且又有很多其他的资源可以从中开拓出来。最近和李慎之先生对话，我即强调自由主义如何在中华大地扎根和开花结果的长远构思，这和重建中国自由主义谱系和诠释当代中国自由主义传统课题紧密联系。如果中国自由主义的发展只能随着政治起舞，而不能在更宽广的价值领域之中建立承先启后的传统，前景是不乐观的。

袁：19世纪90年代，严复提出八个字："人贵自由，国贵自主。"我认为一百多年来，没有人概括得比这八个字更好的了。我们现在解决了后面四个字，就是国家的独立……

杜：现在问题是不是解决了？我认为还没有解决。为什么呢？国家当然是独立了，这个毫无疑问，但我认为一个真正独立的国家，应该有一批真正有自主能力的知识群体，才能在国际社会上发挥作用。因为文化信息的传播必须靠身体力行。如果中华民族的再生并没有为独立人格、自由思想创造条件，那么文化信息如何能够传递？

袁：这里面我们可能有不同的地方。

我同意一个国家应该出自己的大思想家，出新的孔、孟、老、庄。问题是这里必须首先要有一个现代的思想文化制度，不要再回到"鸟笼文化"。没有自由探讨是不可能出什么大思想家的。"五四"为什么出了那么多的人才呢？它有相当自由的环境。这是第一步要解决的问题。在这一点上，我们其实是相同的。

进一步考察，我认为儒学或者是中国传统文化，在现代思想的深层结构上有三个作用。

第一个作用是对应，就是说世界文化和各个民族文化有共同点。例如西方讲"博爱"，我们中国讲"仁"，还有"和""中庸"，在中西经典中都有，如此等等。很多内容是对应的，这叫"心同理同"。中国文化中有很多宝贵资源是我们自己独立发展起来的，不是从西方搬过来的。在轴心时代，我们自己达到这样的高度，很了不起。

第二个作用是中介作用。一个文化体系如果是健康的，应该有接受外来文化的中介功能。在这方面，中国文化既有这样的资源，也有排他的机制。应该排除这种排他的机制，发扬光大那些有助于吸收外来文化的因素。"一事不识，儒者之耻""经世致用""实事求是"……这些都是很好的东西，先驱们就是用这些内在的可作中介的因素，砸开自我封闭的铜墙铁壁的。

第三个作用是一种独创的或者说是可以为世界现代文化添光彩的功能。这个独创的功能，现在还没能充分发挥，但不能抹杀这个可能性。这方面说的不仅是中国人自愿保留和珍视的文化特性，而且具有普适性，为许多异族乐于接受。我想杜先生强调的可能是在这一方面，但这里有隐含的危险，假如搞不好就变成狭隘的排他的东西。

杜：我完全赞成。我现在就是在想这个课题，你刚才那番话"于我心有戚戚焉"。可是我想突出的一点，就是第三者事实上和前面两个方面不仅能够配套，而且为前面两种努力的合法性创造良好的条件。借中医的说法，知识分子的气要理顺。从"五四"以来，甚至从鸦片战争以来，中华民族知识精英的气很不顺。当然，中华民族的每一分子都有局促不安的无力感，而这种压抑之情在知识分子身上显得特别严峻，因为知识分子善于反思，因为知识分子看到世界各方面的情况，可以比较，因为知识分子还有一种深层的内疚。政治方面、军事方面或企业方面那些打天下的英雄豪杰，乃至在民间文化、民间宗教里发挥巨大影响的人物，他们的气不顺还能靠魄力承担，开发出各种事业。知识界最糟，一直到现在，还是纠缠不清，对西方、对传统文化、对自己的家国、对自己本身都是又爱又恨，难分难解。

我们现在要把气弄顺，弄顺了以后才可能培育博大精深的气度。因为现在条件有了，以前没有这种条件。以前要想不卑不亢，常常只是一厢情愿，现在有这个可能性了。另外，虽然深知狭隘的民族主义、封闭的思想以及官本位所造成的各种困境还很严峻，在这个复杂的情况下为什么还要突出第三点呢？因为传统文化的创新是真正能够气顺的一个非常重要的通道，乃至先决条件。我们一定要和西方对话，不是向西方学习，也不是抗衡，而是要和西方对话。

自由主义如果在中国发展，它所碰到的困境，不仅是个现实的问题，后面还有很多非常复杂的传统问题。你刚才讲的最主要的几项：法治、人权、理性、个人尊严各方面，落实在中华大地这片土地里面，它怎样运作，这中间除了实践的问题，还有传统文化的资源问题。譬如说，我们是突出工具理性还是突出沟通理性，还是突出超越理性？人权的运作是政治权、经济权、社会权，其中的交互关系是什么？假如突出的是政治权譬如言论自由，那么和经济权以及文化权的问题应该怎样作一个协调？这些问题都要谈，非议不可。因为我们现在还碰到这类课题，谈出来的智慧，不仅是我们将来要跟西方进行平等互惠对话的资源，而且也是面对现实选择的参照。我深深地感到，我们的资源从开发传统而取得的精神资源和日本、印度以及伊斯兰教的知识分子相比都显得太薄弱、太不够了。这个问题确是燃眉之急，不能掉以轻心。

袁：你这意见值得重视。是不是也要看到一百多年来，其实很多中国知识分子已经开始在这方面用力。比如梁启超是启蒙大师，他的许多工作不完全是简单的、介绍性的。他已经开始批判中国的传统，另外也从传统里面挖掘不少优良成分。他讲十种德性相反相成，就讲得很好。

杜：对。像年轻人讲的，你先要了解你自己的困境，也期待你自己把西方的东西引进来；引进以后改造你自己，改造你自己再输出，再对西方进行批判的理解并获得更高的综合。这是非常健康而且很有气魄的提法。

袁：这里面有两个问题。一个是应该承认，到现在为止，我们的文化还是比西方落后。在中国还有一个向西方学习的任务，这个任务还没有完成。

杜：对，就像李慎之先生所强调的，如果坚持中国有科学，中国有民主，会削弱向西方学习的意愿。但我想这不是策略问题，因为科学、民主如果真有普适意义，不仅可以在中国文化也可以在印度、伊斯兰和其他文化中间发展。而发展的先决条件之一，是重新认识和解读自己传统文化的有利因素。

袁：这是一个，另一个我认为这个学习应该有独立自主精神。一方面不要有限制，应该是自由交流的，任何限制都是错误的；另外一方面，你是以一个独立自主的现代人的资格去考虑问题的。西方文化有多种流派，国家社会主义（纳粹）也算得上一种吧？由少数人选定后就不准怀疑，不准讨论，那很危险。不是少数甚至一两个人说些民族主义大话就叫独立自主，关键是大多数国民都有自由思考、平等待人、尊重自己也尊重别人的现代公民素质。这里有一个概念我是要反对的，就是所谓"文化侵略"。

杜：这样说吧，即便有文化侵略的一面，但是要向西方学习的议题也不因为有文化侵略的事实而变得不重要。它还是重要的，这是我完全赞成的。我自己的个人经验可以说是一个样本。我二十多岁到西方去的时候，跟所有的学者进行沟通都是以一个非常开放的心态向他们学习。我不会说是要去说服他们，去向他们传播儒家之道。不过刚才后面你讲的那一点很重要，我确是以一个独立的能够自我发展这样的一个学生向他们请教的，而且我认为我自己有自己的资源，因此我请教的过程是一个对话的过程。

其实我们的知识界有非常多的资源，但是我们没有把握去正面地肯定这些资源。事实上我们去消解它，把它当做负价值弃而不顾。这是一个复杂的问题。举一个简单的例子。用科学、民主的标准对整个儒家传统进行判断是一个失误，因为儒家传统并没有发展

出类似西方的科学民主，我们才要向西方学习科学、民主。如果以
科学、民主的标准来对儒家传统进行判断，那么儒学传统之中的确
存在许多非科学、民主但却非常有价值的理念，比如伦理方面和美
学、宗教方面的资源，但这些都被遗弃了。固然我们需要用现代精
神去评价儒家传统，但不能在评价的过程中把和科学、民主无关的
丰富资源都消除掉了。对话的可能性是有的，去除傲慢的心态，对
话才是平等的。

袁：关键在于，不要将文化的交流理解为民族的对抗。任
何人都应以现代人的身份平等地在世界的学术文化领域活动。
这个交流，如杜先生讲的，一个中国人应该从自己的传统文化
里面，将那些经过思考整理的好东西贡献出来。这是完全应
该的。

杜：对。而且现在条件也逐渐具备。另外，国际社群已经
要求我们这样做了。通过合作渐渐达到对话，这个潮流我觉得
是健康的。但是知识群体要形成一个既有继承性又有批判性的
关系。

袁：现在问题在哪里呢？在中国最危险的是误解这个问题，甚
至片面理解这个问题。把这个说成一种对抗，说成反对西方的文化
侵略。按照这个路子走下去是危险的；另外还有一个"21世纪是中
国文化的世纪"的说法。

杜：这种观点已有了修正，现在不奢谈什么"十年河东，十年
河西"了。我觉得我们不应接受"21世纪是中国人的世纪"，也

不应接受"21世纪是亚太人的世纪",更不能接受"21世纪是儒学的世纪"这种单元的、肤浅的说法。从我自己的学术研究,我希望面向21世纪再生的中华民族能够为国际社会秩序的重组作出一些积极的贡献。

另外,我希望儒家传统,特别是从事儒学研究的同仁所关注的儒家传统能够进一步深化,使传统的资源,特别是体现、涵盖人文精神的资源能够充分发挥,阴暗面则通过非常严厉的自我批判而逐渐减少,使它成为复杂多元的21世纪全球社群中间的一大资源。这个资源越丰富,就越多元地发挥它的积极作用。我们尽力而为,即便所获有限,还可以慢慢发挥。如果当下不积极努力,就没有发展前景可言。如果我们不仅不做,而且掉以轻心或横加扭曲的话,儒家传统有可能变成一种负价值、负资源。这个工作迫使我们回到"五四"时代,因此必须把如何消除深层的心理积习的阴暗面的问题重新提到日程上,这不是一个一丢了事的包袱。

民主、自由、人权等价值如果真正要落实在一个现代社会,它们必须要进到我们的生命世界里。这个生命世界与政权势力之间的关系会有一些新的互动,这个工作非常重要。如果自己是一个权威主义者,而且权威主义的积习浸润于血液、骨髓之中,虽然主动宣扬民主,却在生活世界及生命形态中处处暴露非民主的霸道,如果不能在家庭平等中践履民主之道,即使民主的游戏规则耳熟能详,又有什么实质的意义?

袁:我很赞成你的观点。为什么会这样?很重要的一条是我们的教育体系,特别是大学破坏得很厉害。假如没有真正现代意义的思想自由、学术自由,没有自由讨论、互相尊重的学风的话,这样的大学培养出来的人是危险的，整个国家也不可能有源源不竭的创新能力，中国文化就有枯竭的危险。可惜，"朝野"上下还没有意识到这一问题的严峻。

原载广州《开放时代》，1999年3、4月号

新文化运动的基本诉求

要了解新文化运动，最好的办法是读一读《新青年》。陈独秀的两篇文章更非读不可：一篇是该刊的发刊词《敬告青年》（1915年9月），另一篇是三年后发表的《本志罪案之答辩书》（1919年1月）。捧读这两篇文献的箴言，深感历久弥新：

1. "投一国于世界潮流之中，笃旧者固速其危亡，善变者反因以竞进……居今日而言锁国闭关之策，匪独力所不能，亦且势所不利。万邦并立，动辄相关，无论其国若何富强，亦不能漠视外情，自为风气。各国之制度文物，形式虽不尽同，但不思驱其国于危亡者，其遵循共同原则之精神，渐趋一致。潮流所及，莫之能违。于此而执特别历史国情之说，以冀抗此潮流，是犹有锁国之精神，而无世界之智识"。

新文化运动的基本精神之一，就是把中国放到世界文明发展的大格局中去考量。于是，以西方现代文明为参照系，有沉痛的民族自省和对中世纪意识形态的猛烈鞭笞。

最危险的是民情主义的煽情："以夷变华，国将不国""中国可以说不""后殖民""文化霸权"……至少要在文化领域把大门关上！

文化是没有国界的。它只能在自由交流、自由选择中各取所需，淘汰那该淘汰的东西。在急需扩大开放、认真学习别国先进文化的今天，说新文化运动"全盘西化""全盘反传统"，应在"超越"的名义下否定，不管用心多么善良，只能助长形形色色的文化锁国论者的气焰。

2. "国人而欲脱蒙昧时代，羞为浅化之民也，则急起直追，当以科学与人权并重。"

"他们非难本志的，无非是破坏孔教，破坏礼法，破坏国粹，破坏贞节，破坏旧伦理（忠、孝、节），破坏旧艺术（中国戏），破坏旧宗教（鬼神），破坏旧文学，破坏旧政治（特权人治），这几条罪案。"

"这几条罪案，本社同人当然直认不讳。但是追本溯源，本志同人本来无罪，只因为拥护那德莫克拉西（Democracy）和赛因斯（Science）两位先生，才犯了这几条滔天的大罪。"

新文化运动提倡民主与科学，这是众所周知的。但从1915年至1918年底的三年多里，它的基本口号是"科学与人权"，一般读者恐怕不甚了了。两者是一致的。

陈独秀这里说的民主，主要是与"旧政治（特权人治）"对立的概念。这就是《新青年》（《青年》）从创刊之日起就孜孜以求的法治和宪政。在创刊号上，除了尖锐批驳筹安会变更国体恢复帝制的所谓理由外，还一再论证"无论何国，苟稍顾立国原理，以求长治久安，断未有不以民权为本质"。"政府者立于国家之下，同与全体人民受制于国家宪法规条者也。"（高一涵：《共和国与青年之自觉》）

不过，陈独秀笔下的民主是广义的。因此，摆脱中世纪宗法关系和意识形态的束缚，实现自由、平等和个性伸张等人权的内容，都在涵盖之列。

3. "等一人也，各有自主之权，绝无奴隶他人之权利，亦绝无以奴自处之义务……自人权平等之说兴，奴隶之名，非血气所忍受……我有手足，自谋温饱；我有口舌，自陈好恶；我有心思，自崇所信；绝不认他人之越俎，亦不应主我而奴他人。盖自认为独立自主之人格以上，一切操行，一切权利，一切信仰，唯有听命各自固有之智能，断无盲从隶属他人之理……以其是非荣辱，听命他人，不以自身为本位，则个人独立平等之人格，消灭无存；其一切善恶行为，势不能诉之自身意志而课以功过；谓之奴隶，谁曰不宜？立德立功，首当辨此。"

任何从中世纪向现代社会转型的国家，必然伴随着一场思想革命，其基本内容都是推动人的解放，让中世纪的臣民转变为现代公民。早已有人说过，"五四"新文化运动就是"中国的文艺复兴"。人的觉醒是真"民国"的思想基础，否则，法治、宪政都会化为一句空话。

新文化运动呼唤中国人摆脱奴隶状态，成为自主、自由的人。它首先是公民的人权诉求：要有"自谋温饱"的经济自由，"自陈好恶"的言论自由，"自崇所信"的思想自由……与此同时，它又是现代道德的诉求："以自身为本位"，确立"个人独立平等之人格"。

为什么要如此猛烈、持久地批判以"三纲"为中心的中世纪意识形态？不摆脱它的束缚，就不会有以自由为核心的人权，"以自身为本位"的现代人的独立人格，更不可能有民主——法治和宪政。

这是新文化运动的核心诉求。"立德立功，首当辩此。"

4. "近代欧洲之所以优越他族者，科学之兴，其功不在人权说下，若舟车之有两轮焉。今且日新月异，举凡一事之兴，一物之细，罔不诉之科学法则，以定其得失从违；其效将使人间之思想云为，一遵理性，而迷信斩焉，而无知妄作之风息焉。"

新文化运动的领袖们举起科学大旗，主要作用有二：

一是反对流行已久的各式各样的迷信。平民百姓对鬼神和"真命天子"的崇拜固然根深蒂固，知识阶层也不特别高明，沉溺其中者亦大有人在。

二是"一遵理性"的思维方法变革。

近年海内外一些学者把新文化运动提倡科学，说成是所谓"科学主义"，讨伐不遗余力。

这些朋友忘记了新文化运动的领袖们在提倡科学的同时，坚定不移地维护思想、学术自由，把科学与人权和民主看作不可分割的两翼。不能把他们的主张与论证宿命论的科学主义混为一谈。

韦伯一再指出社会生活的"理性化"，是现代化过程的重要内容。走出中世纪，思维方法必须实现"一遵理性"的变革。新文化运动提倡科学，不过是忠实履行着它必须承担的历史任务。

看看百年中国，注视近五十年的现实，"最高指示"和"经典"吞没理性的恶果历历在目，"官大学问大"仍是一些人奉行不渝的信条，科学——理性的呼唤难道过时了吗？

以世界眼光观察中国，让中国人分享世界现代文明的成果：人权（自由、平等、以自身为本位的独立人格），民主（法治、宪政），科学（理性）。这就是新文化运动的基本诉求。

1999年4月14日

原载《羊城晚报》（1999年5月1日）

中国转型的自我意识
——答《21世纪经济报道》

转型160年

《21世纪经济报道》（以下简称《21世纪》）：可以说，一百六十多年前，中国即已面临现代化转型的问题。近三十年来，这一转型历程与全球化过程日益紧密，从历史纵深的角度，您怎么看待这个转型过程？

袁：19世纪我国的国门被打开。一方面，有列强对我国主权的侵害、军事上的侵略，对中国形成了压迫的态势。但过去往往只强调这一点，却没有看到我们内部的问题。内因才是阻碍中国转型的决定性因素。很长时间里，朝野上下严华夷之辨，盲目自大，把自己看为世界的中心。世界已经发展到很高的水平了，还茫然无知。

20世纪第一个十年，连慈禧太后都知道要学西方，推行新政，"预备立宪"。清政府从改革《大清律例》，进而勇敢地移植大陆法系，摒弃传统的中华法系，向着司法独立和司法制度现代化前进；废除科举，力求实现教育现代化；努力发展现代工商业等等。这一切都是为了赶上世界的发展水平。但这个过程在关键时刻受挫了。1905年以后，新兴的党派团体乃至地方督抚，前赴后继纷纷要求立即实行宪政的时候，清政府不但没有顺应时代和民众的要求，反而强行镇压，民意没有正常宣泄渠道，结果引发了革命。

辛亥革命前后，袁世凯推进中国现代化事业的成绩显著，但他当上总统后搞开明专制，进而复辟帝制；在野的国民党路径选择不当，在有可能通过政治和司法途径制止袁世凯的倒行逆施的时候，不顾力量对比悬殊，再动刀枪，结果一败涂地。

过去有一种流行的说法，认为如果没有列强入侵与冲撞，中国也会缓慢地发展资本主义，自动完成社会转型。这种说法在学术上是站不住脚的，从顾准起，已经有不少精辟的论述。

如果从19世纪算起，中国的转型已一百多年，如果从17世纪算起，已经四百多年，到现在转型仍然还没有完成。之所以如此困难，内因是主要的。中国人应该要用很勇敢的态度，去找出自己的不足，这样才能更好地前进。中国人引以为傲的春秋战国和汉唐盛世，有很好的一面，也有很多问题。

《21世纪》：您认为哪些问题阻碍了中国的自主转型？

袁：首先，中国文化里面，缺少形式逻辑，《墨子》里有一些，但学术界普遍认同中国的形式逻辑很不发达，这对现代科学的诞生很不利。

再者，古希腊有民主政治的经验，在政治学的研究方面，我们也远远比不上古希腊。当然春秋战国有我们自己很重要的特点，对人类文明有很大的贡献。

第三，是中国缺乏法治和契约的传统。罗马时代，相当于中国从春秋战国到汉唐以后。罗马有法治的传统，也有民主的传统。在中国，没有地方自治；在1215年英国《大宪章》产生时候，议会的雏形出现，贵族、地方和有关阶层迫使国王必须尊重他们的权利；中国处于南宋末年，还根本不知道这些为何物。中国是中央集权的宗法专制，地方跟中央无法抗衡，不存在契约关系，这对中国社会的转型是很大的障碍。

第四，很多时候，我们实行闭关锁国的政策，采取压制商业、压制求利的制度。17世纪后，世界各国纷纷向现代转型，中国商人求利的冲动一再受到打击，没有契约的保障，没有公民权利的意识，导致转型的内在动力的缺乏。

转型中的"自主性"

《21世纪》：中国的转型，伴随着对西方文明从器物到制度再到文化的一个逐步深入的理解过程，您认为我们应该如何主动地"拿来"？

袁：以前我们不是坚定不移地学习西方的主流文化，而是选择了想一步登天的东西，用孙中山的话来说就是要"毕其功于一役"。孙中山要搞民生主义，用他的话来说就是社会主义，防止社会革命，这些愿望是很好的，但没有找到正确的道路。一直到20世纪70年代末，在邓小平主导下的改革开放，就是要推动中国融入全球化，融入现代主流文化。这是中国历史的重大转折，为中国的发展树立了正确的方向。

到现在为止，这还是一个基本问题，究竟是沿着邓小平的道路走下去，还是要走向其他的方向？我感觉这个问题还没有完结。最近有两个动向：

一是有些教条主义的马克思主义者，要求坚持他们的教条式的马克思主义。他们断言，现在经济学领域不坚持马列了。怎么现在就不坚持马列了？标准在哪里？西方市场经济已经成熟，我们起步不久。此时此刻，否定作为经验科学的现代西方经济学，不学西方多年积累下来的理论了，对我们的市场经济的发展会带来怎样的后果？我认为他们糊里糊涂。

另一个，有些人提出要建立国教，把儒教作为国教。我们是多民族的国家，有不同的信仰和各自的传统文化，硬把儒学捧为国教压在他们头上，有利于民族团结吗？即使以汉族来说，把两千多年的孔子摆到至高无上的地位，把儒学变为新的精神枷锁，多数人会同意吗？在我看来，这是狭隘民族主义大发作。而且有些提出这些主张的人居然明目张胆反对在中国实行民主，他们仿佛忘记现在已经是21世纪了。

文化发展应该是一个自由讨论、自由论争、自然更替的过程。假如用行政的办法，把权力作为文化的判官，就很危险。文化的是与非，不是一朝一夕能决定的。应该有一定时间，让读者来做出判断。提倡教条式马克思主义的人，主张建立国教的人，现在都试图依靠政府的力量来推行他们的主张，这并不恰当。

《21世纪》：那您怎么理解改革开放的大方向与中国自主性的关系？您怎么理解当前的改革现状？

袁：改革开放，不但是经济要发展的问题，而且涉及公民政治权利。改革前后的差别在于，计划经济时代，将经济权利集中在政府那里，公民的经济权利被剥夺掉了，"文革"期间，导致国民经济走到了崩溃的边缘；公民的政治权利没有得到保障，结果从国家主席到数以千万计的普通公民受到摧残。27年来，改革开放的动力，就在于将经济自由还给了公民，农村是这样，城市也是这样。

中国现在的问题，基本原因还是经济自由和法治不够充分。当前有些人老是强调，中国经济的对外依存度太高，说到了70%。这个数据的得出，是把中国的国内生产总值与同年的进出口总额来对比。这个算法就是错的，前者是净产值，而所谓进出口的总值，不是净产值，没有可比性。按正确的算法，我国经济的对外依存度是20%—30%，这也是很高的，但这个问题的解决，不是新左派讲的现在要反对外资，反对所谓殖民。这都是煽动民族主义的糊涂想法和做法。后者，则表现为阻碍中国企业发展的官商勾结与没有真正实行法治。法制健全的情况下，企业家一般不用刻意亲近官员。现在的主要问题是权力寻租。要根治这个毛病，唯一的途径是真正实行法治，否则，就有踏入权贵资本主义的危险。

现在，经济的自主性不够，问题在哪里？是不是外资太多太强了？我认为不是这么回事。

要想中国本土的工商业有更好的发展，就要给予本国的工商业者、企业以更大的自由。现在本国的企业之所以不能得到更好的发展，很重要的原因就是经济自由没有得到充分保障。很多行业，没有对民企开放，比如金融业，为什么外资可以进入，中国企业不能进入？金融是一个经济体的核心，本国资本应该得到更快的发展。现在50%以上的外贸由外资控制，原因就是给本国资本设置了不恰当的限制，给外资很多优惠条件，限制了本国企业的发展，导致了不少以内资冒充外资的"假洋鬼子"。所以，我认为应该强调内因，在经济领域里，应该将更大的自由还给企业家和所有公民。

国学再认识

《21世纪》：还有人提出，中国的复兴一定要有文化的自主性，您怎么看？

袁：很多人认为，中华民族要重获自信，就要回到传统，回到国学。但我认为，本国的主体性强不强，在于肯不肯学习、继承和弘扬全人类的优秀文化，融入世界主流文化，在这个基础上创造出在世界上领先的学术、文化和科学、技术。这里当然包括继承中国优秀的传统文化，但更应创造出崭新的文化。真正的爱国者，应该走这条路。现在学术已经全球化，全世界有许多人在研究中国传统文化，关起门来自吹自擂，只能给《笑林广记》增添新的笑料。有志气的中国学者千万不能作茧自缚。

从一些新左派到国学派，都有这样一个说法，认为中国现在变为西方文化的殖民地了。这种说法太过简单化。原因之一，西方文化确实有许多值得我们学习的地方，它代表了人类文明的重要方面和现代文明的发展水平，不学不行。例如，为什么要参加WTO？就是要遵循他们的规则，接受他们的规则，这是不可抗拒的。如果不参加进去，中国的发展就会走向很危险的道路。除了参加WTO外，1997年和1998年，中国还先后签署了两个联合国的公约，一个是《经济、社会、文化权利国际公约》，另一个是《公民权利和政治权利国际公约》。为什么要参加这些公约？这无非是承认，它们体现普适性的文明、普适性的价值，我们应该认同和努力达到它们所体现的水平。这个时候，提出文化殖民是很糊涂的，对整个大势不清楚。

《21世纪》：您怎么看待以儒学为代表的国学？您曾经在一篇文章里赞扬过蒋庆的儒学研究。

袁：那篇文章是1997年写的，题目是《儒学历史命运论纲》。至今我仍然认为它的基本观点是对的。在那篇文章里，对蒋庆有所肯定。现在情况变化了，蒋庆在错误的道路上走得太远了。儒学是中国传统文化的主干，对中国有很大贡献，而且影响到其他东亚国家。儒学传统有两个方面，一是造就了世界上最大的汉民族，这是一个总体上和平的民族，不像某些文化有那么强烈的侵略性；另一个方面，也有一些坏的东西。

在我看来，中国大陆提倡儒学和国教的人，有三个问题：

一是他们公开反对民主自由，这是极端错误的。现代化的国家，一定是民主自由的国家。他们公开反对，跟现代化的方向是背道而驰的。这是公民权利的问题，也是改革开放的事业是否会中断的问题。大是大非，含糊不得。

二是新左派、国教派有一个共同的倾向，就是盲目地煽动民族主义情绪。当然不是所有人，而是一些人走错了，思想方向不对。有些人企图用国学、国教来给中国人加上一个枷锁。这对整个国家没有一点儿好处。

还有一个问题，有些提倡国学或国教的人很粗野，没有教养。这是对儒学的玷污。

孔子就提出要做君子儒，不要做小人儒。小人儒是假道学，言行不一，儒学不过是他们牟利的工具，甚至满口仁义道德，满腹阴谋诡计（不能说男盗女娼，否则性工作者又不满意了）。对儒学可能导致的这些毛病不清醒是不对的。

现在大陆某些人的儒学，是对20世纪儒学发展的大倒退。20世纪30年代开始，中国逐步形成新儒学的各个流派，流派之间有好些差别，但不论其差别有多大，都有大小不等的成就。1958年，牟宗三、唐君毅、徐复观、张君劢四个教授联合发表《为中国文化敬告世界人士宣言》，其内容，一是反省本民族的不足，比如没有民主、法治的传统等；另一个方面，是表示应该接受西方文化好的东西。比如民主，法治，自由，他们都认为应该接受。与此同时，探索了中国传统文化的特点和优点。比如，他们认为中国传统文化中也有民主、法治因素，中国文化还有一些很值得重视的特点。

但现在中国大陆提倡儒学的某些人，与这些大师的已有成就相比是大倒退，竟然会公开反对民主自由，公开咒骂西方文化，甚至公开骂之为"新野蛮人的文化"。这对中国的发展非常不利，跟改革开放是背道而驰的。应该回到邓小平的方向上来，应该毫不含糊坚持中国的改革开放。

《21世纪》：有不少人提倡在儿童里面发起读经运动，您怎么看待？

袁：如果出于个人爱好，读经无可厚非，前提是不利用行政权力来推行，愿者上钩。但中国有些提倡国学国教的人，企图利用行政权力，在少年儿童中提倡读经，这是错误的。那些提倡用行政权力来推行读经的人，对当前整个教育的发展很不了解。

应该讲，改革开放以来，中国的教育有了很大的发展。但是，与现代发达国家的比较，我们大中小学的教育都是落后的。大学的教学和研究水平固然远远比不上人家，中小学也比他们落后，没有真正以开发人的创造能力、培养现代公民为中心，而且负担过重。我国流行的教学指导思想还是培养乖孩子，严重一点说，还是在培养恭顺的顺民。表现在方法上，就是灌输式的教育。《弟子规》《三字经》那些是相当落后的东西，硬要少年儿童死记硬背，我认为是错误的。教育应该是中西文化很好的载体，要让孩子们学习古今中外的优秀文化。现在义务教育阶段，语文课要背诵240篇诗文，其中120篇是中国传统的诗文，包括《孔子语录》和孟子的一些东西。说我们现在的教育仍在排斥传统文化，造成文化断裂，那是与事实不符的危言耸听。其中传统诗文所占比重是多是少，可以在慎重研究后调整，千万不能鲁莽从事。

在教育部门的努力下，九年义务制教育有所改革。不过，现在虽然说要培养孩子的独立性，但还是刚刚起步，整个局面还没有真正改观，与发达国家比还差了一大截。我们不能片面地说，传统文化出现了断层。1949年后，特别是"文化大革命"期间，是有断层，但近年来，有些好转。关于传统文化的现状，我们应该讨论，但不应该粗暴做出传统文化的大断层的判断。这与事实不符，为一些鲁莽的做法打开了缺口，会对一亿多的儿童少年产生很大的影响。教育上的任何一个决策，都会牵涉到青少年成长，所以要格外谨慎。对接受现代教育的孩子来说，要接触古今中外的所有优秀的文化，从小养成现代公民的意识，要养成自由思想、独立判断的习惯。只有这样，才能在各个领域产生优秀人才，在各个领域的世界舞台上都有发言权。现在全世界都在研究中国的文化，关起门来说自己的国学多么伟大之类的话，还是收起来为好。

2005年12月20日

原载《21世纪经济报道》2005年12月26日第12版（有删节）

传统文化与当代教育

各位老师，非常高兴到这儿跟大家交流。

在车上与扈主任聊了以后，我就想，今天这个题目出错了。我想讲的东西，其实在你们学校是已经解决的问题。在其他学校可能传统文化与教育的关系上会有些问题。你们学校的教育理念很先进，之前想讲的没有必要讲了。所以想留更多时间跟大家互动，问题我都愿意回答。

回到原来的想法，传统文化与当代教育。这个问题我感触很深。我们中国现在处在一个转型期的关键时刻，各种各样的思潮纷纷提出自己的主张，有各种各样的观点，有些是很极端的。我甚至常常联想到，有点像日本靖国神社附近的那些"二战"老兵经常敲鼓，坚持侵略有理那一套。中国当代的思潮也是这样，有很多极端的观点，各种意见都有。对这个现象怎么看？我认为是个历史进步，是我们今后会经常遇到的场面。也就是说，思想文化领域不可能统一，必然是多元的，而多元里面肯定有些是很极端的。这是正常的。

另一方面，我有个感觉很奇怪的问题，在我们的思想文化领域，有一些问题和现象，充分体现我们以前的教育失败了。为什么失败？从今天、当下我都感觉到，假如在一个素质很高的国家，进到一个课堂，不可能有人随便讲话。今天为什么这么多人还在下面讲话，我认为这不对。这是个素养问题。你可以不听可以离开，我感觉很正常。但进入一个课堂，你就没有权利随便说话，因为那是不尊重愿意听的朋友。这是素养问题。这种素养不但在今天的讲坛体现出来，随处都可以见到。

最近三个月，一些朋友劝我开了微博，我首先碰到一个问题，很多粗言秽语，甚至无端捏造谣言，都出现了。这是什么问题呢？这个实际是教育有问题，家庭教育有问题，学校教育有问题。另外，随处都出现这样的现象：常常出错，而且错得一塌糊涂。我举个例子，前段时间广州一个大学校校长逝世，他的家属在报上登讣告，说"尊父不幸去世"。有没有搞错，自己的爸爸去世，假如稍有些文化教养都知道应该是"家父"。这是起码的文化素养，没有了。

更好笑的是余秋雨，连一个最起码的词都会搞错了，说某某"致仕"。假如稍微读清代以前的文献，人人都知道这是指官僚退休，古代文献资料中常有。余秋雨说这是升官的意思，出仕。秋雨连这个最起码的都不知道，是闹了大笑话。

不但余秋雨，有一次金庸到中大做报告，他说了一句话，我是陈寅恪先生的"私淑弟子"，就是受了影响但不是正式的名下弟子，中大网站上写成"私塾弟子"，广州各大媒体无一例外都这样写。陈先生没有教过私塾，金庸也没有机会去他的私塾。这说明我们传统文化的教育非常差。

这个现象在现在是非常突出的问题。看我们的微博和报刊，比较一下台湾的报刊，有个很明显的现象：我们语言在向口语化发展，用很多同音字。当然这是群众语言，谁都挡不住。但另一方面，表现我们的语文教育有很多方面不足。台湾学者写出来的文章有书卷气，而且比我们深厚得多，他们传统文化的基础比我们好得多。但我们，不但一般人闹笑话，大学教授也闹笑话。

我有亲身经历。2005年，人大校长纪宝成在《新京报》发表一篇文章，说要振兴国学。《新京报》的朋友请我对此发表意见。我说，这个根本就错了。你提振兴国学，那些理据很多都是错的。我说与其讲振兴国学，不如加强语文教育。堂堂校长写篇文章就出现用词错误，他说要"瘝续"文脉，其实应该是"赓续"文脉。有点传统文言素养的人，都知道赓是继续的意思。我估计这篇文章是别的教授帮他起草的，自己审查过。我批评了之后，如果你说是笔误，那还是小事一桩。但居然引起一些教授，而且是做古文研究的替他辩护，说台湾的学术论文中经常出现这个词。很不幸，恰恰中大中文系就有个来自台湾的教授，我请教他，他也说没有这回事，我还请他问过母校台湾师范大学的老师有没有这个用法，也没有。

这说明我们的语文教育有大问题。任何国家任何民族不可能跟传统割断关系，想割断都不可能。假如将传统割断，不要《诗经》、《尚书》我们今天的很多概念都不知从何而来了。既然割不断，就要考虑怎样对待传统文化。我想，首先是要继承，要发现其中优秀的东西；但另一方面，要有世界的眼光，就是把自己的国家、民族，放在世界范围内考察。在当时的世界，中华文明处在什么位置。很简单，在四大古代文明当中，黄河文明华夏文明是发育最晚的，要是比起非洲、埃及文明，我们整整晚了一半。他们是公元前5000年前开始。我们有历史记载的，确实进入文明时间的，是从商代开始的。商以前没有确实的记载，也就是3600年，刚刚比古埃及文明短一半时间。

我们假如要正确对待当代文明，就有第三点：所有文化所有文明无非是为人服务的。传统文化和人的关系不要搞错。就是要有鲁迅那种气概，假如传统文化对当代的中国人不起作用，不能增加我们的幸福，我想那个传统文化是应该改革的。这里面是说，文化是为人服务的，不要反过来了。我对传统文化有所批评，你就说这个人是卖国贼，那样就本末倒置了。假如一个国家的公民不能自由探讨，对我们历史上的现象、历史的文化，乃至于当前的文明自由发表意见，那这个国家肯定是不正常的。另外，立足当代来理解传统文化的话，我想，有一条，一切要考虑的是当代中国人如何发挥自己的长处，如何创造环境，让当代中国出现一个新的辉煌时代。假如在当代不能培养出一大批新的思想家，新的21世纪的孔孟老庄，不能培养出一代科技方面的诺贝尔奖获得者，我想这个国家称不起第一流的国家。我们恰恰要站在这个角度来处理传统与现代的关系。

从这个角度考虑，我想，要是我来设计教育，我来当教育部长，我肯定会加强中学语文、中学历史教育，但是要改革。我不知道现在中学语文文言文的比重有多少，台湾的情况，文言文的教学在语文教学中占40%，但现在还要提高到50%。不知道最后有没有实现，那些学者纷纷提出这样的要求。而且它高中还有《论语》《孟子》的必修课，所以这方面的比重很大。我们的我不知道多少，但我感觉让年轻人受到更充分的传统文化教育，对继承传统文化有好处。但是另一方面，我认为，要坚持刚才所讲的，把中国文化放到整个世界的格局下去观察。我们要敢于承认，在春秋战国时代乃至更早，我们就没有达到当时世界上最先进的水平。比如，中国人有个很大的弱点，在思维上，我们春秋战国时代是最辉煌的时候，但是那时没有发展起形式逻辑。我们形式逻辑的理论是明末才从国外传进来的。在这样的情况下，我们的科学技术，从古代开始技术层面有很多成就，但提高到理论层面是很弱的。比如数学，可以算圆周率或其他，有很高成就，但另一方面，没有发展成一个完整的理论，在中国没有产生几何原理。这些又是明末从国外引进来的。所以19世纪的时候，当《几何原本》全译本出现，曾国藩叫他的儿子写个序言，因为这部书得以翻译过来得益于曾国藩的支持。曾纪泽在序言中说，我们中国数学"知其然而不知其所以然"，没有总结出完整的公理，没有整套理论。这就是我们中国文化的弱点。

在这个弱点影响下，中国的科学文化、社会发展，中国社会从传统向现代社会转型都受到很大限制。对这个弱点我们要不要承认、敢不敢承认，对当代中国人来讲，是个很值得重视的问题。我认为，承认我们的弱点就是为了我们更好的发展，没有什么坏处。但有些人认为，你贬低中国就是汉奸、卖国贼。他这就是不讲形式逻辑，又跟中国人不讲辩论有很大关系。中国的传统教育自从儒家独尊以后就变成灌输信条的东西。从孔子开始，虽然讲举一反三，但更强调将一条条的结论告诉你，要是跟苏格拉底比较，苏格拉底就教人怀疑，教人辩论和讨论。中国就是没有这样的传统。我们要不要重视这样的传统？这些传统的弱点要是不克服，就有问题了。

所以，根据我对传统的弱点的认识，我认为我们现在的教育应该好好的改革。但这个改革，我听扈主任讲你们很多在做，很有远见。让孩子们认识世界，不让他们故步自封，以为中国就是世界中心、世界的老大，会很危险。我想，应该让你们学校的做法让更多的学校仿效。这里我特别希望你们不要跟随其他学校搞什么"读经"。现在中小学有个非常错误的举措，就是提倡读经。因为中国的传统文化应该了解，没问题，但让小孩在不理解的情况下死记硬背，花很多时间，我认为是不符合教育规律的。另外一方面，这是偷懒的做法。现代教育应该吸引和鼓励孩子爱上书本，爱上知识，有强烈的好奇心，而且有这样的能力去自己寻找知识。教师应该教给他们寻找知识的方法，但读经变成了一种最简单的灌输方法，没有怀疑和辩论，恰恰加强了中国文化的弱点。所以是很不足取的。再一个，其实这后面是个利益驱动。现在读经运动已经变成很大的利益圈。印书，印课本，然后推广。我认为这是不足取的。跟这个相对的，就是你们的做法，让大家读书，喜欢知识。我也接触过深圳南山实验学校，它建设书香校园，让孩子们从小热爱书本，阅读课外书，对拓展孩子的眼界非常有好处。究竟应该怎么办，你们的知识和经验应该比我更丰富。

现在还有一个多钟头，欢迎大家提问。

问答部分

问题1：我没有玩微博，我很惊讶，为什么"80后"的你玩微博。你的出发点是什么呢？

袁：我也有个过程。去年网上有人冒充我说话，我赶快声明没有开微博。一直到5月份，腾讯的年轻朋友一再怂恿我开微博。结果从6月份开始上微博。我最初没有什么特别的想法，很坦率的，我只是喜欢玩，也好奇。我的特点，比较新鲜的东西都想试试，乃至于我的孙子有一次在作文中写"我和爷爷一样好奇"。所以，凭着好奇开了微博，腾讯一开，其他网站不干了，新浪网易也要求，结果就三个网站都有微博。开了以后，我感觉有个好处，经常有新问题让你回答。这样就刺激了我去思考很多问题，现实的，历史的，各方面。更主要是现实的。我没有想到在微博上对现实的批判那么强烈。我认为这一方面是正常的，另一方面感受社会思潮。刚才讲到微博上也有很多极端的观点，这是我以前没有想象到的。无论怎样，我想这都是正常的。中国现在正是一个转型期，假如我们的官员不能正确对待多元文化的现象，就会产生很大问题。不知道这是正常的，而是用过去的阶级斗争的观念去观察这些现象，可能就会造成很大问题。这就是我开微博以后的感受。没有其他特别的原因，反正就是朋友们怂恿的结果，我也好奇，就这样开了。

问题2：我在网络上看过您的一些访谈和文章。我的理解你对中国的传统文化是从现代文明的角度来说的，西方的东西比较多一点。我有个问题，从现代来看，中国的传统文化确实很多已经落后于世界。但是也不可否认，它有一些精华和优秀的东西需要我们传承下去。对传统文化用什么方法去判别它是优秀的还是腐朽的，您用的是什么标准？第二，我们外校有个办学理念，把学生培养成走向世界的现代人。现代人的含义很广，我觉得作为现代人应该有现代的思维和观念，我们培养学生，现代人的哪些品质是最重要的？

袁：问题提得很好。我对这些有基本观点。文化应该有两个层面，一个是制度层面，一个是非制度的层面。从制度层面来看，我想中国的古代制度当然有它的长处，但有个很大的弱点。主要是两方面。一个是没有法治传统，另外是没有民主传统。古希腊有民主传统，法治方面，那时也有公民的陪审团开始萌芽，特别在罗马形成了完整的法治传统。乃至13世纪在英国出现了《自由大宪章》，其中63条，它开宗明义地讲，我们英格兰人一贯享有什么自由，包括贸易自由，包括接受审判的时候不能随便派一个法官，法官一定是受过法律训练的，包括除非战争期间贸易是不能中断的。等等这些，里面规定得很具体。而且说，每个地方都应该享有传统的权利，包括中国没有的地方自治的权利。这方面，中国人就不敢正视，传统文化里面没有地方自治的传统，没有法治的传统。刚才我讲的1215年的大宪章，恰恰相当于我们的南宋末年。我们宋代有个很重要的创造，叫"乡规民愿"，拿来与大宪章一对比，就差得太远了。我们政权的设置，一般来讲没有深入到基层，清朝只设置到县一级，所以那时官员很少，全国仅三万人，因为与自然经济相适应，不需要那么多政府官员。下面就由士绅来管理，士绅不是来保障公民的权利，而是要贯彻儒家的三纲，加强思想控制。假如违反了儒家的伦理，违反三纲，就是大逆不道，可以处理的。最早的时候父母杀子女都是无罪的，到后来那么残忍就不行了。再一个中国公民是没有财产权的。中国人长期以来，一直到清代，都是实行宗法制度。中国的传统利益上规定得很清楚：父母、祖父母在，不得别籍异财。就是不准另立户口，不准有单独的财产。人的自由和财产权有关系，诺斯的制度学派讲到，一个社会要转型基础在哪里，就看他对财产权的保护怎样。我们根本没有这一条，原来的传统律例当中是家族财产所有制，而不是个人所有制，所以个人自由特别少。

从非制度层面来看，所有非制度层面的传统文化，我认为都应该自由地继承，自由让它传承下去。比如文学艺术，比如中医，这些方面自由传承没有什么坏处。风俗习惯，只能让它自己传承自己更替，有些不好的风俗大家认识提高了就会慢慢废止。以前认为多妻制是正常的，国民党在20世纪30年代开始禁止纳妾，实行一夫一妻制。除了这些与社会进展不符合的以外，所有传统文化，都应该是继承的。对非制度层面的传统文化，除了侵犯人身自由的部分，应该让它自然更替、自然淘汰。那样就没有问题了。但是在制度层面上，我们一定要接受人类最先进的东西。在社会转型的情况下，我们应该接受公民的自由，社会实行法治、民主，这一些不是东方或西方的问题，而是人类现代文明的结晶。可以讲，19世纪以来这些观念已经介绍到中国，但在中国一直没办法落实。我们现在遇到的挫折，就是在制度层面上不敢勇敢地跟世界接轨。经过非常复杂的挫折斗争，终于在二十世纪七八十年代，开始接受市场经济制度。到20世纪90年代邓小平南巡后正式确定了市场经济制度。

这是人类文明的基础。所有制度层面上，全世界一定要接受一个共同的标准，这个标准是大同小异的。有人说没有一个抽象的现代文明，美国的制度，英国、法国、德国都不同。这有没有道理呢？有一点，形式上有所不同。但实际上现代文明在制度上是大同小异的。我们在制度上要接受全人类的，非制度层面也要接受全人类一切优秀的东西，但不要用强制的方法去干预。制度层面上不接受共同的东西，不行，会导致整个国家衰败，公民的积极性和创造性没有办法发挥出来。

现在我们碰到的，就有个很大的反对势力，我概括成"国教派"。他们拿传统文化说事，说传统文化多么优秀，说到底是要修改现代政治制度的基本原则。比如秋风发表的很多高见，他说西周就是实行宪政的，甚至说，从尧舜禹汤文武周公，都是实行封建制。宪政可以在中国传统社会找到根据。看起来很辉煌，而且年代久远，但都是骗外行的。完全没有基本的知识，大忽悠。一个学者讲出这句话，在学术上就没有入门。因为假如对中国历史有最起码的知识，马上就会问，尧舜禹汤有吗？是传说的人物，到现在找不到确实的证据。王国维在20世纪初就提出来，对远古的历史一定要有双重证据，传统的文献证据，另外考古证据。到现在考古学所能够证明的，中国的国家什么时候起源的？商代。也就是公元前1600

年。那是中国国家的起源。殷商时代，确实有青铜器和各种考古的证据可以证明有那个时代。

另一个，中国的封建制有什么特点？跟西方的封建制有个大的差别。西方封建制是建立在商业、贸易、工商社会的基础上，所以它最大的特点是，由地缘的原则取代血缘的原则。国家建立以后按地域建立政府，血缘关系慢慢淡漠。但中国的封建制，恰恰就没有冲破血缘关系，还是按照宗族的原则来建立政府和统治关系。所以说，这样就是分权制约，是没有常识。说明凡是提倡从中国传统里面寻找制度特点，都是骗人的。我们应该敢于理直气壮地说，中国传统有很多弱点。其中一个，没有法治，没有保护公民自由，没有地方自治。在这样的情况下，我们在制度层面要敢于跟世界接轨，接受最先进的文化。这样讲是不是西化？这里就谈到刚才那位老师提出的标准在哪里。标准就是，1948年联合国大会制订了《世界人权宣言》，这个宣言不是某个国家的观点，是东西方各国政治代表、学者代表综合起来，制订的宣言。这个宣言所要求的标准就是现代文明的标准。什么叫现代文明，违反了哪些规则就是侵犯了现代文明，就是那个标准。到1966年"文革"发动的时候，联合国又制订了两个公约，一个是《公民经济与社会权利公约》，还有一个《公民与公民政治权利公约》。这两个公约就将现代人应该有什么权利、什么义务、政府应该承担什么义务，规定得清清楚楚。这就是现代文明的标准。

这是不是故意跟中国政府作对呢？不对，这是中国政府肯定的东西。我们讲这个观点，恰恰与中国政府中央政府在政治上保持一致。1997年至1998年，中国在联合国的《公民经济社会权利公约》上签了字，而且完成了批准手续。所以它的基本原则完全是接受的。另外，1998年又在《公民与公民政治权利公约》上签了字。

到现在全国人大没有完成批准手续。我们现在条件不够，正在创造条件批准这个公约。也就是说，这是我们的奋斗目标，原则上我们认为是正确的。不正确，中国代表就不会签字。所以说，应该如何鉴别东西文化，归结起来两个要点：一，制度层面与非制度层面分开，制度层面要与世界接轨；二，制度层面的标准，就是三个联合国的人权公约。我想这样看就很清楚了。

进一步看，对文化不要那么狭隘。西方文化的来源在哪儿？非洲，亚洲。古希腊文明是接受了埃及、中东文明才发展起来的。所以狭隘地看是非常错误的，另外人类就是从非洲走出来的，但非洲现在是人类最落后的大陆。从这里我们吸取的，就是不要老是沉湎于我们过去的文化如何辉煌，这不是最重要的。最重要的往前看，就是你们讲的，培养走向世界的现代人，那才是我们的立足点。那怎样才是现代公民的基本特点？我想陈寅恪的两句话是最好的解释：独立之精神，自由之思想。我想这是最准确的概括。即使中国比较好的传统的东西都应该根据这个基本精神重新加以解释。比如三纲五常，三纲我想没有多少人愿意接受，五常仁义礼智信，应该讲是正确的，但是按照中国传统文化来解释就有问题。比如仁，仁者人也，亲亲为大。还是讲血缘关系，亲等不同，仁的程度也不同，还是讲关系，讲血缘。读《弟子规》，对父辈就是唯命是从，跟在后面亦步亦趋，那样就荒唐了。没有一个国家不讲礼仪，但讲到《弟子规》那个程度是荒唐的。义，假如望文生义以为是正义，错了，义者疑也，释疑有当代的解释，跟我们现在所要求的公民自由平等是完全不同的。所以我想，对传统文化也应该根据现代公民的基本特点和要求重新加以审视。那样就站得高看得远，胸怀就宽广了。

问题3：我是初中语文教师和一个三岁孩子的妈妈。生活中发现一个奇怪的现象，很多年轻的妈妈在孩子刚牙牙学语的时候就教他们背《百家姓》《弟子规》之类的传统文化的东西，小学和初中阶段，学生的阅读倾向恰恰就比较喜欢动漫之类比较现代搞怪的东西。在此请教两个问题，第一，您觉得年轻妈妈带孩子，1到3岁让孩子背《增广贤文》《百家姓》之类，有用吗？有必要吗？第二，作为一名语文老师，在孩子成长的关键阶段，该给孩子怎样的引导才能让他们在传统文化的学习上面得到有效的提高？

袁：根据我的理解，教育有它自己的特点。这个特点概括起来，一个是好奇心，一个是怀疑心。好奇产生兴趣，怀疑产生问题。这是教育和一切研究工作的出发点。我自己受用无穷的是复旦念研究生的时候，我的老师传达一个观点，你看为什么疑问号是个勾子形状？它说明，想在茫茫学海中得到东西，就要用个勾子去勾。也就是说，你的脑袋中要经常存着怀疑，不要人家讲什么你就相信什么。我想一定是这样。假如你的头脑中经常有五六七八个问题，你可能就能学到很多东西，有时一句话就能让你豁然贯通。关键在这里。没有准备的头脑讲了很多好东西，可能就接受不了。所以一定要怀疑，一定要好奇。

对小孩同样是这样。拼命去灌输他理解不了的东西，摧残童心，摧残好奇心和怀疑精神，实际上是不利于孩子成长的。在我看来，应该按照孩子的特点，从小让他听故事、听歌谣，他能理解的。等他能够看东西的话，可以看各种各样的插图，反正根据他成长的阶段，让他的听力、视力、阅读能力，各方面得到发展和刺激，这是最好的。所以我教育孩子就是这样。那时还没有现在的条件，用卡带录音机让他听，甚至更早让他听收音机，听故事，让他接受多一些东西，然后想办法让他热爱书籍。他跟知识交上朋友后，自己就会拓展自己的眼界。所以我是极端反对读经，背那些。

第二步，教育应该去训练他的方法，思维方法和寻找知识的方法。除了读书以外，教他观察社会，观察自然，甚至带他去看。前一段有介绍国外的幼儿园，就是带学生去看邮局，消防局、等等。就是要这样，让他看，让他观察，放他出去玩，让他爬树，男孩子让他打架。我想一个男孩子假如没有打过架，将来发展有限。应该是敢做敢干。我认识一个学生，他说他的孩子在家老受欺负，有一次老爸就说，你跟他打一架。结果就打了一架，以后平等相处。

人是从野蛮动物发展过来的，各种各样才华都应该让他发展，让他接触，我认为教育孩子就应该这样。

问题4：你是研究近代史的学者，同时被称为公共知识分子，你以敢写，尤其是对近代史的解读有别于官方而著名。今年是辛亥革命一百周年，最近对辛亥革命的解读有新的观点，他们说中国当时面临两条路，一个是走向共和，一个是君主立宪，现在学者开始对这个问题进行研究，当时这条路是不是最正确的。君主立宪也有它的价值。我想问您怎么看待这个问题，怎么评价袁世凯？

袁：这个问题一言难尽，在我的博客上有关于这个问题的文章。今天上午还交了一篇，《假如没有辛亥革命》，一个杂志出的题目，相当古怪。我的博客中有四五篇文章回答这个问题。这个问题我答得最多，九月份有三个报告都要讲这个；十月份有两个重要的国际会议，一个在台北，一个在哈佛，明年还要到维也纳，都是讨论辛亥革命。

问题不在于是君主立宪好还是共和制好。我想你提的，其实可以归结到两个问题。

第一，假如社会通过改革实现转型，应该讲是最好的，成本最低。因为原有的社会架构没有推翻，逐步改良，避免了大的震动。人民受益，经济不会受到损害，继续发展，人民生活继续改善。焦点是，改革好还是革命好。实行君主立宪或者共和制无所谓。我有篇一万多字的文章，我们为什么会丧失掉改革的机会。在七月份的《炎黄春秋》发表，题目是《大清帝国的两道催命符》，讲为什么大清进行了改革，但最后还是不能通过改革完成社会转型。大清帝国在关键时候政治体制改革不敢迈出关键一步，这是一个原因。第二个使大清垮台的原因，当群众要求改革的时候，你怎么做。当时有四次请开国会运动，其规模可能是二十世纪中国最大规模的群众运动之一，有些人斩了自己的手指写血书，最多有三十万人参加。他们要求在1911年开国会。清政府什么态度？将那些代表赶出北京。然后在压力下，答应提前到1913年（宣统五年）开国会。他不是当机立断立即开国会，还要拖两年。结果1911年就爆发了革命，根本就没有宣统五年了。也就是说，对待群众运动，群众的合理要求，要能够采纳。当时有个保路运动，清政府出动军队镇压，杀了三十几个代表。辛亥革命实际上九月份在成都就开始打起来了，打了一个多月才发生武昌起义。这是清政府进行了改革，但最后改革没有成功的教训。我们研究辛亥革命就是要吸取这样的教训，为什么改革不能跑到革命的前面。

第二，革命胜利后，民国成立，实现了三权分立的共和体制，但是没有巩固下来。我有另一篇文章《袁世凯与国民党两极联手摧毁民初宪政》，这里面涉及了对袁世凯的评价问题。

问题5：我就像微弱的小星星，你是浩瀚的苍穹。我想谈谈学校管理这块，管理分为对人和对事，对事可以信息化，对人不能。

因为必须有人性。**制度管人是管行，文化管人才能管住魂，以人为本，文化至上，将每个教师的主人公意识激发，让他们成为学校的共同体的一部分。**

袁：对贵校的情况不了解，只能够讲讲我的感受。我自己管理过一个学校，另外接触过一些学校的领导。我最近有个感受，今年我去了一次香港，在香港大学龙应台搞了一个文化沙龙，第二天香港中文大学以我为主来讲，我讲的恰恰是传统文化问题，对当前一些传统文化的现象，讲了两次，令我大吃一惊。第一次在香港大学是在晚上，四五十人参加，层次都很高，其中有香港大学的校长、副校长、学院的院长，也有校外的知名人士，大家很平等地交换意见。第二天我在中文大学的沙龙主讲，那天来了六十几人，出乎意料的，香港大学的一个副校长来了，中文大学的校长来了，他坐在那里一言不发地听，一直到听完，就走了。还有很多教授、很多同学。主办人跟我说，袁老师，在我们这儿校长来是很平常的，你就把他当做普通听众就行了，不要以为他是领导。所以我想，管理一个学校，严格的各项规章制度都是重要的，但是核心在哪儿？核心就是你自己首先是现代人，所有人都是平等的。一个校长跟教师学生都平等相处，尊重他的人格，然后好好交换意见，我想这样的学校没有管理不好的。这是我的体会。

问题6：我不是教师，是一名商人。你是一个思想家、公共知识分子，我想请你说说，我们中国人到底是一群什么样的人？还有，中国现在的教育方式适合世界发展吗？

袁：中国人跟世界任何国家的人、任何人种相比，不比人家优秀，也不比人家差，是很平常的人。但另一方面，应该很痛心地看到，现在中国人的素养，从文化素养、政治素养，是比发达国家差一大截。这不是人种问题，而是教育问题。

我刚才讲到，网络上为什么那么多人随便攻击人诽谤人的现象。这在正常的社会是不可想象的。举些例子，我1987年第一次到美国，早上散步见到两个现象给我的印象非常深刻，第一个，见到不认识的人他主动和你打招呼，到处都是这样。第二个，有一次我看人家带着宠物散步，狗大便了，那个老太太马上拿出袋子，将狗粪便收得干干净净放进她的口袋。但是，我住的中大学校宿舍，当我的小孙子见到楼上的姐姐说姐姐好，那个姐姐居然没有反应……我认为这都是我们的教育有问题。

我到英国国会看过，有一个现象给我的印象非常深刻，英国议员辩论的时候也是很随意的。因为有时辩论太长了，有时议会就会跑去吃东西、喝咖啡，但到最后，没有人会骂反对方的人，一定到辩论的最后说声谢谢。我到各个大学看，也碰到一些人一定要跟"中国来的共产党"辩论，一些香港学生提醒我，跟他们交流有一条很重要，不要输了风度。道理如何是一回事，人家听不听是次要的，最重要的是风度，有没有礼貌。假如没有礼貌，就会被说成没有教养。无论辩论过程怎样，发言当中始终不会伤害人家的自尊和人格。我认为这条是重要的。我们教育，要教会中国人，我们是人类的一分子，一定要很懂得礼貌，懂得正确地对待人，与别人平等地相处、文明地相处。

但另一方面，我认为现在的教育方针政策很多错误。教育不怎么样，很多东西不太合格，有些明明错了他也不改。比如政治课、历史课上的话。你一讲还说政治有问题。在这种情况下，我想，各个学校的教师和校长，仍然有很大的空间。要是我做教师，一方面，我教会学生怎么应付考试、背的要点之类，那些是很低能的，记住要点发挥就行了；另一方面，我会很注意培养学生真正的能力，怎么掌握知识，掌握研究方法。另外基本知识和技能一定不放松，因为一个人的成长一定要有很扎实的基本知识和技能，比如英文，把课文背下来就行了，但你要同时教会他观察社会、观察事物的方法，同时研究问题，寻找知识的方法，如何利用图书馆等。这些教会他，他就会自己拓展知识。现在骂教育部，但另一方面你不要等他改，也不要冤枉它不想改。其实它想改，我表扬过它一次，例如今年它打算派一千个教师去美国学习，那个就很正确。如果等不了你就自己努力去改，我想你们现在的方针和方法已经比人家高出一头了，继续努力下去，可能就比人家高很多，成为真正的名校。

问题7：在我们的社会当中，面对身边很多荒谬与不公，你是如何保持内心的坚定和乐观的？

袁：我是"80后"，现在仍是八小时工作，早晚都在工作。我不看电视，天天走一万米。平时休息就听听音乐，有时看小说。去年发了四十多篇文章，今年到现在为止二十来篇。与人相处，一方面要平等相待，要尊重人家；另一方面力求站得高一点。在当代中国，一切问题都是社会转型的现象。比如你骂我，诽谤我，造谣攻击我，我会想你那么蠢，连现代社会的入门你都不知道。我如果回答你和你交手，那是降低了我的身份。我根本不用理，就是鲁迅讲的，最高的轻蔑是无言。我还有很多重要的事情要做，不值得花时间和你纠缠。其中有些问题值得回答，就阐述自己的观点，用事实说话，让读者去判断谁是谁非。假如遭到其他强制力的干扰，也要平和理性，保持乐观，据理力争。你自己站得高，认识到这个社会是转型社会，冷静地观察一切现象，碰到什么问题都不要冲动，想清楚再行动。人家问我有没有受到压力，我说没有啊，一点都没有。全世界四十多个媒体访问我，我都说，谁都不理我，我也不理人，跟朋友照常来往。自己没有任何错误，为什么要为别人的荒唐折磨自己？

问题8：我们知道很多专家教授到处走穴、做讲座。前一阵子我看到一个报告，北大留美回来的一个院士，在评中国院士时落选了。请问你如何看待中国的学术界、科学界的这些现象？

袁：由我来评判这个问题不太合适，因为我对中国学术界了解很不全面。这样讲会讲错。但我想有两种情况，一方面有相当多的人是在勤勤恳恳地工作的，无论幼儿园，一直到大学乃至社会媒体、研究机关，一大批人都在埋头苦干，在坚持自己的信念。这些都是了不起的。但另一方面，有人利用转型期的弊端做一些不好的事，对这些，我想，要是侵犯到其他公民应有的权利，应该提倡理性的反抗，据理力争，甚至通过法律途径来维护自己的权利，但不要走极端。我赞成理性的反抗。另外，除此以外，对那些歪风邪气还是应该批评和抵制。

2011年8月29日星期一
广州外语外贸大学附设外语学校 百家讲坛22期

国学热中的几个争议问题

主持人：

今天我们非常荣幸非常高兴地邀请到中山大学的袁伟时先生。袁先生是著名的哲学家、史学家、在我们很多人看来也是非常著名的社会批评家，是一个非常有良知、有责任感、有胆量、有勇气，敢于在一切公共空间运用理性的社会批评家。他们的工作影响着中国变革的进程，用袁先生自己的话来讲，就是"自己的脑袋自己用，心热眼明，俯览纷繁世事，不怕鬼，不信神，遇事寻根问底，讲话有根有据。这就是一个平凡人深知自己所知不多，却流露出自信微笑的奥秘"。这是袁先生的一个自画像，从这个自画像我们分明感到这是一个年轻人的形象，但实际上袁先生今年已经八十大寿了。许多跟袁先生接触过的人都感到他并没有自吹自擂，年过八十却中气十足，精神矍铄，思路清晰，让人感染的是他的质疑、批判的激情，他与年轻人交流起来没大没小，全无半点老态，有三岁之翁，有百年之童。所以亲眼见到袁老先生，才知道这句西方谚语的精到。

袁先生的学术理念，应该说很早就形成了。自称历史在哪里扭曲，就要在哪里突破。他在《中国现代哲学史稿》的后记当中写道："如果我们不愿再做受谴责的一代，就必须面对严峻的现实，从百年的曲折和教训中充分汲取教育，学术和盲信势如冰炭。因此我的信念是，我只把我看到的历史写在纸上。"这段话是1985年写的。关于袁先生的学术成就我就不做介绍了，今天袁先生的题目是《国学热当中的几个争议问题》。演讲结束以后，如果袁先生愿意，我们可以留有半个小时或者二十分钟做一个交流，大家愿意和袁先生请教、交流、PK，都可以。下面掌声欢迎。

演讲部分

各位老师，各位同学：

非常高兴来到华师跟大家交流。刚才扈老师的介绍有很多溢美之词，我不敢当。我今天讲的问题是国学热中的几个争论问题。这个提纲比较长，而且后面附了很长的资料，可以留下来大家用。

我把英国13世纪的《自由大宪章》全文附上了，另外还有一个司马光写的《司马氏居家礼仪》也附在后面。两个文件产生的年代差不多，13世纪是南宋，司马光稍微早一点，他草拟了他的家族应该遵守的礼仪，在中国的族规中很有影响。

今天讲的是传统文化的几个问题。传统文化，大家过去注意的是一些经典。但实实在在的社会生活是怎样的？讲国学，讲中国传统，它不是理论问题，实际生活怎样，是很重要的问题。所以我将这几个文件附在这里，你们可以下载。

第一个问题，国学热的兴起。

现在国学很热，具体表现在哪？我想，很突出的是天安门广场的孔子像，惊动国内外。另外这个国学热很特别的一点，过去是由国学派，以蒋庆为代表的国学派提倡国学，这不奇怪。另外还有新左派，一方面骂帝国主义侵略，要反帝国主义，另一方面讲中国要继承传统文化。这些人以汪晖、甘阳为代表。甘阳提出，中华人民共和国应该是儒家社会主义共和国。代表中华的是儒家，人民的要求是搞社会主义，所以，中华人民共和国理所当然是儒家社会主义共和国。这是新左派的意见。中国是多民族国家；儒学是汉族的传统文化，要是这个论点成立的话，其他民族会怎么想？

更出乎意料的是过去大家认为是自由主义的一些人也出面提倡，而且走得很远。我自己也大吃一惊。大家经常看到的一个时事评论员秋风，他做时评的时候坚持自由、法治、宪政，做得很好。他现在说这个宪政、法治孔子开始就有了。有一次我当面对他说，你做时事评论做得很好，我很佩服；但一讲传统文化就喝醉酒了，不靠谱。秋风是最突出的，除他以外，还有一批人走这条路。我很奇怪。

新儒家，牟宗三、徐复观、张君劢、唐君毅等人，他们的中西学养都较高，西方哲学和中国传统文化的基础深厚，1958年他们发表一个宣言，影响很大。他们力求在传统文化当中寻求跟西方文化沟通的切合点，而且按照他们的想法提炼出所谓中国特点的东西。但是几十年后，实践证明，他们的立论经不起反驳，后来变成港台知识分子小圈子中自娱自乐的一个学派，做博士论文、写书，表面上热热闹闹，社会上始终没有太大影响。现在我们大陆的一些学者，比较年轻一些，想超越牟宗三为代表的这些大家，另外搞一套更厉害的，冀图拯救世界的一套理论。

我的提纲列举了国学热的五点原因：

1. 对中华人民共和国成立后特别是"文革"中蔑视传统文化的反弹。

2. 塑造新意识形态的冲动。

3. 政治体制改革困局中的挣扎。

4. 对宪政与传统文化关系的误解。

5. 经济状况改善后的文化民族主义傲气。

其他不用说，最后一点是随着中国的经济发展，财大气粗了，人们认为中国不但经济上强大，文化上也应该成为大国。这是非常好的愿望，问题是怎样才能使中国文化真正繁荣昌盛？这个主张与某些人长期压抑的民族主义情感正好融合了，小年轻们感觉很痛快，现在该轮到中国人扬眉吐气的时候了，所以很适合大众心理。

在国家博物馆门口竖立一个孔子像，不少人叫好。但是稍微了解中国历史，就会感觉到这是比较愚蠢的一个举措。错在哪里？世界各国都为自己原创的思想文化骄傲，相当于我们的春秋战国时代、西方的古希腊时代，"轴心时代"，那个时代各个文化体系都有自己独创的东西。但春秋战国时候，中国文化所以值得骄傲，是因为百家争鸣，应该反映出中国当时多元、自由的文化状况。假如由我来设计在天安门竖立中国古代历史人物的塑像，除掉孔子外，还应该有老子（孔子的老师，曾请教过的）、庄子和墨子等人。那样就能说明，当时中国文化是多元的。战国时代，孔学和墨学两大家，都是显学。按照陈寅恪的讲法，中国传统文化，制度化方面影响最大的是儒学，但在思想文化领域，中国几千年的传统士绅阶层影响最大的是老庄和释家。知识阶层，思想上常常向老庄和佛学寻求解脱。除了在官场，在社会生活中要履行儒家那套以外，思想文化方面领域是老庄和佛学影响大。没有老庄，没有墨子，这是歪曲中国传统文化。

另外，中国要在街头树一尊塑像一定要得到官方认可，怎么设计应该有官员审查和点头。那个雕刻家和背后拍板的官员，将孔子塑造成帝王气概，九五之尊，又是对历史文化的大歪曲。

孔子的最大官衔是"文宣王"，唐玄宗封的。到明朝朱元璋时候，将文宣王的帽子摘掉；一直到清代，孔子都是"至圣先师"，没有官位。到后来，将他捧得更高——九五之尊，把皇帝的架势摆出来，岂不是歪曲了孔子的形象？孔子是思想家、很伟大的教育家，为什么不将他塑造为追求自己理想坚持不懈的民间的伟大思想家和教育家，硬要弄成皇帝的架势？这是歪曲。

两大歪曲归结为一个信号：有人力图将中国的思想文化引导到一个大一统的局面，就是一个以儒学为指导的一元化的大一统的思想文化。而我们要求的是，恢复春秋战国时代的多元、自由的文化，那样才有利于中国学术文化的振兴。

这里有个理论问题，究竟什么才叫中华文化的复兴？中华文化的复兴，不是将《四库全书》多印几遍，人人读"四书五经"。要是这样就行了，那就简单了。但这样还是个个拜倒在孔子脚下，那是没有出息，不叫复兴！我们需要的文化复兴，是在中国产生一大批能够引导世界学术文化发展的巨星和巨人。这一定要有个自由的环境，多元的局面，千万不要由某个人去指导或领导。一个大学问家、大思想家，要创造自己的学术和理论体系，需要指导吗？要是你能指导，你就能做大学问家、大思想家了！你不是，却来指导他，这不是开玩笑！年纪大的老师大概知道，中国有个非常受尊重的演员叫赵丹。他在去世之前说，你们不要来指导我，不要教我怎么演电影！当时有人比他更能演电影吗？那些文化部长、电影局长能吗？

学术是没有国王的王国。有国王的话，学术就完了。为什么钱学森的世纪之问提得那么尖锐？他跟温家宝一再讲，人民共和国成立后中国的大学没有培养出杰出的创造性人才。一针见血，很多人知道，但不敢提出。温总理总结出几条，一要尊重各大学的办学自主权，二是大学的师生要独立思考、自由表达。其实就是说，要恢复大学的本来面目。现代大学的灵魂和核心是学术自由、兼容并包。假如在学校里不允许自由表达，可以让各种意见随便发表，这个民族和国家要成为创新国家是没有希望的。我在一篇文章中引用过美国著名哲学家詹姆士的话，他说什么是哈佛精神？哈佛精神在于它是个催人思想的思想俱乐部。怎么催人思想？各种观点相互碰撞，才能产生杰出人才；而且对所有例外的和特别的人，采取包容的态度。用林语堂的话来讲，什么叫剑桥精神？勤奋读书的可以在那里找到很多书读，懒惰的可以在那里躲懒。就是在这样自由散漫的环境下，才能产生杰出人才。但我们现在的目标却是指向儒学一元化。

第二，有没有儒家资本主义、儒家社会主义或儒家宪政？

这样说，究竟对中国传统文化怎么看？中西文化的差别，中国文化是不是能够创造出有别于西方的另外一种宪政——儒家宪政？

经济一发展，知识阶层中有些人用尽力气歌功颂德。"二战"以后，日本崛起了，二十世纪七八十年代，东亚四小龙崛起了。于是，一些学者和文人提出，为什么他们会成功？是因为他们缔造了儒家资本主义。这个肥皂泡没有吹多久就破灭了。

日本为什么会停滞那么多年？原因还是不够开放，存在很高的壁垒。另外一个原因，是由于官僚（通产省的官僚）介入了企业经营，产业和官僚结合起来了，等于我们现在官方老是干预企业经营一样，产生很多弊端。但过去说，日本的终身雇佣制、政府和企业结合等，都是儒家资本主义的精华；台湾、韩国也是儒家资本主

153

义。经过几次风浪后，大家梦醒了，全部要按照市场经济的规则改造过来，与国际接轨，只有这一条路。

但讲这一条路也可能犯忌。五六年前，原社科院副院长刘国光危言耸听，说现在哲学经济学等领域，马克思主义的红旗倒了。反过来问，要不要市场经济？如果要，有没有两种经济学？能不能贴一个标签，不符合我的标准就是资产阶级经济学？当全世界成为一个市场的时候，能用两套经济学吗？不学人家的那套经济学，从宏观经济到微观经济，你站得住吗？有些人想方设法哄骗那些无知的官员，从国家财政里面拿钱，就是那么个勾当。

没有儒家资本主义。而且按我的看法，资本主义和社会主义两种制度的斗争，"二战"前后已经结束了。这可能是怪论，但你们想想有没有道理？条条大路通向社会主义！以罗斯福的四大自由为代表，资本主义和社会主义融合了。四大自由头两条：言论自由和信仰自由，是文艺复兴以来现代文明的结晶，任何国家都要接受的。后两条：不虞匮乏的自由和免于恐惧的自由，就是社会主义性质的了。它总结了德国的国家社会主义和斯大林的专政社会主义的教训。一方面，要保障所有人的基本生活，从19世纪以来，德国、英国、法国等国家都在建立救济制度、保险制度和福利制度，让人们的基本生活有保障。另一方面，要有自由的环境，免于恐惧的自由。说一句话，不管说对说错都不必担心有人找麻烦，通讯和言论不会受到监控，住宅不会随时被人搜查。这是不是社会主义的本质要求？马克思一再强调，共产主义是自由人的联合体。理想社会都是这样，任何国家迟早都会走上这一步。不少国家上了俄国佬的当，和发达国家斗。斗到后来俄国垮台了，盖子揭开，一塌糊涂，它到现在还是所谓金砖四国里面的落后国家，到现在还没有参加WTO；原苏联的哈萨克斯坦等地，比中国的新疆还要落后。71年的专政社会主义搞成这个样子，完全是对马克思主义的背叛。

再深入一步看，资本主义，社会主义，宪政，民主，都是经济或政治制度的指称，它们有自己的规则和发展规律；而儒家、道家、伊斯兰、基督教则是文化和信仰，两者不是同一层面的事物。从逻辑上说，两者不能混同。冀图用后者去限制前者，是对前者不恰当的干预和损害。当今有些国家以教立国，它们的政治、经济、社会和文化状况有目共睹，不必多费唇舌。

另一方面，作为一个学者，作为知识分子，一定要很冷静地看，我们的传统文化有什么优点和弱点。

从优点来讲，我们是原创性的东西，我们的精神家园是割不断的。文化传统不外两方面，一个是大传统，主要体现在精英文化。中国的精英文化有很多创造，比如孔子的教育思想有很多精华，老庄也有很多精彩的东西留下来。除此以外，我们的传统文化里面，唐诗、宋词、绘画等等，都是人类文化的瑰宝，不能抛弃。这些我们要继承，其中一些是中国独特的贡献。中医中药至今仍在医病治病。有些是人家有我们也有。

文化传统还有一个小传统，主要指那些风俗习惯。它的传播和继承，是自然传播、自由更迭的，喜欢就保留下来，不喜欢就消亡。现在没有人再去缠小脚。现在有人提倡穿汉服，说到底是用民族感情骗人，背后其实是一笔生意。为什么连衣裙没领子就是"国服""汉服"？故意制造一些东西骗人。同时，这些私领域的问题，每个公民可以自由选择，他人无权干预。穿西装就不是中国人？就是资产阶级化？胡说八道。唯一提倡在国际场合穿汉服的是江青，"文革"期间要求演员穿这穿那，就是现在所谓汉服。那时她说的话人家不能不听，所以演员们出国果然穿上尼姑袍，难看死了。人家喜欢穿什么关你什么事？你可以提倡，可以喜欢，但不能强制他人接受。小传统如果跟商业和市场结合起来，会越来越繁荣。比如多年来没有搞的庙会，现在一些地方不是很热闹吗？无非是人们想娱乐一下自己，政府有钱就支持一下，市场感到有利可图，就搞呗，没什么不好。

传统是不能割断的。割断了，我们连话都不会说，文字表达会一塌糊涂。我提纲里举了一些例子，有些号称大家，照样出差错，闹笑话。

杨荣国教授"文革"期间很热，他主编的《简明中国哲学史》（修订本）说桑弘羊指责儒生："若依了他们，就坏了郡县制度，这种虚言万万不可实行！"（《遵道》，人民出版社1975年第二版，第129页）查对《盐铁论·遵道》桑弘羊的原话是："从之，则县官用废，虚言不可实而行之"。县官其实指的是朝廷，是当时文献常常出现的通用词，意思是依了儒生，朝廷财用来源断绝，大话不可实行。居然解释为儒生要废除郡县制，闹了个大笑话。

余秋雨更好玩，他把"致仕"解释为做官，读过民国以前的文史书籍的都知道，"致仕"的意思是官员退休，东汉制定的《白虎通义》有很明确的解释。告诉他，还不认错。

人民大学校长纪宝成大声疾呼要振兴国学，"脊续文脉"。可是，"脊续"这个词就是生安白造的。从文意看，应该是古汉语的常用词"赓续"，意思是接续。如此振兴国学，太丢人了。估计是该校某位教授替他写的。我说与其侈谈振兴国学，毋宁切切实实学好语文，不要基本的词语都搞错了。他们也不认错，说台湾的学术文献有很多这样用的。中大中文系恰好有一位台湾出生、长大，后来到美国读博士的教授，她说没有这样的用法。为慎重起见，我再请她问问她的母校台湾师范大学国文系的老师。答复也是没有！骗不了人。

别笑,下面讲到贵校。三月初贵校一位前任副校长逝世,他的家属在《羊城晚报》登讣告,居然说"尊父"怎样了。尊父说的是别人的爸爸;说自己的爸爸,通常用"先父"(已逝世)或"家父""家严"。呵呵,这样等于说你爸爸死了,而不是他们的爸爸死了!

类似的笑话很多。中国的传统文化当然要继承,但现在有人提出的要将它制度化,要按儒家那一套修改现代社会制度,那样问题就大了。

中国传统文化的弱点

我想,中国文化除了大家知道的优点以外,有四个弱点是很明显的。

第一,总是强调集体利益高于个人利益。

这个原则对不对?我不知道你们受的教育怎样,假如你读了大学后还认为集体利益高于个人利益完全正确,我想你的通识教育不及格,对现代社会不理解。这不是奇谈怪论。

现代社会,每个公民都应该有自由思想和独立精神。牵涉到一个政治学的基本原理,政府为什么存在?原来讲君权神授,后来明白了,不是神授,而是民授,主权在民。通过文艺复兴、启蒙运动解决了这个政治常识。所以17世纪、18世纪的三大革命文献非常明确,1628年英国的《权利请愿书》,1776美国的《独立宣言》和1789年法国大革命的《人权宣言》,贯穿其中有个基本思想:人天生有基本的不可剥夺的权利,包括财产权、生命权以及追求幸福的权利。为了保障这些权利,公民组织了政府;政府是为了保卫公民的自由、权利而存在的,主权在民。假如你连这点都不知道,你的现代政治学的常识不及格。同时任何现代国家都应该是法治国家。

所谓法治，说到底就是通过法律来保障个人的自由和权利。所以有个学者说，现代民主说到底就是个人权利的法律化。

但达到这点很不容易。孙中山是革命领袖，他在20世纪20年代还说，我们中国人不需要追求个人的自由，因为个人自由太多了，我们需要追求的是国家自由。这句话错了。错在哪儿？国家无所谓自由问题，国家是独立问题。对外国的压迫、侵略，我们要反抗，坚决维护自己国家的独立。国家对内的管理机构是政府，应该实行宪政和法治。对政府来讲，法律没有授权的不能做，不能"自由"施政；对公民来讲，法律没有禁止的就可以做。这又是现代政治学的常识。也许有人认为，国家自由、国家独立，不过是文字表达不同而已；即使按照这个解释，两者对自由的态度也是完全不同的。争取国家独立或自由，为的是让国民享有充分的自由，而不是接受本国统治者的专制、压迫。

但是在中国的实际生活中，处处讲集体利益至上。这也是一个陷阱。谁来判断这件事代表集体利益？当前最重要的集体利益是什么？这些有没有经过民主程序？往往没有。那些政治家和政府官员，常常以集体利益的代表者自居，哄骗一般百姓。这样行吗？

第二，儒家思想很强调等级和服从。

孔子说："君君臣臣父父子子。"

新儒家解释，这个说明儒家有限制君王的作用，是对统治者的道德要求和道德规范。"君君，臣臣，父父，子子"，确实包含着对君臣父子各自的道德要求，但前提和内涵都指明等级是绝对的。君臣父子是服从关系，等级秩序不能打破。据记载，孔子说完后，齐景公立即说：对呀，假如君不君，臣不臣，虽有财富，我能享受得了吗？新儒家认为这是对君臣父子的制约，显然是片面的解释。

但现在有人说，这些东西是"儒表法里"。也就是说，中国传统社会，好的都是儒家的，坏事都是法家思想的毒害。判断这句话对不对，先要厘清法家和儒家的基本差别。社会制度稳定后，通常体现在法律条文上。研究中国法律史的权威瞿同祖先生说：中国法律儒家化滥觞于西汉，"经魏晋南北朝已大体完成"。（《瞿同祖法学论著集》，中国政法大学出版社2004年版）法家强调法治，法律面前人人平等，都按法律办事；它维护等级制，但一定依照法律办事。用韩非子的话来说是："法不阿贵……刑过不避大臣，赏善不遗匹夫。"（《韩非子·有度》）儒家不是这样，儒家思想的核心按陈寅恪先生的讲法是三纲六纪，三纲是不平等的，六纪就是六亲。中国的法律规定按照亲等不同处罚是不同的，父母、祖父母要是摧残后代，罪责不重。最初，父母可以随意处死儿女；后来不能随意杀害了，可以以"不孝"为名，请地方官处死或判刑，而且"父母控子，即照所控办理，不必审讯。"（《大清律例》）儿孙打或骂父母、祖父母则是大逆不道。皇亲国戚功臣犯了法，与平民不同，可以减罪。所以《唐律》以及后来的《大清律例》《明律》等中国法律文献，里面都有一个"八议"制度。八种人犯罪可以宽减：假如是皇亲，假如有功劳，可以减罪，看不见法律面前人人平等的踪影。所以，"儒家法里"的说法是经不起推敲的。

第三，中国文化还有一个传统是崇拜偶像和权威。

现代化就是理性化过程，造神还是祛魅是传统与现代的分水岭。我们吃造神的亏太多了。跪倒在万岁脚下，给我们带来什么？记忆犹新，不必讲了。

与此同时，不能用内心自由、认识论的自由取代社会、政治权利的自由。国教派和老左就是用这些忽悠我们，要人们不要追求社会生活中的自由，好好修心养性，你就自由了。或者是：认识必然就是自由——我的主张代表客观规律，你们服从我就是自由了！

第四，中国文化没有讲求逻辑和实验的传统。

比一比古希腊和春秋时代，我们有《几何原本》一类的书吗？明代末年《几何原本》翻译过来，震动了中国士绅阶层，原来有这样一个推理证明的系统。利玛窦到中国，在《中国札记》提出一个论断：中国人不懂逻辑，没有逻辑规则。中国有数学传统，当《几何原本》在曾国藩的支持下出了一个完整的翻译本，曾纪泽代他爸爸写的序言中指出，中国的数学是知其然而不知其所以然，没有上升到公理系统，没有严格的论证过程。中国为什么不能在自身的文化基础上发展出自然科学？两个原因，一个是逻辑论证的传统没有发展起来；另外一个是没有实验的传统。中国强调用实践去检验，不知道有逻辑证明和理论推导。但理论证明的系统是科学发展的很重要的问题。

我讲这些就是说明，我们对传统文化要有很冷静的态度。持这种态度下，才能正确对待传统文化。

现在的儒学提倡者常常夸大一些东西。他们扬言，民主自由宪政在中国的传统里都有。可是，宪政的起源是分权。没有分权制约，没有严格的法治就没有宪政，也没有宪法，有也是假的。这是学术上的一个结论。儒学的提倡者，国学的那些鼓吹者，拼命从传统文化中找一些制约的因素。从《荀子》找出一句"从道不从君"，就说道统厉害，一直制约了王权。但道统怎么算？他们说文武周公，到孔孟，到朱熹；中间都隔了那么一大段，道统就没了？这个说法随意性很大。戴季陶更好玩，说朱熹、王阳明后，再下一步就到孙中山了。这些都是那些宣传干部制造出来的。戴做过国民党中宣部长，要宣传神化他们的领袖。其实中国整个系统从秦以后就是宗法专制，皇帝一句话就定人生死，哪里有一个独立的监督系统？有也是那些书呆子的良好愿望。黄仁宇更提出明代的相权有很大作用。明代那样绝对的专制时期，相权能有多大作用？个别时期，皇帝荒淫，不理朝政，或由于其他原因，相权似乎挺大；但一旦皇帝睡醒了、发威了，宰相就要倒大霉了。

这些都不说了。总之在中国这个传统下，发展不出宪政。为什么我要这样讲？说到底，就是前面讲到的，我们的政治体制改革陷入困局，有些人老是想另外制造一套来解困。他们说西方的政治理论是西方人的陷阱，跟西方辩论自由民主是没有可能赢的，因为这些概念都是他们制造的，我们要另外制造一套理论系统，阐明现在中国不但经济好，而且政治方面都很好，不用改革了，如果要改，也要按照他们主张的那一套的来改。这个就不是学术了，是宣传。我们不讨论这些，只说学术上能否站得住。学术上站不住，你想做什么？

国学派的玩意，一个很重要的组成部分是少儿读经。我是坚决反对少儿读经的。因为教育一定要适合受教育者的实际情况，启发他们的智力和创造精神。中国孩子最大的问题是太规矩了，创造精神不够。时代要求培养大批敢说敢干的孙悟空，但当下教育培养的是一大批小大人、乖孩子。读经包括读《弟子规》，《弟子规》主要是培养一切听话的孩子，摧残儿童的心理，是不足取的。在我看来，现在要培育书香校园，古今中外所有优秀的文化成果，少年儿童能理解的，都让他们接触，养成读书的爱好和习惯，感到读书很有趣，不是负担。这样的爱好和习惯养成了，终身受用，对将来的文化发展也有很大好处。

最后一个大问题"引以为戒的恶劣学风"不讲了，材料在那里你们自己看。我认为那是很恶劣的学风。对待传统文化有两个大忌不能犯，一个是"曲学阿世"，为了讨好统治者不惜歪曲学术，西汉就已经提出这个问题。到了18世纪，兴起朴学，整理传统文化，那时又增加一条，不能"增字解经"。要继承和学习传统文化，这两条是要牢牢记住的。但现在提倡国学的那些人，恰恰在这两方面犯了大忌。具体哪些方面，我提供的材料上有，有兴趣可以看看。我想留出时间给大家提问，就讲到这里。谢谢大家。

互动环节

1. 我想问，你的学问做得这么好，你在研究学问的过程中最大的教训是什么？

答：最大的教训是不要迷信。我做过一件事，现在看来很浪费时间。"文革"期间我们都被赶到干校。干校生活比较清苦，没有书读，我就将《鲁迅全集》读了一遍，将已出版的马恩列斯的全集也大体读了一遍，现在看来收获不大。从头看到尾是没用的。治学的一个要点是马克思所说：怀疑一切。一进到学术领域，应该没大没小，没有权威，只相信自己的理性判断。于光远先生讲过一句话，我终生受用不尽。他说为什么疑问号是个勾子？因为没有疑问就勾不到东西。年轻人在脑子里应该经常有很多问题想不清楚，读书感到道理没有讲清，说服力不够，那就可能是一个学科的生长点，或者是某个小问题需要你研究解答的。所以，疑问是治学的起点。

2. 现在尊孔是搞得很热闹，但中国近代历史批孔也曾经轰轰烈烈，为什么中国人老是拿孔子说事？您曾在1973年的《中大学报》上发表一篇文章叫《孔子反动教育四议》，当时是有人强迫你写吗？

答：先回答第二个问题：没有任何人强迫。当时哲学系的系主任是刘嵘教授。有次全系教工在校园里铲草，边劳动边闲聊，他提议我写批孔文章，态度很温和，没有强迫。那时批孔热潮，我也重新读了《论语》，感到孔子的教育思想有问题，于是提出四个问题。历史不能修改，文责自负；我的文集会将这些文章一字不改收进去，任由读者评说。

为什么老是拿孔子说事？在新文化运动期间萌发时期或者十九世纪三四十年代，一些先进的知识分子已经感到不从中国传统文化走出来，对中国的发展将会很不利。第一个批评中国传统文化、批评孔子的中国人是王韬。他在19世纪70年代的一篇文章中说，智就是德。这个观点是苏格拉底提出的："美德整个地或部分地是智慧。"（《古希腊罗马哲学》，三联书店1957年版，第166页）恰恰跟孔子的观点是针锋相对的。

到了20世纪初，1902年，梁启超的一部著作非常重要：《论中国学术思想变迁之大势》。有人讲中国近现代对传统哲学文化的整理是从胡适的《中国哲学史大纲》开始，不对，胡适自己说他是受梁启超的影响来做这个工作的。梁启超的这部书从先秦开始梳理中国的传统文化，那时候的国学派借传统文化说事，实际上是借传统文化宣扬民主自由的思想。之后辛亥革命开始，临时政府一成立，蔡元培出任教育总长的第一件事就是下令废止读经，而且他在教育方针的解释说，尊孔与信仰自由不合，至于孔子应该如何评价是另外一个问题。20世纪的新文化运动，照我的解释是滥觞于鸦片战争前的文化变迁的延伸；而狭义的新文化运动，通常认为是从1915年陈独秀办《青年》杂志开始；我认为应该是从1912年开始的。那时三纲里的"君为臣纲"不成立了，制度的支撑变了，出现了中国最自由的年代，新文化运动就开始了。那个时候，新文化运动的积极支持者中有些人很极端，但作为主要领袖的胡适和陈独秀，对孔子的评价都是很慎重的。陈独秀认为，一些儒家的道德规范，还是可以用的；对孔子的评价，跟现在要反对的三纲是两回事，我们主张的是从三纲的束缚下解放出来。这是中国社会进步的一个必要步骤。

毛泽东发动的批林批孔运动是政治上的动作，要另作评价，这次不涉及。

我想，现在有人大谈孔子，是想推行他们所理解的政治，为某种政治目的服务。

与此同时，理论上还有一个问题。贝尔曾说，经济上我赞成市场经济，政治上赞成民主政治，文化上是保守主义。有些人抓住这个，说不跟传统文化结合就不可能有宪政。于是拼命从传统文化中寻找资源。在西方这个完全没问题。我今天特别将1215年英格兰的《自由大宪章》作为一个附件，他们的文化传统，如这个文件所说，英格兰人享有传统的自由不能侵犯。中世纪封建制度下的英格兰，那时就有议会的传统，有独立的司法系统，有贸易自由、地方自治和个人自由。中国有吗？没有。

中国的传统是宗法专制。所以有人照搬，说在宪政这样的制度领域要延续传统，根本行不通。在中国，就是要勇于接受全世界的先进文化，不要闭关自守。用中国民族主义来对抗具有普世性的思想文化，我想是会危害中国的发展的。我们过去为什么发展那么慢？就是因为不接受市场经济，接受后发展就很快了。市场经济就是经济自由。1975年我下乡，参加佛山地区的干部会议，当时新会县一个人民公社书记在会上说：什么时候不用大队干部打锣催促，农民主动开工就好了。人民公社一解散，真的不用打锣，人家就主动开工了。这就是经济自由的成果。什么时候种，种什么，农民们可以自主了。那是自己的财产，种下去有多少收获，与自身的经济利益结合了，不打锣他们也拼命干。我们改革开放后，学术相对比以前好很多，原因是自由扩大了。有一本书很值得大家去看看，是1998年诺贝尔经济奖获得者亚马蒂亚·森的《以自由看待发展》（中国人民大学出版社2002年版），他的一个基本论点是："扩展人类自由既是发展的首要目的，又是它的主要手段"。（第42页）

3. 现在有很多网络红人，以夸张的表现引得关注，人们说这种审丑的心态是因为现在人的信仰或精神被破坏了。您刚才说国学要成为现代的精神财富，请问国学如何在发挥自己的作用，帮助人们找到新的信仰，或者说未来要建立的信仰是什么样的？

答：你不要看低现在的年轻人，说他们没有信仰，我不同意。每个人都有自己的信仰，一个人没有自己的信念是活不下去的。阿Q也有自己的哲学。每个人都考虑为什么活，有些人说要成为佛学家、政治家，有些人说要发财，有些人要找个美女帅哥，如此等等，各自有自己的信念。这些信念只要不违法，都是现实世界合理的存在。不是为国为家才叫正确信念，各人自己去寻找自己人生的支撑点，只要不侵害别人就很好。但对这些年轻人应该进行教育，告诉他们现代社会是什么样的，不能违法，要守法，在法律范围内可以有各种各样的理想。一个国家要是适合年轻人发展，就能够提供广阔的多种多样的途径，让公民自由上升，按照他们的才智和努力，达到新的高度。那样的国家就很好了，当这样的国家有危难的时候，这些人会挺身而出，保卫这个让我生活得自由自在的国度，那时他们的牺牲精神就涌现了。人是多元的，有些人有各种古怪的表演。我相信在座的没有人会去向芙蓉姐姐学习，但她的生活方式自得其乐，他人不必指责。社会是多元的，应该让大家自由选择最适合自己的方式生活，不要大惊小怪。

4. 我们国家要真正成为一个民主自由的社会还要走多远，是通过执政党逐步放宽政策，主动走向民主社会，还是非得革命才能改变？还有一个，年轻人如何成为真正具有独立思想和人格的人？

答： 问得很好。我现在在给中大本科生上课，我的学生基本是本科一年级的，他们也问这些问题。这些问题很简单，而且大家应该理解，应该知道。

一个人成熟，应该有世界历史知识和中国历史知识。懂得这些历史后，很多问题就清楚了。要了解这些历史，目前最好的读本是《剑桥世界史》和《剑桥中国史》，是各国历史学家合作写出来的，有些华人学者也参与了。

在我看来，人文社会科学从一定角度来讲，是历史经验的总结。

第一批实现现代化的国家，不外是英美，它们是最成功的。法国大革命的代价很大，死了几十万，革命后动荡八十年，到1871年后才稳定下来，那是它的代价。然后到19世纪，又有一批国家，其中以德国为代表，追求国家统一，经济上也慢慢发展起来，但政治上不行，民族主义发展很厉害。有些东西发展得好，现在世界上的保险制度、工人福利制度都是从普鲁士发展出来的。经济上德国很快成为世界强国，但政治上没有跟上，结果成为发动两次世界大战的元凶。两次世界大战中间曾经有过民主制度，但没有站稳，被希特勒钻了空子，掌了权，又一次发动世界大战。到1945年失败后，在占领军占领下，西德才变为现代国家。东德是两德统一后才改变。

此外，大家都赞扬明治维新，但明治维新只在经济上实现了现代化。政治上，1889年通过的宪法是假宪政，思想上接受了儒家的东西，1890年有两个所谓天皇敕语，一个是军队的，一个是教育的，里面都讲要忠君，用儒家的道德规范修身，实行国家主义教育，儒家思想教育下，军队现代化了，天皇的力量没有受到牵制。宪法规定，元老可以干政，军部直接隶属天皇，可以干政。结果成为发动"二战"、侵略东亚的元凶，这也是政治不现代化的结果。它也在1945年以后才真正成为现代国家。

你看这两个国家的现代化，经过了多长时间？中国的起步——洋务运动，跟日本的明治维新是同一时间，19世纪60年代，到现在约150年。每一个国家的现代化，不但要经济发展，还要培育出一个民间社会。民间有自由，民间的社会团体有自由，有力量可以牵制政府，让政府依法行政才行。中国什么时候最接近现代国家？辛亥革命后，从1912年至1926年间，北洋政府时期是20世纪中国最自由的时期、民间社会最强大的时期，但没有解决国家安定的问题。任何国家要发展，就要稳定、自由，要有民间社会的力量和稳定的制度，几方面联合起来才有办法实现现代化。当时陈炯明还有其他人，各地包括湖南、江苏、浙江等，全国有十七省，提出自己省的宪法草案，他们提出要以联省自治的办法走美国的联邦道路解决中国问题。但当时两股力量摧毁了稳定的可能性，一个是北洋集团内部争权夺利；另一个是以国民党孙中山为代表的极端势力。我不想说国民党的出发点不好，但他们的思想高度不理解政治就是妥协，不理解政治上有些东西要尊重现实，做出很多错误的举动，使稳定的局面一再被破坏。

这个讲起来要花很多时间。中国稳定不下来，而且大家认为联省自治不行，我们头脑中有个大统一的观念。大家可以读读葛剑雄的《统一与分裂》。20世纪中国剥夺言论自由是从广东开始的，1921年，学苏联搞党化教育，党化司法，反对国民党的报纸一律不允许存在。剥夺公民的政治自由、言论自由都是从广东开始的，上了俄国人的当，结果联省自治没有得到支持，反而国民党的党国体制，实际上是苏联体制胜利了，建立了国民党的威权统治。中国就是这样被耽误了。

中国未来怎样？慢慢走向民主、自由。其中最重要一条，不要再革命了。只能按照改革开放路线走下去。这条路线有几个要点是不能违反的：

首先是恢复私有制。假如不承认改革开放的重大成就，还想打土豪分田地，中国就完了。打老板，分资金可能痛快，但中国会走向毁灭的。不能走这条路。

然后逐步扩大自由。刚才有人问是上面给的还是下面自己要的？观察现实社会，是互动的结果。

在我看来，中国的宪政正在艰难的生长，生长点就在2003年发生的标志性事件，延安农民看黄碟事件：警察破门而入，结果引起全国反对，最后警方道歉。这个就是宪政的萌芽，因为宪政无非是通过法律途径保障公民的自由。以后一连串官员随便侵犯公民权利，被捕的人多数在舆论压力下不能不释放。

通过一连串事件，中国出现大批独立思考的公民，不是官方说什么就听什么，要寻求真相，要按法治的要求、公民权利的要求来衡量这个措施对还是错。公民的觉悟提高了，任何力量都压制不住。这样的情况下，揭露了很多问题，官方大体上能接受，比如《拆迁条例》出台，还有农民的社会保障，就是在民间压力与官方改革的互动基础上的成果。分裂，冲突，妥协，通过博弈，中国正在一步步走向现代化。但这个道路很曲折，老是有人制造这样那样的事件，当然很痛心，但是大的趋势谁也挡不住。

还要多少时间？不知道。但有一条，社会一定不能乱，要稳定下来，不要再搞革命。逐步改革，对政府官员要批评要监督。所以，有人问我知识分子该做些什么？我说两件事，第一，发财。市场经济的前提就是每个公民有自主权，有了深厚的经济基础，即使遇到打压也不怕，还能帮助别的人。第二，发言。表达自己的要求和意见，包括看到政府官员胡作非为贪污违法就要揭露。与此同时，保持社会稳定，就能一步步将中国推向现代化。

5. 袁教授对我们的民主自由还是抱乐观态度，我也有这样的认识。但我感到袁先生的回答与刚才提到的文化建设的一些做法是相冲突的。比如孔子像难道不是强化文化专制吗？从整体上使专制程度更严重吗？刚才举的一些例子，恐怕局限于生活安逸的角度，与自由不是很相关的。从这些现象恐怕我们还看不到那么好的光景。

答：以孔子像为例，原意确是这样，但有多少人会把他当成皇帝拜？我相信很少。现在愿意骂的、愿意批评的声音照样能够发表出来。孔子基金会的一个刊物就这个问题采访了我，我说可以，但有个条件，不能改我一个字。他同意。结果真的按我的回答刊登了。现在网上批评这件事的人更多。这表明，多种声音压制不下去，只要有多种声音存在就有希望了。网上、日常生活中的各种批评表明，自由度已经提高了。有些逆流，终有一天会克服的，所以我感到问题不会太大。当然这些是逆流，要有很多案例来教育官员和百姓，只要多数官员多数公民的认识提高了，中国的社会发展就会比较平稳。

6. 我自认为是一个非常坚决的自由主义者。在我有限的三十多年光景，自由主义的思想与周围文化是有矛盾的。读您的书看您的文章我有了好奇，您是怎么长成这个样子？我想知道，在您的读书治学过程，有没有一些波折，有没有一些经验和教训？最后我想说，您的存在是许多不能停止思考热爱思考的人感到有了希望，祝

您永葆青春。

答：我的成长没有什么特别的。有一条，我父母不管我，因为我离开家庭很早，十五岁多就独自来到广州读书，养成了读书习惯，慢慢就成长起来了。假如你们将来有了孩子，最重要的是尊重他们自己的选择，另外要帮助他们养成喜爱读书的习惯，实际上就是训练他们的思维。我想，人只要永远好奇，不断探索，慢慢就会寻找出自己的道路。

主持人总结

袁先生给我们做了一个发人深省、令人震动的学术演讲。他具体的学术观点，大家可以自己独立判断和分析。但我个人猜测，袁先生并不是在简单地反传统和反儒家。因为传统和儒家，在历史上，有什么样的土壤就长什么庄稼，它就那样。但关键是我们今天怎么看传统的价值和作用，以及现代和今天的关系。其实争论主要在这里。因为你怎么看传统的价值和作用，又会左右你对传统的把握。今天你拿传统来干什么，何去何从。我想，袁先生他认为，无论传统文化和儒家理念有多少博大精深和精彩之处，都应该有利于中国走向现代和文明，这些东西我们今天可以弘扬，但我们要反独尊，反一元，反专制，反排他，反官方化，反意识形态。传统当中包括一些优秀的东西，都应该接受自由、民主、平等、博爱、正义、法治等等的清理。因为这是普世价值，不是西方的。袁先生认为不是中西之争，是古今之争。

我们从袁先生的报告中，除了领略他的思维方式和学术智慧、学识外，尤其要领略他的学术精神，他的勇气、骨气和正气，他的良知和公共精神、独立人格。具体观点你有你自己的判断。作为一个八十岁的老者，我们很惭愧，有时候我们可能考虑到自己的利益，一个知识分子的良知，现在像袁先生这样的知识分子太少了，依附权势，依附利益，想做学术当官就麻烦，想多捞钱也可能丢掉学术，包括他的创新精神。我们真是感到比较惭愧，由此我想到什么是知识分子，不是知识多就是知识分子。

最后我想还是用袁先生自己的话来做一个点缀。袁先生讲，"敢于正视现实的民族，应该坦然承认自己有哪些不足，不把应该集中于如何学习的精力浪费在要不要学习的争辩中，一个伟大民族的自尊心，应该显示在善于学习和善于创造上，这里决定性因素也是制度。为什么新文化运动成了中国历史的重大转折点？因为它是中国已经建立的现代文化学术和教育制度的产物。学术自由，言论自由，兼容并包，西方现代文化与国粹，世间各种学术和思想文化流派，各种学问与艺术，自由介绍，自由探讨，激烈争辩，以理服人，拒绝暴力干预，新的学科新艺术，思想家、学者、作家、艺术家如繁星在天，异彩纷呈，这是思想解放的高峰，也是创造力高扬的年代，归根到底这是现代文化教育制度辉煌的里程碑。"最后一段，"自由的唯一边界，是不得侵犯他人的自由。以国家或其他集体、尊长的名义，吞食个人的自由，是中国极大的弊端，中世纪的西方同罹此病。这是古今之争，而非中西或东西之争"。

最后让我们再次用热烈的掌声感谢袁老。

2011年4月14日

新尊孔派兴起的背景及自由主义面临的学术挑战

时间：2011年4月8日下午4:00—6:00

地点：深圳华侨城·央校

主持人（李校长）：

兄弟学校、央校的老师们，亲爱的同学们，下午好。

介绍袁伟时先生其实是多此一举的事。因为袁先生作为中国著名的历史学家，在我看来也是一位思想家，在海内外都享有盛誉。这些年来，袁先生的思想深深滋养着我，滋养着我们央校，对央校文化的建设、我们思想的启蒙产生了巨大的影响。我相信每一位聆听过先生教诲的老师乃至于学生，都会与我有同样的感受。袁先生的报告、写作，是我们这个时代特别需要的一种精神的食粮。今天袁先生给我们带来的是一个很有争论性的话题，就是现在尘嚣甚上的尊孔的思潮和现象，我们应该如何看待它？相信每个人都有聆听的期待。在我看来，这不单是一个学术话题，还是一个我们在走向现代文明的进程中必须做出的抉择。有时我在想，现在这些崇尚读经的人，尊孔派，不知道有没有思考过一个问题，一个世纪前的那场新文化运动，那场具有里程碑意义的启蒙，是不是一个历史的误会，一个历史的错误？我们应该回到尊孔时代去？

现在我们用热烈的掌声欢迎袁先生做报告。

演讲部分

各位老师，各位同学。非常高兴再一次来到央校和大家交流。今天我要讲的，是最近一个很重要的文化现象，新尊孔派的兴起，以及它带来的挑战。

为什么说有个新尊孔派？有新文化运动就有反动，有相反的主张，尊孔一点儿不奇怪。在中国不但19世纪前完全是尊孔的，到20世纪新文化影响越来越大的情况下，也不断有尊孔的势力，这是文化多元的一个表现。人民共和国成立后，表面看，出现了思想文化大一统局面，但暗流依然存在。到了改革开放以后，多元文化的局面重新出现，特别在20世纪90年代以后，尊孔的声音就非常响亮了。那时候，一方面不断从港台引进新儒家的各种著作，介绍他们学术的成就；另一方面大陆本土也生长出一些学者提倡尊孔，而且提出一整套理论。比较突出的代表是原深圳市委党校的蒋庆老师，他直截了当提出要建立孔教，儒学要在国家政治生活里面发挥重要作用。现在看来，那是在改革开放后比较老一代的尊孔派。我所说的新尊孔派，是近年出现的一个非常值得重视的文化现象。原来一些很有名的自由主义知识分子，突然之间态度非常鲜明地提倡孔学，而且建构出一套很完整的理论来支撑他的主张。主要的代表人物就是秋风，原名姚中秋。他是《中国新闻周刊》的评论员，媒体人，原来做一些奥地利经济学派的翻译工作，经常写时事评论。他的时评的态度非常鲜明，支持法治。很奇怪的是，这几年他非常热衷做尊崇孔子的吹鼓手。他说：孔子就是圣人，而且是自由的圣人；孔子创造了中国民间学术；孔子提倡的复辟，是复辟"契约社会"。他引用西方一些学者的话，试图说明中国的封建制是最好的制度，是最自由的制度。

这提出了很多问题。实际情况是不是这样？为什么这个时候会出现这样一套完整的主张？很值得我们思考。

这样一个主张提出的时候，恰恰今年国家博物馆重新开放，它在长安街上的大门前出现一个孔子塑像。本来一个城市挑选历史人物塑像立在街头，是非常正常的现象。但这个孔子像有它特别的地方。一个是地点特别：在天安门广场的组成部分、北京市最核心的位置出现。在我看来，这是一个很强烈的信号。这个塑像本身也很有意思，特别标明是九米五高，意味九五之尊，意思是这座孔子像是按照帝王的规格来塑造的。按照中国传统，皇帝是"九五之尊"。除皇帝以外，任何人都不能享有这样崇高的地位。在这个地方，由国家博物馆塑造这么一个塑像，当然不是随便某个民间机构、某个人做出的决定。我甚至认为不是国家博物馆本身能够决定的。

这两者，一个那么系统的理论，一个出现那么特殊的塑像，究竟是什么意思？两者有什么关系？

在我看来，首先这是一个意识形态的新动向：要以儒学、孔子来代表中国传统文化，使其成为中国思想文化的主流。改革开放以后，一个多元文化的局面已经出现。中国文化向何处去？假如是一个现代化的国家，思想文化就应该是多元的并且是自由的。违背这个方向，又重新塑造一个代表大一统的、以儒家为指导思想的文化格局，后果将会是很复杂的。

对这个举措如何看？我认为，这是对中国文化和中国历史的歪曲。孔子生活在东周——春秋时代。那个时代的中国思想文化格局是百家争鸣的时代。在当时的思想文化领域，孔子不过是众多学派之一。光突出孔子，对中国古代文化那种繁荣景象，对那种多元、自由的局面视而不见，对中国古代历史不说无知，至少也是认识很不全面。为什么不能同时出现几个思想家？比如孔子曾请教过的老子，为什么不能同时出现在这个地方？老子年纪比孔子大，孔子三十四五岁曾亲自到洛阳虚心请教老子，而且老子对后世的中国知识阶层、士大夫阶层影响非常深远，一直到20世纪都影响不断。照陈寅恪教授的讲法，在思想文化领域对中国影响最大的，应该是老庄和佛学，儒家主要在制度方面起作用。为什么不体现这样的局面？还有墨子，也是中国传统文化的重要代表。

另外，按照帝王的风格塑造孔子，是对孔子的歪曲。孔子做过官，从51到54岁，从基层小官开始，后来任中都宰，通俗点说，是鲁国首府的府尹吧；最高做到鲁国（现在山东南部和江苏、河南一些地方）的大司寇（管治安的公安部长），还曾经代理宰相。独尊儒术以后，他被塑造为偶像，唐代被封为"文宣王"，后来逐步加码，在名字前面加上很多形容词。到了明代嘉靖年间，认为孔子就是一个伟大的教师，不应该封王，于是将他的王位削掉，尊号改为"至圣先师"。是教师，但至高无上。这个封号一直沿用到清代。终其一生，孔子都是一个民间的教师和学者，他的建树是整理古代文献，以及创造了中国的伦理学、政治学，教育思想有很多建树。孔子这个人很有理想，不管这个理想是不是正确，他为了自己的政治理想坚持不懈，努力奋斗。要塑孔子像，对21世纪的艺术家来说，如果对他的历史和思想有深切理解，把他塑造成一个为追求理想奋斗不懈的民间的思想家和教师，我想多数人会认为很高明，体现了孔子的风范。现在把孔子塑造成帝王之尊，显然歪曲了孔子的形象，往孔子脸上抹黑。这样的认知，还不如明代的嘉靖皇帝。

为什么恰恰在这个时候出现这个现象？还有很多值得思考的地方。

我想这样一个文化现象，其实是改革开放以来逐步滋生的民族主义思潮的一个新高峰。随着中国改革开放，特别是2001年加入WTO以来，中国的经济融入世界，采用了市场经济制度，发展非常迅速。这样的情况下，有人头脑发热，以为中国已经创造出一个新的经济制度，就是所谓"中国模式"，而且认为这个模式已经成为可以引领世界发展的一条道路。有些人还不满意叫中国模式，直接叫做"中国道路"。北京大学中国经济研究中心主任姚洋教授发表文章说，叫"中国模式"不恰当，应该叫"中国道路"，这个中国道路有世界意义，特别可以对发展中国家起到示范作用。有些所谓理论家提的观点更加突出，他们认为，现在中国已经成为世界经济的一个新的领头羊，他们说，帝国主义正在走入困境，现在发达的资本主义国家面临的情况，有如二十世纪二三十年代陷入全面危机的阶段。未来帝国主义国家或发达资本主义国家还会陷入更大危机，而中国作为社会主义国家将欣欣向荣。他们在这样的想象中沾沾自喜，骄傲自满，把民族主义思潮推到一个新的高峰。新的尊孔浪潮就是这种民族主义思潮的一个组成部分。

面对这种现象，作为普通的中国人、普通的中国知识分子，还应进一步想：为什么中国一再出现严重的民族主义思潮？不但表现在内容上，还很有群众性。网上看看，民族主义思潮是非常泛滥的，一些小青年表现得尤其严重，而且标榜这就是爱国主义，似乎这样做有很高的道德意义，他们站在道德制高点上，假如反对他，就是不爱国，就全面失去了合理性。这很值得我们思考。

　　进一步挖下去，这个现象所提出的问题，跟我们整个人文社会科学的状况有关系，跟中国人的思维弱点分不开，跟我们现在教育方面的弊端息息相关。

　　为什么提得那么严重？具体说来，中国向现代社会转型的过程，是从19世纪鸦片战争以后开始的。这个过程里，最大的障碍就是民族主义。认为中国是天朝上国，不需要学习外国人。有些知识阶层的代表如魏源，提出"师夷长技以制夷"，是从抗敌的角度才认为要学西方。这样一个很低标准的主张，竟然在知识阶层中受到强烈的反对。广东顺德有个很有名的士绅叫梁廷枏，是当时士大夫的头，广东最有学问的人之一，他不是顽固派，曾写过一些介绍西方的著作，代表作《粤海关志》到现在还是很有学术价值的著作。但就是这个对西方比较了解的人，却不同意魏源"师夷长技以制夷"的主张，认为向洋鬼子学习是不能接受的。不但他，江苏是文明开化比较早的地方，那里的国学大师俞樾也反对这个主张，更不用说当时的执政当局。为什么中国在19世纪不能像日本那样在经济方面发展起来？关键是手中有权的执政者不愿意向西方学习，或只学点皮毛，学技术，没有从制度上考虑。19世纪这样，到20世纪也是这样，只学一部分，不学思想文化，特别是制度上的民主和法治，不能学。国民党之所以失败，归根到底是因为不愿意政治民主化，不愿意保障公民的自由，更不用说清代了。所以在民族主义和爱国主义的口号下抵抗现代文明，是近代以来妨碍中国社会进步的最大障碍。到了21世纪，我认为它仍然是用来抗拒现代文明的最大的盾牌。

　　他们没有看到，现在的世界已经走到世界一体化的新阶段。以欧洲共同体为代表，国家之间慢慢在融合，各个地区都有不可抗拒的融合的趋势。体现在东方，中国和日本的关系，一些人的民族主义情绪很严重，看不清楚中国和日本在经济领域越来越不可分割了，已经到了"合则两利，离则两伤"的地步。大家很关心大陆和台湾的统一问题，其实大陆和台湾老早就开始统一了，现在这个趋势正在进行。体现在双方的经济已经分不开了，大陆是台湾最大出口盈余的来源，而大陆吸收了大量的台资和技术，要是离开这两项，大量的企业就要倒闭。比如富士康，在中国大陆雇佣的工人目前有六十万，而它仅仅是一家企业。所以双方统一进程实际上已经出现。中国跟东南亚联盟也在融合。一个高明的思想家和政治家，一定要看到区域化和世界一体化是不可抗拒的趋势，这也是《共产党宣言》中讲到的，资产阶级创造了一个世界市场，这个市场会冲破一切国家和民族的堡垒。我们正面对这样的局面。

我们的一些政治家和知识阶层中的某些人恰恰对这个大趋势看不清楚。我们的人文社会科学、教育有问题。人文社会科学说到底是历史经验的总结，它要观察过去、现在的状况，要掌握大量的资料去做出符合实际的结论。但一些尊孔派根本缺乏这样的训练，他们所提出的结论，不但是看不到世界发展的大势，而且恰恰证明了他们的学术训练是大有问题的。说得不客气一些，是学风不正的表现。比如说孔子是圣人，孔子创造了民间的学术、民间的社会，还创造了自由的契约社会。照这个说法，孔子就是现代社会的创始人。

引用西方学者对封建社会的评价，有两个问题。一个，他对中国古代社会无知。中国的古代社会，西周是封建制，大多数学者对此不会有争论。但中国封建制度的特点在哪儿？保留了宗法专制关系，不像西方的封建制度那样有一个保持公民自由的空间。体现在儒家的理论上，总结为等级制，用孔子的话来说，就是以服从为前提的"君君臣臣父父子子"，等级分明。孔子提倡礼制。礼制的核心就是等级，不能逾越。而一个国家出现，在西方是国家政权取代了血缘关系，按地域来统治。任何地区出现一个政府，就不以姓氏家族区分，古希腊就是这样，地域原则取代了血缘原则。中国恰恰不是这样，中国封建制建立的时候，保留了小的家族、宗族关系。武王伐纣，在孟津与八百诸侯会盟，平均每个诸侯国约五千人。周武王将殷纣王推翻了，还是给殷的后人划分了一定的地区，或独立建国（诸侯），或划归新封的本姓诸侯，血缘关系是没有打破的。武王利用被灭掉的国家的土地和荒地分封七十一国，其中本族子弟占五十三，也是按照血缘关系。这就是中国封建社会的特点。这个不是我的发现，而是研究中国古代社会的一些学者的结论，比如国内外公认的考古学和周朝研究的泰斗张光直教授，还有现在非常活跃的许倬云教授。这些意见当然可以推翻，但要推翻这个结论必须拿出证据来。现在我们一些人为了美化中国的封建制，却没有任何学术上的论据。这是学风不正的一个方面。

学风不正还表现在，中国封建社会在公元前六七百年到春秋战国时候已经慢慢转化。而西方的封建社会是公元5世纪以后到15世纪，西方封建有个特点，它是保障公民和自由民的自由的，它有地方自治，对分封的贵族，国王不能随便增加他的负担；假如要增加税收，必须经过贵族组成的议会共同商议决定。所以13世纪，英国的那些贵族起兵，说国王随便增加税收，犯了错，迫使英国国王签署了《自由大宪章》。63条的《自由大宪章》规定得很清楚，英国人的传统自由不能随便侵犯，英国国王要答应遵守宪章条文的规定。另外它有司法独立的系统。中国没有这些。中国古代社会，一直到19世纪结束，行政权与司法权都是统一的，没有独立的司法系统，臣民很难指望司法可以保障自己的权益。契约社会，彼此都知道自己的权利义务。据《左传》记载，孔子明确反对铸刑鼎，认为通过这个形式公布法律，老百姓知道了，就不会尊重贵族了。而且史料明确记载，违反"礼制"是要砍头的，背叛王室，更要遭到血腥的征伐。说这样的封建社会是自由的，有平等契约关系，这不是骗人吗？怎么能将西方学者赞扬他们5世纪以后的封建社会的言论，拿来说明本国的东西周的封建制，我认为这是非常不严肃的学风。

我们的人文社会科学有问题。现在，这些新老尊孔派和新左派融合起来，他们携手要把这种学风扩展，只能把中国的学术引向更加危险的境地。他们说，不要和西方讨论什么自由、民主、法治，那些概念都是陷阱，西方有一整套话语体系，没有办法跟他们辩论的，更没办法反驳，中国人应该另外创造一套话语体系，对自由、法治、民主等等，都要重新加以解释。他们提出尊孔，要将儒家的理论创造出一套新的制度，在制度方面创造新的东西。这个新东西会是什么呢？假如没有言论自由，没有政治和经济上的自由，没有学术自由，还是现代社会吗？他们主张要另创一套。好吧，等着他们用儒家创造出新的一套，儒家的特点是等级和服从，看看他们怎么创造出一套新的话语体系，将"中国模式"说成是世界上最好的吧。

所以，现在学术上，人文社会科学领域的方法有问题。新左派和新老尊孔派联合起来，就是要干这种事。进一步看，我们整个教育体系更有问题。年轻人对这些言论没有抵制，反而采取欢迎的态度，这说明什么呢？有些人老是怕年轻人不听话，没有想过应该引导年轻人看世界，在中外比较的环境下自由思考，哪些对中国人是最有利的，我们都要吸收进来。我们不引导他们去看这些东西，反而生怕他们不听话，老是强调爱国主义教育。爱国主义教育对还是不对？可以说，又对又不对。没有一个人对自己的乡土没有感情，对多数人来讲，家国之恋是很自然的，但要引导，爱自己的国家和乡土要跟现代文明结合起来。我是现代公民，要将自己的国家和乡土变为现代公民合适的家园，环境保护要做好，制度建设要做好，使它成为一个环境美好的自由家园，那样，作为现代公民就会发自内心地热爱这块土地。离开文明的标准，空洞地讲爱国，凡是批评国家就说不爱国，这是非常危险的。不惜歪曲历史地去讲爱国，那就更危险了。

为了进一步说明这一点，我再讲一个尊孔派的观点。他们说，儒家治理下的中国本来发展得很好，中国落后跟儒家文化没有关系。他们举例，中国到19世纪初都是世界第一强国，1830年的GDP还是世界的三分之一。这个数字我是不信的。第一，那个时候没有可靠的统计，有些数据，但做不出全面的推测；第二，中国历史上确实曾经繁荣，曾经影响东亚地区，比如唐、宋。你说19世纪初中国很好，我有个相反的例子，1793年英国政府派出马戛尔尼使团到中国，回去说中国这个大国已经腐朽了。这个结论对英国后来决定打中国有很大关系，因为他们看穿了你的落后。说1830年道光时期的中国很领先，就没有常识。18世纪中叶以后产业革命慢慢发展起来，新的经济模式下，你还比他们先进？真的还是假的？有个数字，乾隆年间，中国三亿接近四亿人口的财政收入是八千万两左右，同一个时期，18世纪末，英国九百多万人口的税收折算成中国银子达四千五百万两，人均国民收入也有个研究成果，英国人平均收入四十五两，中国人七两。你说那时的经济比他强大，世界第一，是怎么算的？这样的数字还有很多。

所以我认为中国人的心态要改变。应该承认，跟自然经济相适应的几千年的儒家制度统治，其实带给中国很多落后的地方。现在，不要再沉迷于讲中国古代的繁荣伟大了，我们不否认中国历史上有很大贡献、很多成就，但另一方面要看到中国很多弱点。

还有很多可以讲的。但时间不多，我建议大家先提问，我针对问题来讲。请大家提问。

问答部分

1. 针对现在孔子学院在世界各地的建立，你认为这是新尊孔派在世界思想文化方面的延伸吗？

答：这个不要简单化。照我的了解，世界各地的孔子学院主要内容是汉语教学。我想这个跟尊孔派没有关系。有人笑说，人家需要学汉语，他们的教育经费不少，还要我们掏钱去补贴他们，不一定合适。有这样的议论。但我对孔子学院的详细情况不了解，不能下判断。但可以断定这个跟尊孔派没关系。

续问：以前看过一本宗教史的书，很多学者在三大宗教以外，将中国的儒学称为儒教，你认为孔子学院的兴起是不是儒文化在世界的传播？

答：儒学是不是宗教一直有争论，现在认为儒学是宗教的人是少数。他们很热心，办有自己的报纸和刊物，尊孔势力已经有相当大的规模了。但孔子学院恐怕不是这样。而且，所有思想文化都应该是自由交流的，有些人简单地将西方宗教在中国的传播说成文化侵略，这是错误的。同样我们到外国去宣扬中国传统文化，我认为也是一个自由交流。我们对任何文化和宗教，如果是信徒应该尊重他们的信仰，如果作为思想文化则应该自由讨论。我个人是反对作为一个信条去传播或接受的，应该理性地分析一切主张。

2. 现在有些学校甚至一些行政部门，非常支持甚至推动儿童读经，你怎么看？

答：我认为这是尊孔思潮的组成部分。有两方面，一方面确实有些儒家学说的信徒，出于自己的信念去做这个事，推广儒家经典，第二方面无可否认这是个商业行为，从低年级的读经到高价的国学班，都是商业运作的，与利益有关。我认为，在中小学强迫读经是极端错误的，因为跟现代教育的宗旨不符合。儿童不应该接受他理解不了的东西，特别还要当成信条去灌输。正确的做法是，应该培养我们的幼儿良好的读书、求知习惯，他对世界上的一切都可以怀疑，教会他们从怀疑当中寻找正确的解决办法。读经与这个教育原则完全背道而驰。正确的主张是提倡"书香校园"，将世界上各种各样的文化精华在他们能够接受的基础上，让他们学习。根据我知道的香港一些比较好的学校就是这样，小孩一周要读一本书，同时我知道央校也是提倡书香校园的，我认为是非常成功的经验。

3. 您曾经提到"国贵自主，人贵自由"，我非常赞同这句话。但我认为我们中国现在不是大国，最主要因为我们经济发展比较快，但我们没有文化自信。如果我们不尊孔，文化自信的资源从哪儿来？第二，民主、法治、自由市场是时代潮流和趋势，但学美国学得最像的印尼和拉美，我们国家怎么避免那样的现象？第三，在我们这个长期专制的国家，是否集体自由大于个人自由？

答：我试着回答这三个问题。

第一个问题，创新的资源在哪儿？对一个国家来讲，最重要莫过于提供一个创新的平台、自由创造的天地。任何学校都应该是一个自由天地，整个社会也应该是，那样思想文化发展就会出现一个繁荣的局面。自信从哪里来？对一个公民来说，自信就是我是独立公民，有独立思想和自由权利，假如我要从事思想文化或科学技术的创造，我能自由运用我的资源，并且得到尊重，而不是指导。

一个有创造力的人很可能拒绝任何指导，用释迦牟尼的话来说是："天上地下，唯我独尊"，没有这种大无畏的精神就无法超越前人，特别在世界上要领先，就要能将全世界的资源都拿来为我所用，至于汲取哪些资源要看每个人和学科的需要，让他自己选择，不必要指导他。赵丹是伟大的演员，他临死时还说你们不来领导，中国电影就有希望了。这样的中国人才算站起来了。他将为中国创造出前所未有的文化。假如你想指导他，用儒家文化限制他，是不可能出现这样的学术文化的巨人的。这是头一个问题的答复。

第二，这样会不会使中国不能成为大国？假如学美国，会不会出现印尼和南美的状况？

这里牵涉到一个问题，世界的现代化国家怎么生长出来的。有很沉痛的教训，一个现代国家生长是很艰难的，英国、美国算比较顺利，其他国家就比较困难了。德国、日本、中国，都是在19世纪时就寻求国家的现代化，结果德国和日本半成功，他们的科学技术和工业生产方面成功了，发展很快，经济方面成为强国，中国连这一步也没做到。但那两个国家因为政治制度现代化没有完成，没有真正保障公民的自由，没有建立起民主制度，有宪政之名而无宪政之实，结果成为人类的大灾祸。两次世界大战，全世界付出很大代价，直至"二战"后，德国和日本被强迫现代化，他们才走向了正确道路，成为现代国家。

还有很多留级生，中国是其中一个，南美、印尼也是。他们所以不能成为合乎标准的现代国家，是因为他们没有按照现代文明来引导自己社会的发展。南美受到各种各样思潮的影响，革命思潮、极"左"思潮，等等。也就是说，一个现代社会要发展起来，有几个条件任何国家都必须遵守：第一，要稳定下来，不稳定一切都谈不上；第二，要有法治，司法要独立，要公正，首先破除司法的腐败；第三，要有公民社会，也就是说，不是政府说了算，而是政府官员在舆论的监督下，在公民团体的监督下，让公民团体和个人、媒体不断指手画脚监督政府官员，就能推动政府走向正轨，消除腐败。这样的社会就能慢慢现代化，达到真正的稳定。要监督政府，公民应该有言论、结社自由，个人，单个人的力量是有限的，要组织起来。另外要有司法保障，司法超越政府行政权力和公民个人的某些私利，公正地维护正义。这样，现代社会就能慢慢发展起来。但是一个国家什么时候达到这样的要求，为什么有些国家达不到，要具体分析。南美为什么一下子达不到，为什么稳定不下来，它的司法是否公正，印尼又是什么情况，每个过程要具体分析。总之，这个生长过程相当慢，一般一百年以上。中国到现在将近两百年了，我们希望两百年的时候能达到这个标准。

4. 提两个问题。第一，新旧尊孔派的区别在哪里？第二，您刚才从世界历史发展的大势来立论，除两种之外还有没有第三种，如文化方面的大势？特别是具有普世价值的文化大势，比如宪政文化是现代社会发展的大势吗？刚才您多次讲到欧盟和一体化，后来也讲到一元化，就是说除了一体化，还有多元化。

答： 在我看来，新尊孔派很重要的一点，他们本来是自由派；老尊孔派一般是新左派和国学派。自由派的一部分为什么成为尊孔派？我认为他们精神分裂了，一方面说要宪政，要保障公民自由和法治，但这些离开公民思想文化的自由，宪政能有保障吗？他们想找寻一个思想支柱，以为有这个思想支柱就可以实现宪政，他们认为儒学就是这种支柱。西方有位学者说，我在经济上赞成自由经济，思想上赞成个人主义，文化上赞成保守主义，这是很有名的一个公式。前面两个没有争论，问题在第三条。西方有司法独立和公民自由的传统。他们说尊重传统，即文艺复兴以来甚至更古老的传统，他们保守主义的指向是那些保障公民自由的东西。而我们的新尊孔派歪曲了中国历史，将中国历史本来没有的东西加进来。假如托古改制，把中国历史说成是自由的、宪政的，我们首先要回到这种传统，这是掩耳盗铃，19世纪老早就有人做过了，但成效不彰。他们要用儒学来修改现代社会制度，修改什么呢？是不是修改现在世界公认的宪政制度和保障公民自由的制度？这就有问题了，错误就在这里。

　　一体化是指世界大同，或者一个地区的大同，慢慢将国家的对立减少。过去瑞典和丹麦打得很厉害，法国和德国也是世仇，都是野蛮史的一部分，人类文明已经进展到抛弃这些历史恩怨的时候，减少国家之间的对立，是完全正确的。所以现在他们之间的签证取消了，各国公民可以自由来往，这是个大进步。与此同时，他们保障学术自由和言论自由。这两个自由在英国的光荣革命中就已经解决，那就是多元化。你讲的多元化可能是各国之间结合方式的多元。欧共体是一个方式，现在在东方，东南亚联盟十国加上中日韩三国，是不是多元？跟欧共体有所不同，将来可能慢慢发展自由行，资金可以自由流通。但是不是要成立一个机构，不知道。现在还有个上海合作组织。这些都是多元的。国家之间的关系，只能根据当时的情况，根据各国的历史和政治家的智慧慢慢解决。我认为一体化和多元不矛盾。

　　5. 我提两个问题：老的尊孔派，儒学的核心价值是等级，新的尊孔派的核心是什么？第二，我听说，1949年以后，学术观念思想价值比较明确坚定的都去了台湾，摇摆不定的都留在了大陆，是不是有这样的情况？

答：新尊孔派的核心价值是什么我不知道，因为刚刚浮现出来不久，还要观察，究竟他们葫芦里面卖什么药，还要密切注视。但他们想修改制度，最近要开个讨论会，我也想去参加，看他们想将制度修改成什么样，那时我才告诉你，他们的核心价值是什么。

中国的知识分子的走向，牵涉20世纪中叶以后的思想分野、知识分子的分化。确实有相当一部分人有个问题没有解决，老是将"国家的自由"和集体自由摆得很高，这是中国人的国际地位决定的，想摆脱屈辱的地位。但是他们没有想清楚一个问题，要国家富强，关键在哪儿。关键不在推翻哪个政权，而是严复在19世纪所说"人贵自由"；也是胡适说的，你想救国，先救你自己。意思是先把自己塑造成为自由的公民，尊重公民的自由。从理论上讲，就是1998年诺贝尔经济学奖获得者亚马蒂亚·森所说，自由是发展的主要目的，也是发展的主要手段。马克思主义也说过，理想社会是自由人的联合体，每个人的自由是集体自由的前提。一个理想社会是这样。看看改革开放三十多年的情况，为什么中国经济能够得到很大发展，就是将经济自由还给了公民。不彻底，但是遮遮掩掩地还给公民。

以农村来讲，原来吃不饱饭，一解散人民公社，将土地私有权半遮半掩地还给农民，农民马上吃饱饭。他有自由了，可以自由经营自己的土地。现在社会矛盾很突出，就是对农民的经济自由、土地所有权不够尊重。制度学派的代表人诺斯说，社会转型的关键在于所有权的保障。私有制得到保障和尊重，经济就能够发展。所谓所有权，就是我的财产我有权自由处理。城市里面让居民自由发展经济，就发展起来了，不让他自由，就发展不起来。中国原来规定，不准中国民营资本进入汽车制造行业，中国的汽车就发展很慢，20世纪末才开放，那些民营汽车制造公司发展最快。这是经济自由带来的。所以自由非常宝贵。为什么中国现在还没能出现科学文化上的诺贝尔奖获得者？我认为主要原因之一是从小学到大学没有充分保障自由，不是按照自由公民的教育来教育小孩，让他们敢想、敢说、敢干。

6. 您有一个观点，仁义礼智信应该建立在民主、自由、平等的基础上。这个仁义礼智信还有两个背景词——儒家、宗法社会。但就一般意义上来讲，我的感觉，对于这个政府来说，它最迫切但不一定最重要的任务是建立民主法治的秩序，但对教育来说，它最迫切而且最重要的任务应该是教会学生仁爱、恭敬和顺从。民主强调平等，也意味着取消了人与人之间的差异。学问渊博的袁老师和学问不渊博的陈诗歌一定是不平等的。自由是个很美丽但很危险而且极具诱惑的事物，在现在这个自由思潮如此流行的语境下，如果对学生那么突出地强调自由，那自由是否意味着春药？

答：我想，这是诗人对有关知识的欠缺造成了这些问题。对所有孩子都不能教他盲目顺从之类，但起码的礼貌是中外古今都要的。除此以外，应该从小尊重他的人格，在平等的基础上与他相处，成为他的朋友，他才会接受你的引导。你的问题混淆了两个概念，人格与法律上的平等和尊重每个个体的自由与知识差别，这是两个不同的问题。你将它们混淆了，当然会感到很困惑。你不知道，假如让孩子、让知识不如你的人都服从你，这会产生专制，中国的宗法专制就是这样来的。中国的教育之所以不能启发公民发挥自己的创造性、积极性，也是因为师道尊严要求学生服从，而不是启发引导他们思考问题、寻求知识。我认为这两者不矛盾。

7. 读经这一方面，据我了解，凡成大师者，比如邱成桐，以

及叶圣陶先生，这些大师在童年的时候似乎都有过一段读经的经历。我想经学里面虽然有儒学的糟粕，但每个人去读的时候不见得会接受糟粕，可能还会吸取精华，所以仅仅是因为儒家的等级思想等就（抵制），还是有值得商榷的地方。很多人幼年的积淀在日后会显现出来，这方面我不知道自己的认识还有可改进之处。

答：叶圣陶先生他们那代人因为环境关系不能不读经，邱成桐的读经背景我不知道。我想，对中国的传统文化，其实我自己喜欢，我个人对中国传统的很多东西都读。而且我是教中国哲学的，对这些我必须了解。问题在于，中国的传统文化有致命的弱点，与同时期古希腊文化来比。一，不教人怀疑，不教人讨论。孔子总是教人相信他的教导，苏格拉底则总是教人怀疑；孔子是个伟大的教师，但他的教学方法有这么一个弱点。二，从知识结构来讲，中国先秦的知识有个根本性的弱点，不讲逻辑，没有产生专门的逻辑理论。后来利玛窦到中国，发现中国人不懂逻辑。中国数学有很大的贡献，数学史上有不少成果，但19世纪，曾国藩的儿子曾纪泽奉命为翻译的几何原本做序，他写道，中国传统数学有一个弱点，知其然不知其所以然，没有提出公理和证明的方法，等等。我们热爱自己的传统文化，等于你找一个对象，不但要知道他的优点，也要知道他的弱点。这样才是清醒的。

对中国传统文化要有这样清醒的态度。然后你要考虑，我要培养的人未来是要引导世界文化的潮流的，乃至于各个领域里世界上第一流的人物。这个前提下，就不但要接受中国传统的好的东西，还要接受世界所有优秀的东西。假如我处在你的位置，我会提倡学生读世界各国的优秀读物，不光是读中国传统的文学教材或者儒学作品。中国传统的东西，要是我来选择的话，宁愿选择一些唐诗宋词、比较浅显的儿童诗歌，对他将来的人格陶冶、文字素养都很重要。而且我认为，目前比较迫切的，是要将传统文化从新左派和国学派手中挽救出来。中国传统文化的传承存在问题，语文教育不严格。不知道中小学有没有教应用文。最近看《羊城晚报》三月初的一个讣告，说"尊父某某不幸去世"，"尊父"指的是别人的爸爸而不是自己的爸爸，这里显然用词不当。我最近的一本书《文化：中国与世界》，其中一篇是批评人民大学校长纪宝成的，纪宝成提出振兴国学，但那篇文章可能不是他写的，里面说要"脊续"中华文化。"脊续"二字我怎么也不理解，查了很多字典也找不到，我认为可能是"赓续"，写错了。结果他的手下有个人出来反驳说，这是个通用名词，台湾的学术著作论文里常用。很不幸，他不知道中大中文系就有一个台湾出生、台湾受教育、美国毕业的教授，是我的朋友，我问这个朋友台湾是不是有这个用法，她说没有。我还不放心，请她发个电子邮件去台湾师范大学国文系问问是不是有这个用法。答复也是没有。这说明，中国的语文教育问题很大。让他们多读一些优秀的散文、诗歌好不好？为什么要让明清时候的蒙学教材把孩子们害得那么苦？为什么不让他们读最好的儿童读物？现在应该迷途知返，把精力放在建设书香校园上。

主诗人结语：

时间很快过，几小时过去了，但意犹未尽，尽管袁老师说话还带着方言色彩。我个人经常聆听袁老师的教诲，特别受到他的思想的滋养。我相信他的报告和一般学术报告不一样。有的学术报告就是纯粹地讲学问，袁老师也讲学问，他是个历史学家，但同时他的学问当中总是弥漫着思想的氛围，总是能启迪我们的思想，拷问我们的灵魂，甚至将我们至少将我从蒙昧中拉出来，这种蒙昧有时我们还不自知。所以启蒙真的太重要，需要我们的历史学家和老师来领这个头，也包括语文和其他学科的老师。

今天袁老师讲的新尊孔派兴起的背景，好像没有提到自由派怎么接受这个挑战，但我想，他的整个报告就是一个自由主义的言说。当然自由主义一向受到歪曲，对真正的自由主义在思想文化史上的生命力，其实我们知之甚少。我现在做哲学论文，因为是做马克思主义哲学，所以一直在考察马克思主义和自由主义哲学之间可能存在的关系，比如马克思和洛克的关系。他关于共产主义的论述，显然有着自由主义的背景在。

今天的核心问题是我们如何面对传统。这个学期我们为什么把它提出来？不是为了简单地做一个报告，而是面临着一个时代的问题，我们跳不过去。特别是新尊孔派包括中小学儿童读经，这个曾经被蔡元培用法律废止过的歪风又重新兴起的时候，现在在没有任何法律规范的前提下，一些校长、老师、学者正试图利用现在这样一种相对自由的文化氛围来贩卖传统文化的糟粕。《弟子规》是写得比较差的，但我们奉若经典，《孝经》写得还好一点，不过前不久我在外地看到一个景点，是二十四孝图的雕塑，信奉读经的老师们可以去看看，它到底宣扬的是什么，是怎样残忍的一种文化，要把一个孩子活埋了，去表达他的孝心。这是我们应该承继的东西吗？我们的现代化和现代文明还没有建成，就急急忙忙回头，要回到一个传统的社会去，这个问题实在值得我们冷静下来好好思考。

按说主持人应该保持中立，但我实在有点熬不住。儿童读经是倒行逆施的，是历史的反动，我们应该以法律的形式坚决禁止。这说的是一个公共学校，不是宗教学校，公共学校是不允许一种宗教的东西进入的，这本来是一种现代文明的立场。对读经，我们基本的立场也应该建立起来，进而建立对传统文化的基本原则和态度，如果用一种宗教的立场而且是比较低级的宗教立场来看待并企图复兴传统文化，对一个现代文明还不成熟的国家，所产生的可怕后果是可以想见的，值得我们警惕。当然我的话也可以批判，不过绝对不是在兜售什么。

今天很高兴又迎来了袁老师，让我们用掌声表示感谢。

【第三辑】
现代文明的标杆

中国第一部正式颁布的宪法文件《中华民国临时约法》规定人民享有七项自由：

一、人民之身体，非依法律不得逮捕、拘禁、审问、处罚。

二、人民之家宅，非依法律不得侵入或搜索。

三、人民有保有财产及营业之自由。

四、人民有言论、著作、刊行及集会、结社之自由。

五、人民有书信秘密之自由。

六、人民有居住迁徙之自由。

七、人民有信教之自由。

法治和自由在中国失败的三大因素

　　法治和自由是一个硬币的两面。现代社会中的自由
既是公民的权利观念，又是与法治结合的社会制度的重
要组成部分。它们都是舶来品，却是现代社会正常、健
康运转不可或缺的支柱。尽管从清末的西学古微派，到
当今不少学人煞费苦心，冀图在中国传统文化中找到比
现代西方还要高明的自由，但迄今尚未看到足以服人的
成果。在受现代西方文化浸淫以前，生活在中世纪的中
国人是三纲束缚下的臣民，没有也不可能有现代公民的
自由权利观念，更不用说进行相应的制度建设了。

　　早在19世纪30年代，西方传教士已将有关观念传进
中国。而相关的制度变革过程则是从20世纪第一个十年
的清末新政时期开始的。可是，就中国大陆而言，法治
和自由至今仍是奋斗目标。

　　百年变革，未奏肤功。个中奥秘，耐人寻味。窃以
为以下三个因素是值得人们重视的：

　　第一，民间经济和民间组织的盛衰。

　　大清帝国集中国传统之大成，长期实行中央集权的

专制体制。最后十年却改弦更张，决定废弃皇帝（慈禧太后）及其军机处一元化领导，改变三权合一、没有独立的立法和司法系统的旧体系，着手进行以三权分立、君主立宪为目标的政治体制改革。

有人说，这些都是假的，是妄图苟延残喘的骗局。猜测统治者意图真假，在历史研究领域没有太大意思。重要的是事实。我们看到的历史记录是，《资政院院章》第一条明确规定："以取决公论，预立上下议院基础为宗旨"。从中央的资政院到各省的咨议局，批评政府之尖锐，提出议案之自由，决议之明确，都令后人惊叹。平心而论，上下议院和各省议会的雏形已经浮现。而多次大规模的请开国会运动，正是由各省咨议局联合会领导的。与此同时，在日本学者协助下，先后完成了《刑事民事诉讼法》《大清新刑律》《大清民律草案》和《公司律》《商人通则》等法律的编纂，在程序法和实体法两方面都确立了"注重世界最普通之法则"的现代法律框架，其基本文本且一直为后来的民国政府和共产党领导的抗日根据地和解放区所沿用。20世纪90年代才为中国大陆人民广为知晓的包括隐私权在内的许多个人权利，亦已一一见诸有关的法律条文。虽然由于法官人数不足，直到20世纪20年代县太爷审理案件的现象仍然屡见不鲜，但"司法独立"不但已一再写进清帝国的官方文件，各级审判机构也已陆续在各地建立。

这些情况不是慈禧太后突然大彻大悟造成的。义和团事件招致八国联军入侵和异常沉重的赔款，大清帝国面临改革还是灭亡的生死抉择。在生死存亡的压力下，清政府进行了两项影响至为深远的改革：1. 为了解决财政经济困难，抛弃导致企业老是亏蚀的官办和官督商办的方针，扶植私商。2. 废除科举，建立现代教育体系。

这些改革的成果之一是民族工矿业以年均15%的速度增长。为了工商业正常运作，法治建设不能不摆上日程，也不能不推动工商业者组织起来。这正合力量迅速壮大的工商业者维护自己利益的需要。至辛亥革命前夕，各地商会已达九百余个。这些商会往往还拥有自己的自卫武装——商团。有的商会还办了自己的报刊。以实力为后盾，他们对内政、外交等内外大事，往往直截了当发表自己的意见。

另一方面，出现了人数高达百万的受新式教育的知识阶层，出国留学形成热潮。他们组织的社团和所办报刊如雨后春笋，仅教育会就有七百多个。加上各种公开和秘密的大小不一的政治、学术团体，为数更为可观。各种舆论阵地大都掌握在他们手上。这些出版物传播现代政治、经济、文化观念，抨击时政，此呼彼应，成了不容忽视的力量。

没有这些社会基础的变化，没有民间组织的牵制，不可能出现自由和法治的曙光。

20世纪上半叶，相对而言，以北洋军阀统治时期自由度最大。根本原因是民间经济增长较快，民间组织的力量日益壮大。没有民间组织的压力，五四爱国运动中北京政府不可能作那么大让步。1921年6月6日中华全国报界联合会致函国务院："民国三年所颁行之出版法、治安警察法、预戒条例及民国八年所颁行之管理印刷业条例等，对于言论、出版、集会种种自由加以限制，显与《约法》冲突。征之法理……佥谓在《约法》范围内，该出版法等，当然无效。公同议决，以后关于言论、出版、集会等绝不受其束缚"。这是中国人争自由的重要文献。如此勇气正是来自民间组织的力量。

自由和法治是怎样丧失的？20世纪20年代国民党闹"国民革命"，要"以党治国""党化司法"，"党化教育"……总之，它要领导一切！以1924年镇压广州商团为开端，不容在其控制外的重要民间组织存在。1927年后，更把这一套推向全国，公民自由和法治就奄奄一息了。

第二，革命组织向民主政党转型的过程有没有完成。

民国时期，军阀混战，神憎鬼厌。政争诉诸武力，法治荡然无存。人们说这是北洋军阀的罪恶。他们当然罪大恶极。可是，揆诸史实，法治中断，转向武斗，是由国民党开其端的。

1912年12月中旬至1913年2月上旬举行第一次国会选举，国民党成了两院的第一大党。宋教仁及其他国民党领袖力主实行政党内阁，深为袁世凯忌恨。3月20日晚，宋教仁与黄兴到上海火车站乘车赴南京，宋被人连放三枪，击中要害，至22日凌晨抢救无效。

宋教仁之死无疑是对国民党的一大打击，但如处理得当，未尝不是揭露袁世凯及其追随者的罪恶，推进民主、法治建设的一大机会。

面对这一突发事件，国民党内外存在着法律解决和武力解决的激烈分歧。

当时民国初建，出现了20世纪中国罕见的政务比较公开、司法相对独立的年代。江苏都督程德全、民政长应德闳在收到租界会审公堂移交的证据后，把罪犯应桂馨和国务总理赵秉钧、内务部秘书洪述祖之间来往的秘密电报和函件的要点以"通电"的形式向海内外公布，把罪犯与袁世凯及其追随者的密切关系暴露在光天化日之下，迫使赵秉钧不得不发出公开电报为自己辩解。与此同时，上海地方检察厅也公开传讯在位的国务总理赵秉钧。虽然赵氏拒绝到上海应讯，但一个地方司法机构传讯总理和地方官员，公布政府最高官员与杀人罪犯密切来往的证据，真不愧为20世纪中国司法史上空前绝后的大事。在社会舆论的强大压力下，袁世凯被迫批准他辞去总理。这个过程说明，遵循依法追究的原则，案件本身固然可以得到某种程度的解决，而人们法治观念的提高和国民党威望的上升更是难以估量的。

可是，孙文没有选择依法解决的途径，不顾力量对比悬殊，决定武装反抗，发动"二次革命"。不但全军迅速覆没，而且国民党籍议员资格被剥夺，两院因不足法定人数而瘫痪。失去国会牵制的袁世凯从此一步一步走向龙椅。梁漱溟是老同盟会员，辛亥革命后当记者，出入国会，认真观察过民初政治生态的变化。1922年1月，他在山西一次公开演讲中说："现在很清楚摆在外面的，就是武人势力的局面……至于说到助长这种武人势力的原因，却不能不责备革命先辈，他们无论如何，不应用二次革命那种手段。二次革命实在是以武力为政争的开端。"

这不是某个人的失误，按其实质，是一个革命组织在推翻专制政权后，没有及时果敢地向民主政党转型的恶果。后来中国人因此吃尽苦头，国民党也屡遭挫败，甚至腐朽不堪，真可谓误国、害民、辱己。

第三，坚持狭隘民族主义，还是勇敢地"与世界接轨"。

19世纪、20世纪中国有个很不好的传统：以民族性对抗现代性。法治和自由所以没有成为多数公民的共识，向西方学习（所谓西化或夸张至极的全盘西化）一再成为罪名，说到底是历史包袱太沉重了。

辛亥革命是革命派和立宪派合力的成果。民国成立，前者的领袖孙文竟反复宣扬，民族、民权已经实现，只剩下民生主义尚未完成，集中力量修二十万里铁路就行了。其政治认识之低，令人吃惊。后者的思想领袖是梁启超。他忙什么？念念不忘"发扬淬砺""特异之国性"！归纳起来是：报恩，明分，虑后！两者殊途同归，都忘了法治建设和自由的保障才是现代社会的根本。孙氏是民主革命的公认领袖，梁氏则是当之无愧的第一代启蒙大师，领袖群伦的人物尚且如此，夫复何言！

以上情况表明中国的政治家和知识阶层对现代社会了解太少，介绍和普及现代社会和现代国家的基本知识即启蒙的任务还远远没有完成。不要被民族性蒙住双眼，勇敢地"与世界接轨"，这才是中国走向健康发展的必由之路。

有些时贤热衷讨伐启蒙，恐怕不应忘记这个基本国情。

2001年5月10日

刊载于《明报月刊》2001年6月号

中国国民资格考

　　"先神命之，国民信之。"（《左传·昭公十三年》）两千多年前，国民这样的字眼已经出现在先秦的历史文献中，而且把"国民信之"看作统治合法性的标志之一。可是，几乎在同一时代，又有"溥天之下，莫非王土；率土之滨，莫非王臣"（《诗经·小雅·北风》）的教导。后者正好给前者的民本思想作了准确的注解：中国人与生俱来的身份是臣民。确认这一条非常重要。它提醒人们：千万不要因皇上一时高兴说几句故作谦逊、开明的门面话，就忘乎所以！君不见历代为此掉脑袋的书呆子不知凡几！中国社会的基本架构是三纲，从法律到风俗习惯都是按照这个基本架构建构起来的，这是绝对不能忽视的基本国情。

　　时至20世纪，大清帝国快要混不下去了，事情才有转机。1910年10月，作为国会雏形的资政院开始运作。12月讨论《新刑律》草案，在宪政编查馆任职的杨度作为"政府特派员"两次到资政院说明制定这部新法律的因由，说了好些至今仍能振聋发聩的绝妙好辞：一个国家"当未成法治国之前，无不为家族主义……故此四万万人中并无国民，只有少数之家长而已。"要摆脱这种状况，必须改变臣民的状况，"非使有独立之生计能力不可；欲使有独立之生计能力，则又非与以营业自由及言论各种自由不可……此即新律之精神及主义之所在，即与旧律之区别所在。"这就是"宪政之精神也。"[①]基于这样的认识，大清帝国制定、通过和颁布了《新刑律》，并大体被中华民国历届政府（包括共产党领导的抗日根据地和解放区）沿用至1949年。[②]

杨度的说明体现着清政府推进中国法律现代化的指导思想，揭示了依法治国、宪政和享有"营业、居住、言论各种自由权利"[③]，是现代国民（公民）存在的不可缺少的条件。不享有充分的公民自由，就没有名副其实的国民；而这些自由只能靠法治和宪政才能得到切实的保障。他特别申明，这不是他个人的认识，而是推行新政过程中不同观点争论多年才得出的结论，并且是贯穿今后政治、法律和教育等领域的根本指导思想。

一个以专制、腐朽著称的大帝国的政府有这样的认识不是偶然的。这一方面是历时几十年的思想观念变革的成果。从1842年魏源编著《海国图志》赞扬西方文明开始，历经郭嵩焘等先驱明确表示中国礼义教化已经落后于西方而遭诬陷；马建忠在19世纪70年代留学法国，领悟并向李鸿章报告现代文明的真谛是"人有自主之权"；整整半个多世纪的风风雨雨，插入英法联军、甲午战争和义和团事件三大国耻，朝野上下才不得不承认中国传统文化和社会制度落后是中国积贫积弱的根本原因，唯一的出路是按照西方现代文

---

① 《杨度集》，湖南人民出版社1986年版，第528-529、533页。
② 参阅拙作：《刑法的变迁与20世纪中国文化的若干问题》，《中国现代思想散论》广东教育出版社1998年版。
③ 《杨度集》，第532页。

明的模式，改造中国社会的运行机制，从而推演了十年清末新政。

另一方面，这是社会条件变迁的必然要求。甲午战败特别是义和团事件后被迫转向扶植私人经济，建立新式教育制度直至废除科举。于是，壮大起来的商人利用原有社团或组织新的商会，维护自己的利益。而逐渐形成的知识结构与观念同士子迥异的知识分子群体，也用办报刊、组织各种社团等方式，要求改变宗法专制政体。中国社会的精英阶层不愿再在旧体制下做恭顺的臣民了，迫使统治者不能不变。

辛亥革命，中华民国成立，在字面上国民成了中国人堂堂正正的身份。中国第一部正式颁布的宪法文件《中华民国临时约法》规定人民享有七项自由：

一、人民之身体，非依法律不得逮捕、拘禁、审问、处罚。

二、人民之家宅，非依法律不得侵入或搜索。

三、人民有保有财产及营业之自由。

四、人民有言论、著作、刊行及集会、结社之自由。

五、人民有书信秘密之自由。

六、人民有居住迁徙之自由。

七、人民有信教之自由。

应该说，按照现代文明已经达到的水平和国际公认的标准，这七项自由都是国民这个称号缺一不可的内涵。不过，尽管经过多次战争，杀得血流成河，国号改变，《宪法》更迭，乃至敲锣打鼓，欢庆"当家作主"，但一直到20世纪结束，虽然宪法文本上不吝宣告公民有一大堆自由，但口惠实不至，中国人仍然是几乎每一项个人自由均残缺不全甚至被剥夺的所谓国民。而在居住迁徙自由和人身自由这两方面，占人口绝大多数的农民的处境更差，成了二等公民中的三等贱民！

中国人有理由追问：为什么我们总是得不到我们理应得到的东西？前些年流行过一种解释："救亡压倒启蒙"。可是，检视历史，恰恰是国难当头之际，自由、民主的呼喊最为强烈。

愚意以为以下三大原因阻碍中国人得到现代公民应有的自由权利，从而不能上升为完全意义的国民：

第一，制度建设的误差。

1912年3月11日临时参议院通过并公布了《临时约法》，第二天，著名政论家章士钊立即撰文揭露它没有解决公民自由的保障问题："《约法》曰：'人民之身体，非依法律不得逮捕、拘禁、审问、处罚。'倘有人不依法律逮捕、拘禁、审问、处罚人，则如之何？以此质之《约法》，《约法》不能答也。"[①]其他各项自由的保障也莫不如此。这一重大问题在20世纪中国一直没有得到合理解决，为"不依法律"和制定恶法"依法"侵犯公民自由留下制度漏洞。与1791年批准生效的美国宪法修正案国会不得制定剥夺人民宗教信仰自由、言论或出版自由和保护人身权、财产权等严格规定相比，显然相形见绌。这是中国以日本为中介引入大陆法系带来的后果。

这个制度缺陷加上中国自古以来就没有司法独立的传统，不可能为新的司法制度储备相应的人才和道德风向，使问题更为复杂和严重。梁启超出任袁世凯政府的司法部长，碰到一个非常尴尬的问题：老百姓认为由那些没有受过法律专业训练并有足够的经验和职业道德熏陶的法官组成的表面独立的法院，反而不如传统的由行政官员兼理司法来得公正。于是，有些地方只好暂时撤销法院，依旧由县太爷等行政官员审理案件。靠这样的司法系统去保护公民的

---

① 章士钊：《临时约法与人民自由权》，《章士钊全集》，文汇出版社2000年版，第2卷第85页。

自由，不啻缘木求鱼！辛亥革命后，北洋军阀政府固然肆意践踏法治，打着护法招牌的南方政府也是一丘之貉。在20世纪的中国，从国务院的总长到国家元首的人身自由尚且得不到切实保障，遑论平民百姓！

第二，民间社会备受摧残。

由开明的统治者恩赐的自由是不可靠的。随意给予的，亦可随时收回。清末特别是民初中国人所以能享有前所未有的自由，决定性的因素是民间社会力量强劲并在继长增高，牵制着统治者不敢轻举妄动。可是，进入20世纪20年代特别是1927年以后，国民党蓄意控制民间社团，取缔言论和集会结社自由，情况就每况愈下了。新中国成立，独立的民间社团被彻底摧毁，私营经济被铲除，个人自由被目为必须坚决清除的"资产阶级"病毒，中国人一一被迫成了"驯服工具"，去哪里寻找有充分个人自由的国民？

第三，"革命"的误读和迷恋。

20世纪特别是1927年以后的上述失误，从认识上说，与对"革命"的误读和迷恋息息相关。即使是真正以身许国的革命者，他们对民主、自由也往往停留在美好向往，而对其思想和制度内涵缺少系统、深切的研究。他们把夺取政权和领导权等同于革命，一个经典的说法是"革命的基本问题是政权问题"，仿佛权力到了自己手上，天下从此太平！反对者要是掌握了权力，神州就会陆沉！连篇累牍的"革命文献"不过是夺权秘籍，说几声自由、民主不过是争取民众帮助自己夺权的策略。

出于对革命就是夺取和巩固政权的误读，国民党祭出的法宝是把党团扩展到包括大中小学在内的社会各个角落，后来是恢复传统的保甲制，冀图从组织和思想两个方面严密控制一切，以免异己力量威胁和夺取已在自己手中的权力。要是说1927年以前的民国政府还保留着三权分立的架构，打从国民党夺得全国政权以后，便把它抛到九霄云外，建立"以党治国"的党国体制。与此同时，严密的书报检查制度则把言论出版自由取消殆尽。于是，具有现代公民权利的国民就在中国大陆消失了。

对革命的又一误读就是为了集体利益可以牺牲个人的自由。首倡者是孙中山，后继者亦步亦趋。回首百年中国，其是非得失已经洞若观火。

《临时约法》规定的个人自由的重要内容之一是："人民有居住迁徙之自由。" 中国农民不是至今仍然受到不能自由迁徙的困扰吗？他们当初为什么会被牢牢钉在狭窄的家乡土地上？1958年"大跃进"带来大饥荒后，为了集体利益——渡过难关，城乡户口彻底分离，农民要进城自由谋生就比登天还难了！

《临时约法》规定的个人自由的又一重要内容是："人民有保有财产及营业之自由。"宪政发展史上有里程碑意义的美国宪法1791年生效的修正案规定："未经正当法律手续不得剥夺任何人的生命、自由或财产；凡私有财产，非有相当赔偿，不得占为公有。"在所有现代化国家，这些内容已经成为众所周知的国家存在、发展和繁荣的基础。为什么还有几千万中国人至今仍没有解决最低限度的温饱问题？为什么土地征用、房屋拆迁一再成为今日中国社会矛盾激化的导火线？更高一个层次的问题是：为什么经过一百多年的折腾，中国还是没有摆脱不发达状态？最深层的原因就是"人民有保有财产及营业之自由"这个个人自由一再被剥夺。官办垄断企业、打土豪分田地、"一大二公"的农业集体化……冀图通过如此等等的革命行动实现"共同富裕"，收获的却是共同贫困。

从哪里失掉的，只能从哪里捡回来。要想让中国人特别是农民成为完全意义上的国民，根本出路在于逐步壮大民间社会的力量，坚持不懈让中国人懂得哪些是现代公民不可或缺的自由权利，致力于从制度层面上建立和健全法制和宪政，切实保障公民的个人自由！

2003年8月26日星期二
刊登于《澳亚周刊》2003年10月号

现代化社会中的个人价值选择
——2006年6月12日在蛇口中远集团的报告

主持人：我们企业开办"大家"讲坛，不是模仿电视台作秀，而是因为我们人生中总会面临深层次的人生导向和抉择，因此邀请社会上比较知名的大师，希望从他们的字里行间得到能得到一些熏陶，提高我们的综合素质，这是一个主要的目的。今天我们请来了中山大学哲学系教授袁老师，袁老师在中国近代史方面非常有建树，今天请袁老师讲的主题《现代化社会中的个人价值选择》，请大家欢迎。

演讲部分

今天非常高兴有机会跟大家交流，今天我讲的题目是《现代化社会中的个人价值选择》，我想讲三个问题：第一个问题，中国现代化的机遇；第二个问题是我们面对的传统。现代化过程里面一个很大的问题，就是如何认识和对待传统；第三个问题是个人的选择；讲这三个问题，我大致上讲两个小时左右，留出足够的时间让大家提问，因为不知道，我讲的是否适合大家的需要，大家还想了解什么，所以就留出时间让大家提问，我尽可能给大家解答，那样可能更适合大家要求。

那我们现在就开始讲第一个问题，中国现代化的机遇，我们讲个人的选择，我想到一个很重要的，也是最主要的命题，中国怎么实现现代化，那这个问题不是新问题，是一个有200年历史的老问题了，从19世纪开始，我们就碰到这个问题，但是这个过程走得非常地艰难，一直经过200年，我们还是在奋斗。为什么会走得那么艰难？这个很多人在探索，我们以后要走得顺当一点，有必要总结经验，所以首先就要解决一个问题，究竟什么是现代化？这个问题从世界范围里面来看，有很多很多解答、很多答案。可能大家会发现一个现象，各地方都在积极计划，说我们这里要经过多少年就实现现代化，或者进入小康，这样的规划很多，深圳好像规划是五年，那他们有一个特点都是GDP作为一个主要的指标，我们人均3000、5000美元乃至1万美元是否实现现代化了，那这些方面的追求很多，另外也有很多人，包括国外的一些学者，也制订很多指标，那这个指标包括各个方面的，比如总的经济结构应该是怎么样，也就是说，应该是比重要占多少这一类的东西，人流动性要比较大，城乡差别要比较小等等很多指标，有些有10个，有些有20个，这个在网上能够查到。但是我认为最主要的应该是社会制度的现代化，这是一个关键性的问题，就是说世界最先实现现代化的是西欧、北美。那为什么他们会成为整个现代化的一个领导者？关键在哪里？有人说是由于他们实现了工业革命和产业革命等等，那些都没有抓到要害，要害就是他们的社会制度、社会结构适合现代经济的发展，对人的创造性的发挥，整个社会的规划提供了最好的制度环境，这个才是一个最关键的问题。这个从中国的经验来讲，不要讲得那么远，就从19世纪开始，我们一直从国外引进工厂，引进各种各样的设备有很多了，但是一直都不行，一直碰钉子，关键是一个制度的结构上面，任何国家发展都有一个过程，都是从中世纪前现代社会发展到现代社会，但是有些不行，原因在哪里？也就是在它的制度上。

究竟现代社会的制度特点主要在哪里？一个美国学者提出三条，我认为这个是最关键的，这三条说得很简单，但是真正实现相当艰难，第一条就是市场经济，第二条以民主政治为基础的法制国家，第一个是经济基础，第二个是政治基础，第三条思想文化上，个人主义，或者说个人独立主义，就这三条，说得非常地简单，但是非常关键，为什么是这样讲呢？因为这三条就是一个社会自我更新功能的最强大的制度基础。

那首先从第一条讲起，为什么市场经济那么重要。很简单，中国搞建设搞得很多，200年的经验，真真正正发展得比较好的，大致上是20世纪头三十年和后二十年，一半的时间发展得比较好，中间的五十年不能说没有成绩，但是浪费很大，损失很大。为什么这样？头三十年，他们总结了一个经验教训，从清末新政，清政府真正开始改革，大清帝国的最后十年，那个十年，在中国历史上是相当辉煌的一段，那一段为什么相当辉煌呢？很重要的一个原因也是总结了19世纪的经验，19世纪以后，将太平天国打败以后，从1865年开始，洋务运动，当时讲自强运动，那个自强运动比明治维新还要早几年，明治维新是1868年，还要晚两三年。那大家同时起步，最初起步的时候方法差不多，都是政府拿出钱来办企业，官办企业，一直到19世纪70年代的时候，都发现一个问题，就是这些官办企业都是亏本的，政府负担不了那个这个，没有贴补这么多的钱，就是全世界的政府办的企业一直到现在为止，大部分是办不好的，少数是办得好的，比如新加坡的有些企业，那是因为他们人口很少，是一个城市国家，并且都是大公司，在这样的基础上，有些企业办得不错。原来说法国有些国有企业也办得不错，但是后来也是包袱很多。那么全世界的各种企业比重大致上多少，平均是占10%左右，还有一些国家大概23%左右，那有一些发展中国家国有企业比较多的20%、30%，中国那个时候就很多了，到现在为止，好像还占40%左右。那么1997年，文件上没有写，那个时候听说是提出一个目标，希望经过几年的努力，降低到20%左右，但是这个目标好像还没有实现，特别是一些大的垄断的企业解决不了。为什么政府办企业就会办不好？我想大家知道肯定比我多，这个不用讲了。那么反过来，私人办企业，为什么办得比较好？19世纪70年代，一个广东香山人，叫郑观应的，是孙中山的前辈了，他在19世纪70年代提出来，私人办企业不用给他讲质量和市场，必然要精益求精，因为是身家性命所在，搞不好就破产，他当时提过这个意见，但是没有人听。而日本也碰到这个问题，财政支持不下去，但是怎么办呢？日本采取的办法就是将这些国有企业卖掉，那卖掉的话也许会很便宜卖掉，包括现在还存在的三菱，三菱当时办轮船、交通，办船务，政府将他本身拥有的轮船卖给三菱，卖给三菱很便宜，还要继续提供很多补贴，当时是很大的工厂，跟我们现在差不多，国有资产流失，造成很大的风潮，到1880年，日本政府不为所动，还是制订一个国有资产出卖的办法，私人资本就发展起来了，这个国家就强大起来了，但是大清帝国，包袱很多，没有人敢做。所将国有的企业卖掉交给私营，当时有少数人提出这个主张，但是政府没有接纳。当时究竟要不要学西方，甚至要不要修铁路，都要辩论几十年，那样的一个状态，经过义和团事件以后，清政府痛定思痛，感觉到中国再不变，就要完蛋了，结果就积极支持私人工商业的发展，这个发展就是与扩大老百姓的自由结合在一起。我们原来在19世纪想办一个企业，都要经过政府批准，甚至经过朝廷政府批准，那个时候政府最大量的有几项，第一是鸦片，除了鸦片以外，政府最多的是棉布，那很多人都讲，我们自己办纺织企业行不行，但是政府不批准，交通也很赚钱、轮船也很赚钱，但是政府就是不批准老百姓来干，那么到了20世纪第一个十年，到那个时候才办，那个时候成立招商局，现在的这个招商局是那个时候留下来的，那个时候是19世纪80年代才开始办招商局和轮船，以后各个省都办招商局，就是支持私营企业的发展，那个时候是这样。

所以在20世纪前三十年，整个中国的经济发展算是比较好的，大家都说，中国现在年均的GDP，改革开放以来是9%左右，去年达到10%左右，今年初也是10.2%，结果大家就说过热了。但是就是抗日战争前期，光是从经济上来讲，国民党企业还没有发展起来，就是让大家自由发展经济，结果那个时候经济增长速度达到多少呢？就是年增长7%、8%左右，这个是很高的速度，当时有一个背景，当时世界经济大危机，很多国家是倒退，倒退很厉害。但是在国民党统治下面就能够发展到8%左右，上海是远东的经济中心，那个时候香港根本不在话下。这样的一个状况，政府没有起多大的作用，关键在哪里？关键就是市场经济自发在起作用。

那就有这样的一个问题了，我们搞十几年以后，也发展了不少的力量，也付出了非常大的代价，那个时候没有经验，就是希望不惜一切代价，把国家的国民经济搞上去，但是我们就是一个理想，就是学苏联，苏联所谓几个五年计划的成就，报纸上也吹得很厉害，苏联也吹得很厉害，西方资本主义多少大危机，经济不断萧条，有时候发展，有时候倒退，苏联不同，好像每一个五年增长多少，那个时候盖子没有揭开，中国人一直认为要学苏联，甚至马寅初这些很有名的经济学家，也认为经济上学苏联是没错的，包括后来很多当了"右派"的人，20世纪40年代都提出来，在政治上要自由，当然经济上要计划经济，都认为这条路是正确的，1949年以后我们学计划经济，这个不能怪某一个人，在这个思潮下面，那我们就搞经济建设，结果还是走弯路。盖子没有揭开，苏联那些东西根本就站不住。苏联到现在这几年才刚刚开始恢复。中国也是这样，这几十年不是没有成绩，但是基础很不稳固，这二十多年之所以会取得比较大的成绩，其实就是因为有了市场经济，逐步采纳了市场经济，所以现代社会在哪里？首先就是你是否坚持市场经济，那今天我们来讲这个，也许有人会说这个是大家都知道的东西，说你是废话，是否今天就没有必要重复这一条呢？其实不是。为什么是这样？这里面就关系到最近一次大辩论，2004年8月开始，香港中文大学有一个教授郎咸平以科龙集团作为切入口，说你国有资产流失了，当然他也有他的道理，因为郎咸平的学术背景是什么呢？他是做企业财务的，所以他对财务很熟悉，对科龙集团财务上的问题很快清楚了，但是看到一点以后就得出一个结论，国有资产大量流失，所以过去那个改革方向不对，不应该将国有企业私有化。那应该是将原有的国有企业搞好就行了，不要搞什么国有企业的改革，他说国有企业的改革应该停止，他基本论调是这样，从一个企业乃至其他的各个企业，他就是从个别变为一般性的结论，国有企业改革应当停止，从那个时候开始，有一股全面否定改革的风潮，再加上医疗改革大家意见很多，教育改革大家意见又很多，那么在这个基础上，中国社会科学院原副院长刘国光说，我们的整个经济学界的问题，没有坚持马列主义，都给西方经济学占领了，那这个争论一直延续到2006年年初，它的核心在哪里？这个争论的核心就是你要不要坚持市场经济方向的改革。

按照郎咸平的说法，不应该改革，但同时很多经济学家指出来，实际上那些问题不是不存在，个别企业有这样的问题，但是这个恰恰是市场经济改革没有搞好，没有坚持下去造成的恶果，而不是这个方向的问题，大家知道情况的人都了解，科龙集团的问题在哪里？是从乡镇企业发展起来的，它的病在哪里？就是国有企业病，是地方政府的股份，但那些高层不是完全按照市场经济的办法来经营的，它所有的零部件都是高层甚至中层的管理干部自己的亲属办的厂，这个厂的采购零部件上他的亲属厂里面采购等等这些很腐败的东西很普遍，不是按照真正的市场经济来办厂，在竞争力上、在质量上面当然没法保证，这个不是市场化的问题，而是没有真正坚持市场经济酿造的后果。郎咸平在个别问题上是对的，在总的方向上是错误的。所以这个改革开放实际上就是因为我们没有一套完整的理论，所以邓小平才提出来要摸着石头过河，邓小平可以讲是20世纪中国的政治领袖里面功劳是最大、最杰出的一个。他两次重大决策，将中国从死胡同里面挽救出来，第一个就是20世纪70年代末，中国一定要改革开放，把中国从"文化大革命"结束以后，国民经济在崩溃的边缘挽救出来，而且他伟大的地方就是1987年，那个时候争论市场经济的方向对不对是最多的，还是以计划经济为主，市场经济为辅，后来就讲社会主义的计划经济指导下面的市场经济，但是争论到1987年，他就说不对了，什么计划、什么市场都是方法的问题，你们不要争论这个东西，反正有用的就可以拿过来，都可以用，计划也可以用，市场也可以用，这个是保证改革开放初期保证中国前进的。

第二次是"八九"风波以后，那个时候很混乱，那个时候有的人将矛头指向私营经济、个体经济，说你私营经济、个体经济发展起来要好好处理，要让他们倾家荡产，如果将个体经济、私营经济倾家荡产，那基础就退后了，那中国的私有财产出现混乱，有一些人发家的意识有一些问题，不是那么清楚，可以讲有一些违法，你在历史上去理解，应该是可以理解的，就是一个特定历史时期的现象，问题是一定要引导解决。正在这个关键时刻，邓小平又一次指出来，还是要坚持改革开放，还是要坚持市场经济的方向，不要去争论姓社、姓资，这些是没有意义的争论，什么市场、什么计划那么都是没有意思的，保证中国继续向前进。

那这些争论都是邓小平自己决策的，非常了不起，这个说明什么东西呢？更深层次的思考，就是你对整个世界发展的前景怎么考虑。我们在座的可能是企业的骨干，但是中国处在一个大转型的年代，将来成就大小，首先就是你的眼光，对整个世界成绩的把握，对历史发展成绩的把握，你是不是比较准确、站得比较高？站得高一点看，邓小平讲的不要争论姓社、姓资，这个问题就是20世纪历史经验的总结，在中国范围里面，他是一个了不起的人物，但是从世界范围来看，这个情况究竟怎么样？从世界范围来看，应该讲，从20世纪30年代开始，那个时候全世界都在争论社会主义还有资本主义走什么道路，实际上那个时候开始，社会主义和资本主义开始融合了，那个时候开始应该讲，如果你是站得很高的理论家和思想家，你就会有一个结论，社会主义和资本主义那个争论，应该有一个结论了。为什么这样讲呢？在那个时候是资本主义碰到一个很大的危机，就是1929年开始到1933年世界经济大危机，还有经济大倒退，倒退了30%、40%，一方面苏联的五年计划，但就是在那个倒退的基础上，美国罗斯福总统上台，他上台以后就实施所谓新政，他那个新政吸收了很多社会主义方面的一些优秀的东西、成功的东西。特别是吸收了凯恩斯经济学的一些精华，那他那个所谓新政就是将计划和市场结合起来，同时政府也对老百姓的最低生活保障负起责任来，通过几年的实践，在1946年，罗斯福就提出一个主张，他那个主张是说，我们要捍卫的是面对希特勒的国家社会主义，在全世界有种族屠杀，提出一个纲领，就是要实行四大制度，这四大制度，一个是社会制度，一个是人类制度，一个是应对控制的制度，第四个是面对匮乏的制度，所谓匮乏就是贫困，没有足够的生活资料。这四大制度，那我们是否可以这样讲，他就是人类历史的一个很好的总结，总结了从文艺复兴运动以来的那些精华，就是要将西方的社会从中世纪带向现代社会，反抗中世纪的专制统治，有言论自由、生活自由，反对那些神权的统治，反对世俗政权专制统治。那以后希特勒的国家社会主义上台了，那他们搞种族屠杀，搞思想统治，法西斯主义的一个特征就是意识形态的统治，要制造意识形态的恐怖，简称纳粹，有违反国家社会主义的主张，那就要威胁到你的安全。那在这样的情况下，人类要保护自己的文明，就提出一个主张免予控制的制度，那这个里面也是针对苏联的，因为苏联不是真正搞社会主义，他是继承了俄罗斯的专制主义；沙俄的专制主义，那个时候搞"大清洗"，杀了很多人，据说杀了100万以上。第二次世界大战初期，为什么输得那么惨呢？是因为很多将军都杀了，中央委员的70%以上都杀掉了，制造恐怖。免予匮乏的制度，希特勒的国家社会主义有一条，他们对工人建设，组织工人文化娱乐活动，组织他们旅游，组织他们去修养，关心工人福利，同时他以关心国家利益为借口，比如德国第一次世界大战打败了，我们要摆脱这种状况，我们就能够复兴德国，那这样的情况下很有欺骗性，为什么屠杀犹太人，侵略外国，那么多人跟着他呢？他鼓动民族情绪，他说我们是世界上最优秀的民族，犹太人是糟糕的民族，在这样的情况下就跟随他了。

那跟他们针锋相对的，一个民主国家，一个自由国家，我们免予匮乏的制度，比你们做得更好，既保持好的方面，又提出社会主义的东西。社会保障制度是德国人先开始搞的，是俾斯麦开始搞的，从俾斯麦开始到希特勒，到斯大林为工人阶级做的反动行动，罗斯福都是总结下来的。那这一条就是保证在第二次世界大战那样严酷的斗争里面，反法西斯阵营取得胜利，取得胜利以后，联合国就一连制订了好几个国际人权公约，其中第一个就是1947年的世界人权公约，世界人权公约里面，就把这四大自由写到里面去了，所以说这四大自由是人类的最高的愿望。到1966年的时候，联合国又通过两个人权公约，一个叫做《经济和社会权利公约》，一个叫《公民权利和政治权利公约》，开宗明义就是四大自由写进去，那邓小平肯定的东西也就是将社会主义和资本主义融合了，将这些东西肯定下来。

让这个指导我们中国的改革，不要再去争论姓社、姓资，不要去争论计划还是市场。那这一个决策，我认为是非常的英明的，我不知道你们听完了以后会怎么样，也许会反驳，说你这个老师在鼓吹自由化的那些东西，鼓吹资本主义那一套，那我可以先给你一个定心丸，我这样讲是跟中央保持一致的。为什么这样说？大家有没有注意到，1997年、1998年，中国政府就在两个联合国公约上面签字，一个是联合国的社会经济公约，公民的社会经济权利国际公约，没几年就批准了，这是人类的共同愿望。这是1997年的，还有1998年的，但是到现在没有批准，没有完成法律手续，因为还要全国人大常委会批准。领导人一再表态，我没有批，不是说这个不对，而是说我们以前有一些条件不具备，所以我们正在积极研究，准备批准。那么先将大家从思想上明确，这是对的，这是人类的经验总结，所以这是跟中央保持一致的。所以不用紧张，我们就是要坚持市场经济的改革，那什么是现代社会？首先就是要市场经济。

第二个标准，就是以民主政治为基础的法治国家。一个法治国家，法律至上，那要上到什么程度？就是说这个法律要做到除了方便以外，还要是最高的。那要做到这一条，也就是我们所讲的，中国共产党要在宪法和法律基础上实现自己的领导，那这个里面就有一个法制的问题，不是人治，是法制的问题，那这个里面什么是法制？法制的一个核心就是保障公民自由，把人权和公民的自由放在第一位。这个是我们整个世界历史经验总结。因为人类，各个国家，任何民族，最初都是很野蛮的，20世纪是人类历史上发展最快的世纪，但是也是最残忍的世纪，两次世界大战死了多少人，那这个里面总结出来一条就是要人的自由，1998年的诺贝尔经济学奖获得者是印度的一个经济学家，叫阿玛蒂亚·森，这个教授有很重要的论点，就是自由是发展首要目标，又是发展的主要手段，这句话很重要，人类要扩大自己的自由度，为什么？我们要发展经济，我们就是要跟自然斗争，在这样的情况下取得更大的自由，这个很简单的道理，不用解释了。但是另外一个方面，我们发展经济也好，过去千百年来，最主要的一条就是要扩大人的活动的自由度，让人生活得更好一点。这个里面有思想上的问题，思想上的自由问题，有经济上的自由问题，各个方面的问题。二十多年的改革开放，我们的成败都在一条就是自由度，这个怎么讲呢？改革之前，我们没有饭吃，因为农民的种地自由都剥夺了，什么时候插秧，什么时候播种，种什么东西，全部由县里面统一规定或者公社党委统一规定，生产队长具体指挥，老百姓没有生产上的自由，没有经济上的自由，你自己要搞一点家庭副业，那是资本主义尾巴，要割掉，一个自由化就没有饭吃，可见那个时候的人非常的压抑了。财产的独立，经济的独立是整个个人自由的基础，没有财产独立，你个人自由就没有了。这二十多年的发展，农村将经济自由还给农民，还是那一块地，就有饭吃了，有钱花了，但是后来，农民要搞一点商业就打击，打击投机倒把，又剥夺了农民的自由，制造了很多的冤假错案。中国现在要是说还没有出世界一流的大企业家、大财团，有各种各样的原因，其实最根本的就是自由度不够。我举个例子，很多行业原来是只给外资，不给中国人，这个自由度不够，那中国的经济发展也受到限制，还有一条，现代社会的核心是金融，金融到现在都没有开放给民营资本的，那中国要发展成为世界一流的国家，你如果不给他自由，那怎么行？现在有些民营企业家也鼓吹造飞机，但是只准几个国有企业去造，如果开放，让民营企业自己造飞机，我想很快就能造出来。你在西方，什么导弹、航天飞机，很多都是私人造的，为什么人家国家经济就行呢？现在汽车业，最近要出口的是吉利、QQ汽车，你开放给他，他资本是最少的，最没有钱的，但是说不定将来中国汽车最有希望的就是这些民营企业，所以我一再强调自由度，自由是发展经济的目的，并且是主要手段，什么东西都捆住手脚，就没有办法。

现在讲创新中国，中国要建设一个创新国家，广东要建设一个创新省份，关键在哪里？一个创新国家，不从根本上的制度改造开始，行吗？从幼儿园开始，小学开始，排队要排得整整齐齐，不准乱动。那些小男孩不打架是不行的，小时候男孩子没打过架的，可能出息不大，总是要有一点勇敢和破坏性才行，爬树、爬墙，有各种各样的捣乱，都应该是这样的。从小我们就觉得老师讲的就是对的，不鼓励人家去自己思考，你怎么建设创新型国家？我看过美国一个小学，桌子摆的方法都不同，他就乱七八糟，乱摆放的，每一个桌椅都是不同的，可能就是方便大家的讨论。中国的大学比不上美国的，但是中小学比他厉害，因为光从课本上来比，我们中小学的数学水平比美国要高一两年，相差一两年，但是我们学生出去以后，长远来看，创造性就是不如人家，因为他们很多事就是强调怎么样引进问题、观察问题，让小孩自己组织活动，培养练习个人的能力方面花了很多的时间。所以他们讲起东西来，滔滔不绝，一套一套，这个问题怎么解决，那个问题怎么解决，中国不是这样的，我们会说你不服从领导、自高自大、个人主义，而且你不服也没有办法，你必须要接受。特别是中国的大学，很糟糕，糟糕在哪里呢？就是没有充分的学术自由，现代大学特点在哪里？它就是不单要传承文化，教给你一些东西，所谓文化的定义很广泛，凡是人类创造的东西都是文化，物质文化、精神文化各个方面都有。那么要创造什么呢？就是要自高自大，有一个日本的诺贝尔奖获得者说，东方的制度和社会很不利于科学文化的发展，为什么呢？他说你要得诺贝尔奖很简单，就是有一条，要有这个精神："天上地下，惟我独尊"，这句话是谁讲的？这个是释迦牟尼讲的，他是佛祖可以这样讲，那么普通老百姓能否这样讲？要敢于创造，从小就什么都不怕，什么都敢想、敢说、敢干，那么你要创新国家、创新社会，你就要先解决这个问题，你尊重不尊重个人的创造性，人的尊严，学术自由，思想自由，这个有没有？坦率讲，很难。

那这里面这个自由度要有制度保障，那这个保障是什么呢？首先是法律制度上面的保障，现代法律就有一条很重要的因素，罪行法定，假如是法律没有规定不能做的事，都可以做。那这个里面要做到这一条，法院必须是独立的，法官是敢于对法律负责，独立办案，任何人，包括领导的指示都不行，我只是对法律负责，中国就是要做到这一点。因为1999年，我们修改宪法，就将这条写进去了，中国要建设一个社会主义的法治国家，法制就是法律至上，就是保障公民的自由，保障公民的权利，当然不能破坏社会秩序，不能侵犯其他人。在不破坏社会秩序，不侵犯其他人自由的前提下，老百姓的自由越多，对整个国家的发展就越有利，这个自由就不用怕，所以中国面临的问题就在这儿，整个建设一个法治国家。为什么我们要建立民主制度？民主制度不是说要通过一些形式上的东西，国家的一个文件通过举手表决通过了，这个也是需要的，但是更重要的就是保障公民的利益、公民的权利。任何人认识都是有局限性的，假如没有民主制度的话，不仅会出错，有时候可能是很正确，但是有时候个人的决定会犯大错误的，民主制度下你会出错，但是有人监督。所以现在社会的另外一条就是制度上以民主政治为基础的法制制度。

第三个是个人主义，个人主义现在在中国特别不受欢迎。学术上讲的个人主义是讲个人独立，个人的自由，个人的权利。为什么叫做社会，为什么要有国家？讲得透彻一些、彻底一些，无非是让个人生活得更好，那说明在这样的情况下面，个人的地位要非常的崇高，个人的尊严是第一位的，个人的权利是第一位的。

所以现代化是否成功，是否是一个现代化的国家，主要从这三方面考虑，制度上是否真正现代化了，制度上现代化了，那其他的各个方面慢慢就会发展起来，这个是我今天想讲的第一个问题，就是中国现代化的进一步提高。

第二个，要实现这样的现代化国家，不是天上掉下来的，也不能凭空创造出来的。我们现在面临一个传统问题，我们的基础是怎么样，我们怎么去认识这个传统，怎么对待我们的传统？

每个国家都要走到那一步，但是要走到那一步，必须要脚踏实地，在原有基础上逐步前进。为什么西方国家发展比我们好？因为在中世纪的时候，那一边就有这些传统，比如他有司法独立的传统，法院是独立的，就是要依照法律审判的，中国就没有这样的一个传统，中国的审判是什么呢？县太爷就是司法，大家看戏也看过了，就是县太爷说下去判刑，就是这样，告状的就是到县衙门里面去，但是西方不这样，中国没有这个传统。

另外，公民自由的保障就有悠久的传统，讲宪政化，必然要讲到英国的《自由大宪章》，这个《自由大宪章》一共63条，其中提到很多保障公民的权利，这个是什么时候制订的？这是1215年，在中国的南宋末年，西方就有这样的制度，我们中国有没有？没有。在西方有很多地方自治，一个城市是自治的，有封建主，这个地方是我们势力范围，我作为一个封建主，我对这个地有权利和义务，我对下面的人也有彼此的权利和义务。但中国是没有封建制度，秦以后就没有封建制度，过去说反封建，这个是中国讲的，跟国际上讲的封建不同，要是中国真有封建制度，那就不同了，为什么呢？封建制度是有各自的权利和义务，要保障那些下面臣民的权利，我们没有这个。地方是自治的，一个自治权利是不容侵犯的，我们是没有地方自治的。行业有自治的，大学是什么呢？大学是教师的行会，最初来讲，这个是自治的。大家看过一个电影叫做《巴黎圣母院》，那个人可以在教堂讲这个母女保护起来，因为政府是不可能到那边抓人的，中国没有这些。中国讲统一就好了，其实不是，就是要分权，分权保护了那些人的自由。那他们有这样的传统，他们就发展得比较好，我们没有封建制度，但是有宗法专制，一个专制制度，所以我们讲反封建，反专制就对了，从学术上来讲，所谓中国的反封建就是反宗法专制。

我们的社会结构有缺陷。我们具体来讲，我们面对的是怎样的一个传统？大致有三个传统，第一个就是原来的中国固有的传统，也就是清代以前，包括清代前期那个传统。思想上，中国的那个传统是什么呢？以儒家为骨干的，儒家思想主要是什么东西？简单来讲，儒家思想的骨干一句话：三纲六纪，六纪是什么呢？就是六亲，兄弟、父母、祖父母，统统的算在里面，比如这个家伙"六亲不认"，就是这个六纪，就是六个等级的亲人和亲属关系。不但是思想上这样认为的，连中国传统的法律一直到清朝19世纪为止，法律也是这样定的，比如我打人或者杀人了，按照等级不同，处理也就不同了。法律上这样固定下来，从上到下都是一种专制统治，这个统治的特点就是宗法专制。这个宗法专制还有两条辅助的制度，一个是佛教，一个是道家，这两个是辅助性的。佛家的出世；道家是清静无为、消极，庄子、老子那一套的思想。什么都是相对的，无所不欲。佛家就更加出世，一切都看透，这样结合起来，就形成一个强大的思想统治。我们面对这样的力量，这一套固化制度。那原来的政府一直到清代为止，政府机构都设在县一级，全国的政府机构有三万多，很少的，那些官员有点幕僚。那下面就是宗族统治了，但是都是贯彻那种三纲六纪。

第二个传统是革命传统，从19世纪末开始，孙中山组织兴中会，然后就到武昌起义，很多都是很小规模的，暗杀或者哪个地方组织一些人造反，一直到共产党革命，打了50多年，这样一个革命传统，取得政权以后，还要革命，不断革命，继续革命，到无产阶级"文化大革命"，这是一个传统。另外一个传统，改良的传统，改革的传统，这个改革呢，从20世纪第一个十年开始，怎么讲？将科举制度废除，这是教育制度大改革，原来中国的5000年，最宝贵的时间都是念四书五经，什么现代科学技术全部学不进去，为什么日本人明治维新成功？日本人也学了很多中国的东西，但是没有学科举，明治维新一开始，他就借鉴西方的教育制度，小学、中学、大学这一套，也有从西方请教师过来，一下子培养出大批的人员，通过二、三十年，中国人要到日本去学习，这个是大改革，这是1905年。除了这个以外，法律制度上的改革，将原来中国传统的不要，请日本专家来帮助我们培养干部，大量派人到日本人去学习，重新制订一套新的法典，民法、刑法，还有诉讼法。你不用查历史资料，你就看改革开放以后，我们制订了什么法律，清末年就制订了什么法律，大体上，后面我们慢慢超过了。那么我们最后还是要回到20世纪第一个十年，还要继续做他没有做完的事，然后剔除掉的东西重新恢复起来，这个教训很惨的，浪费了几十年，还是要回到那个地方，你怎么办？中国人就是要经历那个教训，要付出很大的代价才能认识。不断改革，什么商标法、破产法，现在的很多东西光绪皇帝、宣统皇帝都做过，这是20世纪第一个十年。19世纪最初的时候，清政府的财政数字大致是8000万两银子，经过改革，财政收入增加到上亿两，民族工业是占15%，"改革开放救中国"。面对原来的传统，你怎么办？革命或改革，都是要竞争，要走出那个困境。东方社会，中国社会既然是这样的特点，一个是革命造反，一个是逐步改革。

第三个，在这样的传统下面，现在还有一些人说，要回到中国原有的传统，过去不是闹得很热乎？比如2000年，到东京提倡儒学，我说你懂不懂中国的历史，知不知道原来的传统是什么呢？我们说任何一个民族，都不能割断传统，任何一个民族，任何一个国家，都有自己历史上很珍贵的东西，否定历史和祖宗的创造，那是错误的。以前那些先贤在百家争鸣的环境下面，参照后来的各种各样的学说，包括墨子、老子、儒学都有精华，科学技术上也有创造，这些东西东京到现在还在用，这些都是中国的骄傲。还有一些是瑰宝，千百年后还是瑰宝，唐诗、宋词你消灭得了吗，这个是永远消灭不了的，放到全世界都是瑰宝，永远都是人类的文化遗产。但是作为一个学者，你要冷静想一想，春秋这个时代，大致上相当于古希腊的时候，那个时候中国的科学技术，中国的社会科学跟西方文明同一年代的最高成就比一比，坦率讲，好多方面不如人家，比如政治学，你读一读亚里士多德的政治学，人家是一套一套的很完整的理论，孔子有吗，其他法家有这些东西吗？没有。逻辑学，中国吃了大亏，没有学这些东西，后来为什么发展不起来呢？中国有很多技术瓶颈，包括数学，中国的九章算术，都是很具体算土地面积那些方面，但是没有试验科学，再加上社会制度出错了，错在哪里？错在科举制度，很多人都是念四书五经，西方不同，教育比我们高明一些，开明一些，他有法学，我们没有，他通过七科的训练，数学什么都在里面，我们中国没有，我们中国读四书五经，不要去读那个东西，只有少数人研究。要敢于承认自己不行，我们有成就，但是因为我知道我落后，所以我就要改革，只有这样考虑问题，才是正确面对传统。

第三个问题，讲个人选择的问题。

我们的奋斗目标要把中国建设成为世界一流的现代化国家，我们面对传统的东西，怎么办？个人做出什么样的选择？我想这个里面有三方面选择的问题，第一个方面是道德的选择，必须有道德。

康德说过一句话，最为珍贵的只有我头顶的星空和内心的道德法制。这句话很重要，因为只有一个星空，因为这个世界有很多未知的东西，不断探索，人类才能前进。另外，假如有上帝、有神灵，你就不要随便做坏事，要有一个道德的约束。上帝也好，神灵也好，都是人类创造出来约束自己的行为，不要做违反道德良心的事。在我们中国传统里面，儒家是神圣不可侵犯的，当然我不信教，这只是一个精神上的寄托和约束。除了这个以外，我认为更重要的是内心的道德法制，自己要约束自己。那道德究竟是什么东西？什么事是善的？什么是恶的？处理各种事情的时候，什么是真理，什么是公平？这个道德是随着人类文明的发展，内容不断的丰富的，不断的提高的。发展到现在社会，它的核心就是什么呢？就是人的自由、人的尊严、人的权利。这个最核心的东西，我为了维护我的尊严、我的权利，那我要坚持不懈地奋斗行不行啊，我想这个是最关键的，因为这一条呢，也就是人类文明发展到今天的结晶。刚才我讲了，一个国家能否兴旺发达，关键就在这个地方，公民有没有自己的权利、有没有自己的自由、有没有自己的尊严？也就是通过刚才讲的，阿玛蒂亚·森，诺贝尔奖获得者说的，自由是发展的主要目的，也是发展的主要手段，那讲道德的话，就是这样。这个实际上就包含了一个前提，就是全世界的人，各个民族的人，基本面上是共同的，不能讲某一个民族是劣等民族，他就不能享受人权，就要剥夺人家的尊严，没有这个说法。那么回过头来，你就再看，各种各样的宗教，特别是传统的三大宗教，基本方面的要求，往往是共同的，比如基督教说人要自爱，也要爱别人，要尊重别人，要讲诚信，讲信义，这个几乎每个宗教都有，不要随便杀人，不要偷盗，不要奸淫，这个几乎各种宗教都是这样的。当然有一些所谓的邪教，那个不是宗教的主流，有些是歪理歪曲的，那个不算。

道德方面是这样，但是道德是多元的，就是说一个人可以做出自己的选择，比如我信基督教，行不行？基督教里面包含很多道德，那西方的价值观念在民国初年就提出来什么是心理道德，那很简单，心理道德就是自由、平等、博爱。这个完全可以，那我信佛教，也行，也可以产生道德，我信儒家行不行？也可以，那儒家的道德规范，在我看来，最简明扼要的概括，就是仁义礼智信，这个所谓五常，但是这个五常，你要在新时代发挥作用的话，我认为有一个前提，前提是什么呢？就是以个人自由为基础来推行这个五常，因为仁义礼智信按照原有的解释就是维护等级制度，有些是不能违反三纲的，在新时代都要加以改造，以个人自由为基础的五常，我认为就很好，这是道德选择的问题，这是多元的，因为道德有共同性，我想还是要归结到法制，就是道德的最大公约数，那些东西都要具体划到法律里面去，法律不能干预私人道德方面的东西。但是有一些东西，比如诚信，你做生意不诚信行吗？那就要法律来规范，法律本身的前提，只是道德的体系，就是公德，不是私德。法典都是大家公认的东西。道德和法律要统一起来，治理国家是什么？就应该是法制，依法治国。那以德治国是不是呢？德是个人选择的，是多元的。有没有领导制订一个道德标准让大家接受呢？我想这个很难，这个可以提倡。因为道德是私人问题，公德是最大的公约数，放到法律的层面，这是第一个选择，道德的选择。

第二个是知识的选择，知识的选择，要学习全人类的一切成就。最简单的一句话讲，就是所有好东西都学，不要自己给自己设定一个范围，画地为牢这是最笨的。所以我是坚决反对读经的，因为读经首先将知识范围限定了，首先就是四书五经，那中国传统文化里面，很多不是经的东西，能不能学，要不要学？《老子》也不是经，《庄子》也不是经，要不要读？还有王充的《论衡》也不是经，很多优秀的东西都不是经，你怎么学？读经的方法也不对，那对于一切人类文化的遗产，对一切人类创造的东西，都要有一种态度，批判的学习。这个经是不能怀疑的，但是现在人不是这样的，现代人是什么呢？是怀疑一切，这个不是我讲的，这个是马克思讲的。也就是说，什么事情都要经过自己思考，思考寻找真正感觉到有道理，或者跟自己良心能够符合，你才能相信。拒绝一切盲信，拒绝一切盲目的崇拜，现代公民就是要有这样的态度，把全世界一切好东西都学过来，你首先要学人家的东西，所有全世界的好的方面要学过来，这个理念，在中国的环境下必然有中国特点的，这个是没有办法的，这个是无可回避的，因为人是中国的，他的思维习惯、生活习惯各个方面，要适应这个环境，但大的方面很多东西是共同的，比如企业管理，你不跟国际接轨，包括会计制度，你不跟国际接轨，人家承认你吗？这个是知识的选择。

第三个就是社会责任的承担，这样讲都是个人主义，就没有社会责任了吗？不对。个人主义是在法制的前提下，法制的前提下面有约束。同时你有成就以后，你也要回报社会，你到一定的阶段，自己从个人出发，就会有这样的要求，要回报社会。比如你发财了，最初的时候，你温饱都没有解决的话，但是可能有一些朋友帮助，当然必须先解决自己或者自己家人的温饱问题，当财富积累到一定阶段的时候，那个时候你的那些财富对你来讲已经不是你个人的资金了，是社会资金，那部分对你就没有意义了。比如我有10个亿，除了我自己生活以外，有眼光的也不会留大把钱留给子孙万代的，有足够的教育费用就够了。然后这些钱要做社会事业，发展生产或者是做社会慈善事业，比如比尔·盖茨，现在有五六百亿美元，他怎么用得了？他拿几百亿成立一个基金会，目前最大的支出就是防止艾滋病，包括营救和救治，这个很了不起。还有很多大学，比如哈佛大学、斯坦福大学都是私人办的，就是私人的资金，然后办教育，办各种社会事业。所以不要讲个人主义就不会回报社会，没有这回事。那有没有团队精神呢？比如你很有创造性了，再加上一定的制度，最好的团队精神也就出来了，这个也是双惠的选择，社会责任的选择问题。但是假如他手上钱就是不贡献给人家，那也行，你自己办企业就是对社会的贡献，很多人就业，这个也是贡献。我再守财，也不办企业，那么怎么办？放在银行里面，也是对社会的贡献，银行拿这笔资金运作。所以不要将个人和社会对立起来，不是讲个人主义就不回报社会了。我今天讲的就是大概这样，我想留一些时间，还有35分钟给大家提问，可能更适合大家的要求，谢谢大家。你们利用这个时间，随便提什么问题，我尽可能回答，因为我刚才我讲的，不知道是否适合大家的需要。

问答部分

1. 教授，您刚才也提到过现代化最主要是社会主义的现代化，您认为中国目前的社会主义是否已经进入了现代化了？然后还有一个改革，中国的政治体制改革的必要性是怎么看？

袁：中国现在是一个转型期，情况很复杂。你在各方面，有些是很现代的，但是有些是很落后的，特别是在社会制度上，那侵犯公民权利、公民自由这些事经常发生。但是另外一个方面，总的来看，公民自由也是在不断扩大的，过去你要是发动各种各样的议论，说这样那样，那肯定打小报告，领导要批评和处分你了，所以私下饭桌上随便说，一般不会有问题。甚至就在文字上，我推荐你看广州出版的《南方都市报》，我喜欢它在哪里呢？每一天它都提供一版的篇幅发表社论，那个社论都是以现代文明法制为基础来的。现代的民主基础为自由，以此去批评各种社会现象，五年前有这个可能吗？更不要讲十年前，这个表明我们的言论自由在不断扩大。但是另外一方面，钳制言论自由的也很多，比如说你发表这个文章不对，这个报刊停产整顿等等就出来了，这些都是人治，不是法治，这个说明什么呢？转型期，很多复杂现象混在一起，所以我们在这样的情况下，就要比较全面的去观察这个世界。然后讲政治体制改革，中国的政治体制改革肯定是滞后的，这个是公认的，那20世纪80年代邓小平就有过一次讲话，我们的改革成败关键就是政治体制改革，这个在《邓小平文选》第三卷里面，在《邓小平年谱》里面都有的，那面对这样的情况，这个是没有办法回避的问题，那究竟怎么样走到这一步，还得看。这里面有很重要的一条就是大家都要说，法制很重要，民主很重要，政治体制改革很重要，官员也是人，他不是魔鬼，那你讲得多了，那么领导人慢慢也会听进去。那多数意见成熟了，对于推动中国的政治体制改革会有好处的。

2. 教授，中国社会仇富情节很严重。您怎么看待这个现象，这个有没有通过一些途径解决？第二个想问您一个问题，就是刚才您说的体制改革，您觉得这个需要多长的过程？

袁：在我看来，中国现在的改革，思想文化领域里面我认为有三害。一个是民族主义情绪，动不动就鼓动民众的情绪，比如我们上街反对日本帝国主义好不好？保证每个人都能跟着去，就是很多一讲那个民族利益、那个民族仇恨，马上就血脉贲张，就跃跃欲动了。那么激动干吗？小日本有当年错误的地方，比如教科书问题、靖国神社问题、钓鱼岛问题，那个小日本很讨厌，但是另外一个方面，上帝就安排了中国和日本近邻，10万年以后还是近邻，你怎么办？我们从日本学到不少东西，中国很多知识都是从日本传过来的，包括马克思主义都是从日本传过来的，包括很多科学技术，包括我刚才讲，中国现代的法律就是在日本人的帮助下制订出来的。日本军国三次大改革，一个明治维新，第二个第二次世界大战以后，全部民主化，第三次小泉当权以后，进行了一次大改革，第三次改革很多人不知道，小泉在外交上搞得很糟糕，但是另外一方面为什么在国内那么人拥护他？他在国内的改革就是将原来的那些人，净吹日本的儒家资本主义，日本式的管理改掉，变成很多东西跟国际接轨，他改革这些东西。那么这些东西我们是否要引进，里面有什么智慧，中国可以学的，为什么日本商品在世界上这么流行？假如你是有远见的知识分子，一定是想办法排除民众情绪。冷静对待世界各个民族，看到它的错误，看到它的优点。中国人到现在为止，太狭隘了。第二个是什么东西呢？是把斗争极端化，以阶级斗争为纲等等，还没有排除，动不动就是帝国主义，在中国搞什么阴谋诡计什么的，是不是要中国搞和平演变什么的。现在对敌人的间谍破坏活动要提高警惕，但是不要把斗争极端化，什么东西都是敌人，甚至内部的不同意见都是路线斗争、政治斗争，这个就糟糕了。现在这种斗争极端化，影响还是相当深，动不动就骂卖国贼、汉奸，这个网上特别多。第三个民粹主义，民粹主义的特点是什么呢？就是以穷人的代表自居，我是贫苦农民的代表，为了多数人的利益，我要怎样。其实这个是很错误的思潮，我们过去就没有说富人对社会的贡献，刚才我们讲的，他们的财富首先是经营所得，不是抢来的，抢来的我们要依法追究，除了抢来的，那些合法的东西我们都应该加以保障。有一些人正当得来的，都应该得到尊重，甚至尊敬。不久前，有一个市的文化部长发表高论，要反对一夜暴富的思想，我说你这个家伙，知道什么叫做一夜暴富吗？人家超女一夜暴富吗？她要经过多少年的锻炼，她不经过认真的锻炼，她能成为超女吗？我就不行，让我唱歌就不行了。要是一个社会能够创造很多机会，让很多人，有才能的人，有特长的人能够一夜暴富，好吗？那肯定好的。这个要努力才行，努力再加智慧，再加市场运作，他成功为什么不好？还有资本来到世界，每一个毛孔都留着肮脏，这是马克思19世纪讲的话，但是难道马克思这句话过时了？我说就是过时了，比如那个方正排版法的创造人王选，将中国的排版全部改革了，全部用电子方法，一下子上市了，成为亿万富翁了，财产过亿了，你说他这个财富也肮脏的？很多人包括丁磊那些人，也通过上市变为亿万富翁，那这个里面有没有风险意识，这个都有关系的，所以这些是正当得来的，所以这个应该得到尊敬。反过来讲，他创造的财富，他所经营的东西也大有好处，创造多少的就业机会，提供了多少文化、娱乐这些因素，这些是否是功劳？另外就是对社会的不平和不公是否有？肯定有，因为中国的社会还有很多的穷人，打土豪，分土地，我们太多了，杀地主杀了100万以上，杀了以后，还是穷，难道再杀啊，行吗？杀资本家吗？杀了以后就没有人给你提供工作岗位了，那怎么办？这条路走不通。那怎么解决贫富问题，政府有责任提供社会保障、社会救济，但是这个社会福利事业要怎么才能实现？就是要鼓励大家发财，发财越多，提供的税收越多，政府就有钱来做社会福利事业。另外政府还有一个责任，不但是自己要做社会福利事业，而且要通过制订法律，鼓励私人来做慈善事业，现在我们政府没有做这个，这个很糟糕，现在各个地方的慈善会长还要退休官员来做，这些家伙应该回家抱孙子去。现在要成立一个私人的慈善基金非常的困难，现在要捐钱做慈善，税收方面的优惠制度也不健全，这些政府都应该解决。那通过这些途径，我相信仇富的心理会逐步消解，当然还要靠教育这些方面的东西，当前在中国来讲，最大的两项责任，第一项你有本事去发财，整个社会财富发展起来，蛋糕做大，这个就是对中国的最大贡献，对国家的最大贡献。还有一项就是讲道理，这个对中国也有好处。我想对于这些问题，是否应该逐步得到解决，但是民粹主义思潮在中国根深蒂固，要解决非常不容易。

3. 您刚才说清代以前存在儒家的这样一个传统，那么新中国以后，这个儒家的传统还是否存在？而共产党提倡社会主义道德，所以我现在的问题就是说个人的自由也好，个人的价值也好，是很

核心的东西，要通过什么样的行为规范、道德规范来体现呢？

袁：应该有一个观念要转变，必然和社会结合在一起的。人与人之间是不可能孤立存在的，必然生活在社会里面。现代社会、现代国家跟传统的社会或者以前的社会和以前的国家有一个很大的差别，前现代的国家，前现代的社会基本上靠血缘和文化的联系，当然也不是绝对的，但是很大程度上全国思想是统一的，你在清代以前都是这样的，三纲是不能动摇的，全国都是这个基本方面统一起来。但是一进入到现代国家以后，文化必然是多元的，不可能再靠这些所谓的传统文化便有一个国家团结的基础，现在应该转移到制度的结合，制度是整个国家团结的基础。那就是说，大家所认同的就是你这个社会制度、国家制度，在民主、自由、法治这样的制度下，那公民就会联合起来，同时公民也会通过自己的组织，所谓公民社会、公民的团体联合在一起，所以不用担心他们没有追求，他们没有观念，或者他们就没有那种文化方面的追求，这个不可能的，但是这个是一个很多元的东西，所以我们处在过渡期、转型期，就会出现很多方面的困惑，要看透它、要分析透。

4. **您刚才说了，通过社会主义的比较，可能会有深入的东西，但是这个都是体制改革这一块吗？您刚开始说体制改革现在在中国逐步发展起来了，但是目前看起来，资本主义发展那一块，我们可以理解的话，是否可以理解为最终也是发展成那个方面？**

袁：社会主义跟资本主义的争论已经结束了，什么是现代社会？我们认同就是这个东西，资本主义怎么样，社会主义怎么样，现在还有社会主义证明吗？没有了。你认同朝鲜那一套，至少我是不认同的，恐怕中国人很难接受，所以现代政治有一个标准，标准就是联合国人权公约，你不妨找出来看一看，按照中国政府承认的东西，我认为将来中国政治体制改革总有一天要是落实那几个东西。从中国参加WTO，不但是经济上承担了跟国际接轨的义务，很重要的一条是政府要实行法制。

5. 我们在座的，基本上都在30岁左右，您给我们在座的年轻人提一个醒，去怎么样面对这个社会，您有什么忠告或者更好的建议？

袁：为中国的民主法制努力奋斗，奋斗的途径是两条：发财、发言。发财就是创造财富，发言就是多多讲清现在社会是怎么样。

6. 还有一个问题，因为我看过两篇文章，一篇文章名字叫做"胜利眷顾美国人"，他从美国的司法体制讲美国这个社会制度，最终得出一个论断，就是美国的这种社会制度存在对世界的和平和繁荣的贡献，因为它的体制不会产生像希特勒这样的人，还有一种说法就是美国佬把中国当成竞争对手，民意调查里面，很多人对美国，从个人情感上还是感觉不错，那么想听听您怎么看待美国的。我们还有一个邻国俄罗斯，其实俄罗斯对中国一直以来都是有领土野心的，从清朝到现在，但是现在中国政府可能一个政治上的需要，跟俄罗斯走得很近，我想请您说说您怎么看待这两个国家，然后您的认识怎么样？

袁：在苏联时代，都是侵略中国的。俄罗斯的民族主义很强，到现在他也没有承认所谓侵略中国，他不承认错误。但是另外一方面，他现在的制度下已经不可能再成为中国的一个主要侵略者，那么他们的一些问题能够引起他们慢慢的反思，从这个方面考虑，他应该有成为伙伴的可能，我们很多东西需要他们的，比如能源、原料很多东西。我们感觉到这个应该是可以兼容的。美国是中国最主要的盟国，你不要被表面的争论搞得很紧张，其实不是那么回事，因为中国是美国最大的盟友，为什么这样讲？中国现在的外汇储备是8000多亿美元，2000多亿美元是借给布什的，再加上其他的外汇储备，这么一大笔钱借给你用了，在这样的情况下，经济上是紧紧结合在一起的。另外一方面，美国的政治家老是说中国不尊重人权，这个是没有关系的，这个可以让领导人考虑考虑，不对的可以改。

不应忘记的历史教训

对中国说来，参加WTO意味着在经济生活领域终于自觉走向"与国际接轨"的道路。中国人曾经反复辩论要不要学西方和向西方学什么——是认同西方主流文化还是选择极端流派。在付出难以数计的代价后，以参加WTO为标志，在社会生活的基础领域总算认同了现代文明的共同规则。这是19世纪、20世纪历史发展的正确总结，也是中国融入世界的重要转折点。可是，把书面的承诺转化为现实，意味着经济及其相关领域的游戏规则彻底改造，包括废弃前现代的潜规则，实现社会生活的现代化。这无疑是非常艰难的过程。鉴往知来，回顾近代中国走向世界的曲折历程，深知危险来自传统和现代两个方面。

历史包袱非常沉重，死的拖住活的，该死的不死，这是二百年来中国苦难的最重要的根源。17世纪大清帝国的建立与英国革命同时。人们津津乐道的"康乾盛世"的表象，掩盖着的是制度性的落后和腐朽。问题的复杂在于这样的落后制度在颇长时期还能保障当时当地的经济发展，并以此为基础，吸收了汉族知识阶层的全部资源，用传统文化的锦缎包装这一制度，建立一个宗法专制大帝国。于是，朝野上下迷醉于"天朝上国，太平盛世"的幻境，从而打造出一个自我更新机制极低的社会共同体。一部中国近代史的基本内容，就是冲破这个"铁桶江山"的苦难史。

西方列强当然不是慈善家或正人君子，他们为了本国商人的利益挟利炮坚船东拓，是名副其实的侵略者，人们可以轻而易举列出其一系列罪行。可是，面对强大的外敌和打开国门融入世界的无法阻挡的历史趋势，为什么有些国家成功转型，跃登世界强国之林，而中国却长期沉沦于宗法专制的泥淖难于自拔呢？

孟子早就说过："仁者如射……发而不中，不怨胜己者，反求诸己而已矣。"反思自身弱点的勇气大小和深浅，标志着一个国家自我更新能力的强弱。缺乏审视自己的文化氛围及相应的制度和程序，正是大清帝国招致奇灾大祸的重要原因。例如，鸦片战争后这个专制大帝国打了四次对外战争，现在看来，没有一次是打得对的。1856年至1860年的英法联军之役和1900年的八国联军显然是自己惹来的。1883年至1884年的中法战争和1894年至1895年的中日战争则是不自量力，代人受过，也可以说是自己惹出来的（请参阅拙著《晚清大变局的思潮与人物》第九章：《李鸿章的是是非非》，海天出版社1992年版）。而在这些悲剧后面，都是中国传统文化和宗法专制制度在作怪。

1842年的中英《南京条约》，尽管有割地以及赔偿军费和鸦片烟价等勒索中国人血汗的条款，但其中规定五口通商则对双方都有利。如果严格遵守这一条款，会给停滞落后的中国经济注入活力，迈出融入世界的重要一步。可是条约订立后，上海、宁波、福州、厦门都依约让外国人自由出入城区，广州官民却联手拒不履行条约义务，不准外国人进城，连领事等官员入城拜会清政府官员都不行。在皇帝支持下，一闹就是十几年，先后任两广总督的徐广缙、叶名琛以民意为借口，用尽哄骗等手段，招致1856年至1860的英法联军之役，广州、北京等地先后沦陷、火烧圆明园、订立新的不平等条约，叶名琛也被俘而客死印度。此举的唯一原因是要发泄对"逆夷犯上"的义愤，不准打破非朝贡的洋人不准进入广州城的天朝规矩！而就英国方面来说，亚罗号事件则是英国罔顾事实蓄意制造出来，冀图胁迫清帝国就范的借口。至于八国联军入侵，实质是慈禧和清朝权贵大发专制淫威，杀戮敢于提出不同意见的大臣，利用愚民"扶清灭洋"，屠杀无辜，摧毁文化，主动对外宣战造成的惨剧。

此外，19世纪朝野为外国公使能否驻京，出任驻外公使是否成了卖国贼，办同文馆学外国语、修铁路、架电线……是否有损天朝尊严等等辩论不休。为这些蠢行辩护的所谓"清流"或"大儒"的"清议"，振振有词，简直他们就是国家或民族利益的化身。这些千奇百怪的现象无非是中国传统文化和社会制度的负面——缺乏宽容和自由，愚昧自大的"天朝心态"集中体现。

问题的严重性还在时至20世纪90年代，还有人打着"爱国主义"的旗号为这一类误国误民的蠢行鼓噪。在标准教科书中，义和团事件仍然是应该歌颂的"革命"！英法联军入侵则是"第二次鸦片战争"（笔者过去也袭用这一名称）。中法战争和甲午战争的失败不能归罪于制度腐败，而是李鸿章"卖国"，张之洞、翁同龢等人的爱国主张没有实现的恶果。批评广州官绅反入城是错误的，则是"否定反帝反封建的革命路线"！总之，评述近代中国与列强的关系，中国人无论干什么都要说好；洋鬼子所作所为都应痛斥！这就是"爱国主义"。反之，则是"自由化"，是不能容许的"翻案"！这些高论与直接反对改革开放的所谓"姓社还是姓资"、"姓公还是姓私"等卫道言论互相呼应，沆瀣一气。剥开这类辞藻的华丽外衣，冷静地通观全局，我们看到的依然是中国传统文化的封闭性和专制性孽根未净。

不过，进入20世纪以后，又有新的障碍出现：现代性的极端思潮。第一波是无政府主义。在这个世纪的头二十年，它颇为时兴。刘师培、何震、吴稚晖、刘师复等人鼓吹不遗余力。他们在世纪初鼓吹的两个奇特观点，对日后影响甚巨：一是"无论什么东西，都不准个人私有。"二是指责西方现代文明是"伪文明"，"处政府擅权之国。文明日增，则自由日减。""故代议制度为世界万恶之源"！不过，在当时这些仅是少数人信奉的海外奇谈。

进入这个世纪的第二个十年，发生了第一次世界大战和苏俄十月革命两件震撼世界的大事，面对现代世界各种矛盾和黑暗集中暴露，刚刚形成的中国知识阶层无力回答各种世界性难题，诸如此类的极端思潮逐渐成了群众性的思潮。

1. 以偏概全，把自由、民主等现代主流文化有待完善的缺失，看成是彻底破产的征兆，冀图以抛弃自由为代价，在人间建立绝对平等的王国。

1920年9月，在研究系的纲领性文件中，梁启超写道："同人确信政治改造首在打破旧式的代议政治"，"社会生计上之不平实为争乱衰弱之原，故主张土地及其他生产机关宜力求分配平均之法。"（《改造》发刊词）而当时中国共产党还未成立。与此同时，新文化运动的主要领袖陈独秀断言："立宪政治和政党，马上都要成为历史上过去的名词了"。"甚么民主政治，甚么代议政治，都是些资本家为自己阶级设立的，与劳动阶级无关"，是"欺骗劳动者的"。

这些都是被战后极端贫困现象所震惊的直接反应。至于不确保财产所有权，没有了经济自由和相应的政治和其他领域的自由，现代社会能否正常运作；公民的主动性和积极性能否正常发挥；它的缺陷能否不断被揭露和寻求比较合理的解决方案……诸如此类重大问题，这些领袖群伦的知识精英大都处于迷惘状态。只有以胡适为代表的少数自由主义者基本上经受住了这两大事件的冲击，但他们大体上处于边缘状态，对实际政治运作影响很小。于是，在"国民革命"和"国民政府"的牌号下，极权政治体系就在中国大地上建立起来了。

2. 步托尔斯泰、泰戈尔等文学家和少数哲学家后尘，与虚骄的民族虚荣结合，冀图从东方传统文化中觅取救世良方。梁漱溟、梁启超、章士钊等人是其中最突出的代表。

海内外有关人士都在注视着中国参加WTO后的走向。其实，答案是比较清晰的。既然经历那么艰难的谈判历程仍旧毅然参加，应该说当局对所承担的义务是认真的。可是，这一"与国际接轨"的过程，等于要对中国文化和社会进行彻底改造。这个过程的实质是要把官本位的人治社会改造成为民主、自由的法治社会。而在中国大陆，民间社会尚处在恢复的起步阶段；司法独立还是奋斗目标；独立的传媒——所谓第四权力连作为目标提出都是犯忌的。在这样的状态下，基于不正当利益的"对策"几乎是不可避免的，法治和自由谈何容易！这些是传统重负在今天的余威。与此同时，新旧"左派"以贫困阶层代言人自居，张扬自己的"现代性"，反对经济自由，反对确立财产所有权，反对经济全球化。他们拒绝承认即使反对贫困和缩小贫富差距，目前找到的最好办法也是现代西方主流文化所创造的那些社会保障制度，冀图又一次把路标指向西方的极端流派。中国未来的命运，取决于我们能否正视历史经验，妥善处理来自传统和现代两方面的干扰。

2002年2月5日

原载《信报月刊》2002年3月号

价值观·理论素养·转型期的选择

时间：2012年4月12日

地点：广州市天河区智慧城 移动创新基地

提纲

价值观的若干问题：

（一）人的地位——价值观的核心

中国传统价值观

各民族价值观的共同点

（二）现代公民的价值观与个人命运

个人的自由、权利和尊严是现代公民价值观的核心

所谓"国家至上"、"集体利益第一"

坚守道德和文明底线可能带来的困境

（三）价值选择与国家命运

价值观决定个人、社会、政府间的关系

公民地位决定国家盛衰

所谓"以德治国"

理论和文化素养

理论和文化素养不足带来不少困扰

一个奇特现象：新旧左派很多是学文学的

历史知识不足

缺少思维方法训练

更缺理论素养

也许应该推荐一个必读书目。我推荐的必读书有如下几本：

哈耶克：《通往奴役之路》　　中国社会科学出版社

　　　　　《致命的自负》　　中国社会科学出版社

波普尔：《开放社会及其敌人》

阿马蒂亚·森：《以自由看待发展》　　中国人民大学出版社

李鹏程等编选：《政治哲学经典》（西方卷）　　人民出版社
2008年版。

迈克尔·罗斯金等著：《政治科学》　　华夏出版社2001年版

《世界人权宣言》和联合国国际人权公约

《大法官的智慧——美国联邦法院经典案例选》法律出版社
2004年版

转型期的选择

演讲部分

　　非常高兴跟大家交流。第一线工作都是很有经验的，校园的很多实际比较脱离实际，所以其实你们才是老师，我是学生。要讲完这个提纲，可能要整个下午不停讲。主要想跟大家交流，不知道大家想听什么，所以三个小时分成两段进行，我讲完后随便大家问，这样会比较符合要求。

原来计划讲三个问题：第一，价值观的若干问题；第二，理论和文化素养；第三，转型期的选择。

先讲第一个问题，价值观。价值观的核心其实就是人的地位问题。现在我们面临着社会上各种各样的议论，特别是我们的价值观应该是什么，要抵制西方的价值观，等等。而且有人说不太接受西方普世的价值观，西方的怎么能普世呢？应该有中国特色的价值观。现在我们面临的就是这种文化的撞击。

在我看来，随着历史的发展，价值观在各个历史阶段会有所不同。进展到现代社会，应该说，已经慢慢形成了全世界、普世的、统一的价值观，并为多数人所认同。但是，这样的价值观要为中国人接受，还不太容易。因为中国历史太悠久了，一说就是我们传统的价值怎样，所以很多人在宣扬传统文化。传统文化当然要宣扬，每个民族的传统文化都是珍贵的，中国历史那么悠久，典籍那么丰富，当然其中有很珍贵的东西。但现在普遍讲儒家的价值观有世界意义，甚至有人说，有位诺贝尔奖获得者曾表示未来的世界应该回到儒家思想为指导。

有没有这回事？我没有考证过，但即使说了，他们是自然科学家，多数人根本不懂中文，也不懂中国的古典文献，即使靠翻译接触一点，也对中国的思想不那么理解，所以这个评价不那么可靠。我们要回到现实看。

现在社会上很多国学班，传播中国文化的一些东西，有些收费比MBA还高，很热闹。一些普及性的课程，各级学校从幼儿园到中小学都很热门。怎么看这种情况？其实中国传统的价值观，主要是儒家、老庄、墨子三家，还有其他一些，加上后来传进来的佛家，各家的主要思想特点没必要详细讲，但需要讲的有一点，各个民族的思想有共同点。

公元前700年开始的一段时期，也就是轴心时代，各国思想家的观点很多是有共同点的。比如有些人宣扬，中国思想的特点强调和谐，和而不同。但其他民族、西方的思想是不是没有这个呢？翻翻古希腊的思想家言论著作，讲和谐的非常多。甚至一些学者的研究指出，真正在古代社会能称得上和谐社会的是希腊化时期，即亚历山大大帝普及希腊化进行改革的时期。这个说法是不是准确可以争议，不过反正每个民族的思想当中都可以找到这个元素。有人说中国古代比较丰富的是辩证法思想，也有人写过先秦的辩证法历史等，但西方同样有这个。有人说"己所不欲，勿施于人"是中国思想的很重要特点，体现中国文化的博大，但大家去看一本叫《世界伦理宣言》的书全世界的各民族、主要宗教代表开会，沟通各文化，光是这一个格言，各民族文化几乎都有，不同的仅仅是文字表达。

是不是有差别？当然有。比如中国人不讲逻辑。在中国，逻辑思维的发展很慢，中国古代没有形式逻辑，有人说墨家辩证法有这个因素，即使有也是些不成系统的。中国人想说什么，常常用比喻，常常出现逻辑的跳跃，比如墨家尚同，有人批评说光讲兼爱尚同，根本漠视了人伦关系，等于禽兽。逻辑上完全是跳跃的。这个弱点很明显。

中国先秦时也没有出现完整的数学理论。所以清代曾国藩时候将《几何原本》翻译过来的时候，康、梁受到很大影响，于是他们的书中常常常用到几何方法推理证明，先有公理，再有推理，很新鲜的方法。

中国讲"四书五经"，汉以后儒家经典成为年轻人主要的知识来源。而在西方，一直沿用中世纪的教育方法。西方中世纪有所谓"七艺"，有数学、医学、辩论，辩论课就是逻辑，这种思维训练为西方后来的科学发展奠定了基础。

人的地位，是价值观的核心问题。儒家思想在中国取得统治地位后，将人的地位规定为整个宗法体系中的一部分，也就是"三纲六纪"框架下的一部分。东汉时在皇帝主持下，一批儒生在白虎观开会，讨论的结果是班固写成《白虎通义》，颁行天下，把人规定为整个宗法关系中的一分子，人不能超越这个关系，人的价值就在那里。但在西方，人是作为很中心的位置，这是有很大的不同。原因在哪里？中国面对的是自然经济、农业经济，相应的社会关系的特点，就是可以用宗法关系凝固族群关系和人际关系。但西方，基本上是依靠贸易、工商，到处建立殖民地，建立后怎么治理就需要民主，讲究每个人的冒险精神和独立性。当然古代西方社会也有等级差别，但自由人基本上就是强调这条。

对个人的位置、个人的价值怎么估计，随着文明的发展也起了大的变化。在古代社会，奴隶是合法的，但古希腊罗马的奴隶当中有知识的人也会受到尊重。到了文艺复兴时代，回去寻找古希腊的精神，其中就有寻找人的价值。中国没有这个过程。为什么西方会成为现代文明的发源地，关键就在人的地位的回归。因为要创造一个世界市场，除了伴随着地理大发现，里面就有人的地位的提高，这样决定了整个社会的结构、政府的结构。

归根到底，为什么要政府？政府是为了保障人的自由而存在的。这一条已经是政治学的常识。但在中国要取得大家认同，好像不那么容易，中国以集体主义为代表。这里就有个问题：集体主义、国家利益、民族利益，是不是可以与现代社会的个人利益相对抗？现代社会普世性的个人的独立自由是中心，但现在有人提出，东方的价值观不是这样，应该是集体利益高于个人利益。这个论点在我看来是站不住的。因为怎么界定国家、民族、集体利益，在现代社会很简单，通过自由讨论、民主机制，从中可以体现出来。要是民主选出的议会，就可以通过决议体现出来。但在东方，普遍来说，所谓集体、民族利益，往往是那些领袖人物自己讲的。蒋介石在抗日战争中为国民党提的口号就是：民族至上，国家至上。这个口号当然有针对反侵略的意义，但归根到底是说要服从蒋介石。所以这是一个虚假的集体利益。

第一个问题就讲到这里。

第二个问题。按照你们的情况，要提高的话，往往会碰到各种思潮。现在我们的思想文化界出现很多思潮，其中一个很突出是新左派。他们以这样的面目出现：我就是民族文化的代表，中国传统要复兴，中国文化要复兴。调动大家的民族情感，是很有诱惑力的。他们的意思是，不能以西方的东西代替整个世界文化。这话有一定道理，文化是多元的。

但多元当中有没有一元？有没有根本性的东西？我说有的。历史进展到一定阶段，有了普通的道德水准，当时的人认为正义、公平体现在哪里，这就是价值观所在。现代社会随着全球性市场经济的发展，所要求的价值观是自由、个人的独立和平等。为了保障个人的独立平等，就要有法治，要有民主。民主、法治是为了保障个人的利益和个人的地位而存在的。现代社会的价值观就体现在这里。这是个统一的标准。如果说东方社会不要这样，行不行得通？原来唱这个高调唱得最厉害的是李光耀，但到了20世纪末和本世纪初，李光耀也变了，他说：看来，现在经济发展那么迅速，真正要发挥创造性，必须强调个人自由，不能和过去一样强调集体利益。

所谓东方社会以集体利益为首，不能再继续下去。

　　这个问题理论上要搞清楚，但我不可能一下午讲完，所以推荐一批书，读了这些书我想理论基础会比较扎实。你们都是动笔的，找这些书来看，很多在网上都有电子版，也值得买。这些书读下来，会让自己终生受用，是非常值得读的。

　　哈耶克的两本为什么那么重要？《通往奴役之路》是20世纪40零年代就写出来了，20世纪30年代已经有了基本观点。那时正是苏联集体主义、计划经济宣传最厉害的时候，哈耶克认真研究，认为如果你接受这种国家控制、官员控制的经济模式，就会成为奴隶。20世纪40年代，在中国，不但共产党接受计划经济，国民党也认为要搞经济计划，甚至中间派的张东荪他们认为对外贸易要由国家统治，农业要搞集体农庄，工业要搞计划经济。全世界都陷入计划狂热的时候，哈耶克说不对。这样的思想家是了不起的。中国吃了那么多苦，改革开放前死了那么多人，原因在于没有领会这些思想，而且以后的改革对不对，也要看是不是接受这个思想。所以这是我们反思的一个基础和标尺，它的价值就在这里。1974年，世界终于醒悟过来，授予他诺贝尔经济学奖。

　　波普尔也是在1945年写出了《开放社会及其敌人》，也是从希特勒和斯大林的专政社会主义的教训总结出来的。他从古希腊讲起，讲为什么个人主义是对的，个人主义与自私自利为什么不同，斯巴达和雅典的差别，从源头进行清算，一直讲到希特勒和斯大林。这是人类付出了血的代价以后取得的精神成果，读下来，你的价值观就牢固了。

　　印度经济学家阿马蒂亚·森的《以自由看待发展》。阿马蒂亚·森在美国工作，但一直没有放弃印度国籍。这本书是他为世界银行做报告的讲课结集，核心思想就一句话：发展的目的是自由，发展的主要手段也是自由。我想中国改革开放三十年后，中国人要理解这条就容易了。为什么改革开放前后三十年差别那么大？关键在于有没有自由，而且中国人得到的仅是不完全的经济自由，就已经使中国经济繁荣、发展起来。这本书使他获得1998年诺贝尔经济学奖。

《政治哲学经典》是选集。从古代到现在最经典的各派都有。

《政治科学》是美国的一本教科书。我们现在很多学校的政治学系也采用它为课本，很多政治概念基本常识都有。

联合国的世界人权公约要看原始文件。1948年制订了《世界人权宣言》，到1966年，我们开始"文革"的时候，联合国又制订了两个人权公约，这两个公约就是世界人权宣言的具体化。它是选取了全世界各国的政府代表、学者代表共同讨论得出的结论，所以它既不是西方的，也不是东方的。两个人权公约中国政府都于1997年、1998年相继签了字，而且公民权利公约已经由人大批准了，另外一个不是不批，领导人都说要创造条件批准，但一直到现在都没有完成法律手续。虽然如此，签了字也代表认同它的基本原则。《世界人权宣言》制订的时候，中国的代表参加了，也有些中国学者参加了，当时联合国人权委员会的副主席就是一个中国学者，在制订过程中发挥了应有作用。常常有人问，世界文明的标准在哪儿？为什么有人说你是野蛮国家甚至流氓国家，而别人就是文明国家，这是不是某个国家自己说的？不对，有个标准在，标准就在于联合国制订的这个文件。我们都说要政治体制改革，怎么改？改到什么程度合格？符合了联合国通过的这些文件，就合格了。所以这是非常值得读的。

最后一本《大法官的智慧》，是美国联邦法院的案例。读下来会提高我们的法治水平。

我想，这些书都是应该读的，要提高我们的基本理论素养就要读。除了这个，还有其他素养，那些大家自己就能解决了。

第三，转型期的选择。

我们现在面临这样一个思想文化的矛盾，其实我想不是一般的这派跟那派的斗争，实际上我们面临的是一个文明的差距，而不是文明的斗争。现在世界上很多分歧。通常认为的儒家文明影响的国家，东方的，中国、韩国、越南、日本、新加坡这些，其实界定得不严格，这些国家也是千差万别的。我们保留了儒学的不少东西，但是不是光保留了儒学呢？还有佛学、老庄，各方面都有。所有这些国家要实现现代化，基本的、主流的思想必然是现代文化。也就是我刚才讲的以《世界人权宣言》体现出来的现代文明精神，按照这些去做，国家就可以兴旺发达，也就是阿玛蒂亚·森所说，自由是发展的主要目的，也是主要手段。一些国家就是不发展，就落后，不是民族文化的矛盾，实际上是文明的差距。

中国的经济政治文化发展，落后于美国、日本等发达国家，差距在哪儿？不在于我们自身的特点，而是我们有些方面根本没有接受现代文化。回头看看我们改革开放三十多年的所作所为，说到底就是将发达国家已经成功的一些经验移植过来，搞特区无非是把西方一些已经成为常识的东西搞试验，试验以后就推广。我没有发现有超越的新鲜发明创造，即使有，也是很小的、枝节的、名称上的不同，比如我们的政府叫"人民政府"，人家就叫政府，没有人民两个字。但我们做得对的，跟人家是一样的，比如预算公开那么一个小事，在西方一个小百姓都明白的道理，在中国吵得一塌糊涂。是多了不起的改革呢？人家老早就这样了。但比起朝鲜我们还是了不起的。伊斯兰那些中东国家，原来奥斯曼帝国瓦解下来的，他们资源丰富，为什么还那么落后？说到底就是不愿意接受现代文化。是文明差距的问题，而不是文明差别的问题。它的所谓斗争，并不是有人反对伊斯兰教，而是要不要市场经济，要不要实行民主法治，这是现代文化，不实行的话就有问题。中国被人看不起，都说是法治水平很低，民主发展程度很低，是文明的差距，不是民族文化的差距。所以我们在选择的过程中，千万不要再陷入民族主义的陷阱。

第二点，不要再搞什么反对帝国主义。不知道你们有没有看王辑思（中国社会科学院美国研究所所长）最近发表的一个谈话，说我们面临着美国的衰落、中国的崛起，美国反对中国的崛起。这个观念恐怕落后于时代半世纪以上。水平那么低的一个人代表中国跟美国对话，太不像话了。但这就是我们的主流学者，他们还是那样一种水平。

其实很简单，美国讨厌中国的，是中国不民主、不自由，法治受到侵略，不过是这些。骂得对不对？答案都清楚。大家说骆家辉作秀，但他们的规定就是这样，人家不过是在守法。还有美国大使馆的PM2.5检测，揭露出我们的环境不达标，有什么坏处呢？

对世界现状、世界历史有基本了解就会知道，国家越发达，经济越发展，现代国家经济的密切程度、相互之间的贸易量远远大于落后国家，欧共体本身的贸易量，欧共体与美国、与日本远远比发达与落后国家之间的贸易量高，所以中国发展对他们的利益没有一点儿损害。工业发展层次不同，即使达到同一层次，有了自由竞争也无所谓。说美国压制中国，不要中国崛起，那请问欧洲崛起对美国是好是坏，美国有没有压制？没有这回事。研究中美关系历史说明，美国希望有一个民主的、稳定的中国。从现在解密的美国外交档案看，"二战"结束后他们的计划就是以中国为远东中心、主要盟国，希望与中国合作稳定东亚局势。计划就是这样。但后来我们自己不争气，打内战，一乱，就没办法了。到现在为止，它讨厌的是中国的落后方面，凡是知识精英（不是御用文人，保持了常识理性的）都知道，中美日欧现在实际上是分不开的，已经是你中有我我中有你，利益基本上已经融合了。跟任何国家一样，双方有利益冲突，也可能吵得一塌糊涂。我们要很冷静地看待这些关系。

反对帝国主义是怎么提出来的？按照列宁的《民族殖民地提纲》搞出来的。最初苏联想在周边收罗一批附庸作为它的屏障，中国如果成为红色中国，它就安全了。中国当时受到列强的不平等对待，特别是日本想把中国变为殖民地。但是其他国家，特别在进入20世纪20年代后，其他国家的计划不是这样。现在的外交史料证明，那时他们是想维持中国的主权完整，希望中国成为独立的民主国家。在那样的情况下，中国经济也在大发展，上海变成东方的金融中心，东京、香港、孟买之类还排不上队。这是不是一种殖民地的繁荣？不是。在上海华人资本最初是弱势，后来慢慢占了优势。因为有市场经济就有自由竞争，就有希望。就像香港、最初也是英资主导，现在谁为主导呢？所以，过去很多反帝的那种观念，其实很落后，也不应该。我们现在考虑问题应从国家的利益冲突去考虑，不是反对帝国主义。

但新左派一直在那样喊。中国现在很奇怪，一方面，改革开放特别进入20世纪90年代以后，国家外交政策大转变，明显的不搞革命外交了，以前支持各国共产党革命，支持他们走武装斗争的道路，后来邓小平接受了李光耀的建议，停止输出革命，在实际外交工作中慢慢克服了过去革命外交的不恰当做法。现在我观察，国家领导人处理外交问题还是比较冷静和理性的。但那些大小五毛根本不与中央保持一致，乱说一气，还是高唱反对帝国主义，水平很低很低。

第三点，转型期要注意，不要再搞什么斗争哲学，散布仇恨。这句不用再解释了。先讲这些，留下时间大家提问。

问答交流

提问1：我三十出头了，经常发现自己信仰迷失。我提这个问题有个小插曲，前段时间热映的《金陵十三钗》一个片断让我特别感触，一个国民党小队炸日本坦克的过程，那个场面拍得特别真实，回来跟同事讨论，我说这个镜头改变了我的价值观。请袁老师点评一下，目前官方给学生们开的历史课程中，可信度到底有多高？这些教科书对以后孩子有什么影响？

答：现在我们读的历史书，古代部分，大体上是那么回事，最少代表了一派的观点。但是近代部分，也就是19世纪、20世纪的中国史，恐怕有些问题。学习中国历史，我推荐看《剑桥中国史》，它是集中了世界的一批学者写的，代表了当时历史学发展的水平，总共有十多本。另外，现在中国年轻的史学家也起来了，他们的书也很好，比如茅海建的《天朝的崩溃》，副标题是"鸦片战争再研究"，写得非常精彩；假如要了解晚清的历史，除了这本也不妨看看我的《帝国落日》；民国部分，我推荐大家看杨奎松的书，他写了很多，很精彩；假如想了解朝鲜战争真相、中苏关系等，可以看沈志华的书。

提问2：您觉得中国的央企代表了谁的利益，对央企未来的发展有什么建议？

答：这个问题由我来答不恰当，我没有多少研究，应该由你们答复。这是第一个前提。

第二，全世界的国有企业多数是办不好的，只有少数例外，如新加坡，因为它是一个城邦国家，几百万人，利用现代企业的管理方法来管理国企，它做得不错。中国的国企问题很多，你们更了解。十五大讨论时，大家也感觉到国企问题太大，那时候我也请了一批经济学家写了一套丛书，写全世界的国企现状以及改革。写出来只证明了一条：国企非改不可。其中有数据，全世界的国企平均占经济总量约10%，落后国家大致30%，发达国家占5%左右，美国基本没有国企。中国在20世纪90年代占了40%。这是很大的包袱。

从19世纪以来，中国因为办国企耽误了现代化的进程。中国的工业发展不起来，就是因为政府办企业，垄断。日本跟中国的现代工业基本上是同时起步的，明治维新是1868年，我们是在1864年以后，为什么后来它发展起来了，中国就不行？因为到了19世纪70年代，双方都碰到一个问题：国企是无底洞，亏得很厉害，财政补贴不起。日本采取的措施是卖掉，1880年前后日本舆论批评"国有资产流失"批得很厉害，跟我们这些年讲的一个样。中国就一条死路走到底，坚持搞国企，民间办企业也要政府批准。结果甲午战争一打差距就明显了，他们赢了，我们输了。

经济上就是这样，他们依靠私人企业，后来的三菱、三井都是19世纪80年代卖给民间的国企，那时主要是轮船制造和航运，政府不但卖给私人经营，还给补贴，将大包袱卸下来，过一段时间它就有了税收，这是日本的道路。中国到了20世纪才醒悟过来，那时清末新政才让私人发展企业，甲午以后订立《马关条约》规定，日本可以在所有通商口岸办企业，根据互惠协定，所有列强都可以享受这个优惠。清政府没办法，对民间企业也放开了，那样清末的经济慢慢发展起来。但是建国后重复了过去的错误，重新搞集体化，上了俄国人的当。后来改革开放让私有企业恢复起来，并且卖掉一部分国企，这是非常英明的。现在好像降下来了，现在究竟有多少？有人说还有百分之二三十。

我想国企应该坚持改革。现在政府所做的选择是对的，凡是垄断领域都应该开放给私人资本。比如银行业，为什么不让私人进来？经济形势逼得没办法才在温州开始试点。我想国企最终还是要市场化道路，真正让股东大会发挥作用实行监督，对中国的国企会有很大好处。与此同时还要开放，电信领域最好也允许私人办，让外企进来参与竞争，中国的通讯就会有大发展。没有外力很难，另一方面本身也应该改革，我看到他们的建议是上市之后将股权慢慢释放出去。大势是这样的。

提问3：大家都是普通人，都过得很好，但很多人心里肯定有焦虑和危机感。仔细想想，会觉得自己周边存在很多危机，道德危机、食品危机、信仰危机，很多危机让我们感觉自己生活并不安全，甚至生命受到威胁。很多人为在社会病找药方。刚才你说社会上思潮很多是好现象，尽管并不一致。相信很多百姓在想，既然现在那么多危机，就回去嘛，如果有个政治强人出现带着大家分田地打土豪，大家都有，这样也好。另外一些人会想，要全盘西方，走西方的路。这些要提供的一个副价值是，说现在这些不好，中国传统不好，四书五经都是糟粕。这样会让大家头脑混乱。我之前接触过一些人说道家老子的讲法很好，三五千年前大家都很和谐。这个好吗？

答：对这个问题，我有几个基本观点。

第一，不要夸大负面。比如说到当前的危机，首先要看到，我们现在的社会比改革开放前有大的进步。如果这点不承认，就没有讨论基础。因为成就来源于我们接受了现代文明的一部分，主要是市场经济，我们接受了，改变了中国。我想这是应该首先肯定的，里面有些东西是正常的，社会是在先进与落后的矛盾斗争中前进的。比如说到道德危机，可以反过来问，现在的道德状况比改革开放前是进步了还是落后了？改革开放前因为社会控制很严格，没有流动人口，所以犯罪率可能比较低，但它也无力做善事。改革开放后，其实整体上由于个人的自由增加了，多数人的尊严增加了，也就是道德水平提高了。道德无非是正义公平的体现。小悦悦事件有很多人显得冷漠，但更多人伸出手来救援，这说明了什么？现在到处存在的救助活动，即使在政府没有完全放开的时候，动人的事件有多少？比较普通的，像邓飞的免费午餐，做得很成功，还有李连杰的壹基金。从这一面讲，是不是道德水平大提高？我想两方面都有，一方面道德水平是提高的，另一方面还存在问题。

回到一点，道德水平是怎么提高的？几千年宗法专制都强调德治，所谓以孝治天下，强调领导就是德的代表，官府有教化功能，政府不但要管理社会秩序，还要教化子民。现代社会应该怎样处理道德问题？正义与公平的水平即文明的程度，牵涉到公共道德部分的应该吸收到法令当中，成为法律的一部分。以法治国，公共道德当中大家都要遵守的一些规则，比如不能在公共场所抽烟，随地吐痰等，其实我们也是有法令的；香港严格执行，广州形同虚设，少数违反也没人管。其他问题也是文明发展过程中必须解决的问题，不是比以前退步，而是发展到今天必须解决。比如有毒食品，以前有吗？可能市场经济不发达，可能没有。现在有这些，任何国家在它的社会转型、产业发展过程中都出现过。现在需要的是舆论监督，政府负起责任加以纠正，不要因此就讲现在做的错了，或者比以前更落后。不是这样，是在前进中遇到的新问题，要坚持不断改革，不断监督，这些矛盾慢慢就解决了。所以还是应按照一般国家的办法，以法治国，舆论监督。

提问4：结合以往历史的分析，您认为中国目前要迈向现代社会可能采取的路径是什么？

答：采取哪种方式一言难尽，但我想一个基本的东西，确实应该是改革、开放、稳定。过去我们在经济上融入世界，参加WTO，就是全盘西化了，因为加入WTO就得按照WTO规则改造经济。政治上，现在老讲中国政改滞后，就得提高自由度，推行民主。自由民主哪里来？中国传统当中有民本思想，有人就此说中国一贯有民主思想，也没有必要。现在的中国人要跟全世界公民一样，应该享有自由平等，应该受到法律和政府的保护，也就是有法治、宪政和民主。

这里关键就在于，不要再折腾，不要再搞什么革命，下定决心不断改革，不要再想推翻政府，打土豪分田地，或者打倒资本家分资金。要坚持走改革的道路。要是还像过去一样沉迷于革命，有些人老是鼓动，社会没有希望了，整个社会没有改革共识了。我说错了，百姓是要改革的，执政党要不要？为了它的利益也要改革。社会矛盾很尖锐，要化解才不会影响它的执政地位，从它自身的利益出发就要改革。再加上客观上有民众的压力，以及舆论的压力。只要市场经济一发展，公民的权利意识必然觉醒，个人的自由的财产不能随意侵犯，再加上上帝送给中国人一个很有利的武器，互联网，微博，成为一个强大的监督工具。互联网根本禁锢不了的，这样的情况下，就变为一个强大的舆论监督工具。

所谓保持稳定，是法治基础上的稳定。这样中国会慢慢进步的。

提问5：能不能讲解一下，你说胡锡进应该去哈佛进修，免得再闹笑话，这是什么意思？

答：是这么回事。茅于轼得了个国际经济学奖，他就说茅应该顾及国内大局，好像茅就是不顾大局。其实他对政府、社会、个人三者的关系不清楚。政府客观上一定是受批评的，任何时候都是挨骂的，因为不可能做得100%好。它的责任是为公民服务，要保障公民的自由和安全，在实行职能过程中，公民一定要严格监督，不断批评，可能有些话过头，但基本的东西你要听进去，这是常识。同时公民为了表达意见，维护自身利益，它有权在公共领域中成立组织，所以要有社团，单个人是没有力量的。这都是常识。但胡锡进就说，你茅于轼一个人批评政府，影响了团结。所以我说得补充一下常识。是个开玩笑的微博。

提问6：踢球要临门一脚。但世界上民主有高质量和低质量的。欧美的民主运行不错，但我们看到，无论非洲还是印度，民主制度运行都不太好。现在看回去，欧美遇到经济危机，奥巴马什么都干不了。他们说美国也面临政治体制改革。我想有两种民主，一种是理想状态，但现实中会受到各种因素的干扰，比如利比亚、伊拉克等，垮了也没有实现很高质量的民主，我看他们现在也很麻烦。我的问题是，我们这么一个大国，特别复杂，搞民主面临的问题很多。因为没有权威轴心的话很难，它们的民族意识特别强大。我的看法，在中国这个大国，我们现在这种状况，怎么过渡到高质量的民主体制。我个人觉得这个非常难。

答：刚才你提的，有很多人都这样看。

问题在哪里？一个前提是，民主没有优劣之分，第二，国家的优、劣，或因为一个国家的发展程度不同，体现在制度，就是运行规则。

现在所有的非洲或其他比我们更落后的国家，说到底，是还没有体会、认识到要采用现代社会的规则来管理国家。比如前几年乌干达反对帝国主义，将所有外国农场没收，造成整个经济垮台。好些国家到现在仍然乱哄哄，就是还没有走上正轨，没有采用现代社会管理制度。有很多牵制因素，包括文化传统，往往要付出代价，才能够真正转化为现代社会。一个国家转化困难，多半因为受传统包袱所累。其中最突出的是印度。好多人都说搞什么西方民主，你看印度比我们落后得多。这个说法恰恰忽视了一条，印度搞得糟糕，其中一条是在国大党长期统治下，学苏联搞社会主义。包括缅甸、非洲一些国家的落后，都是因为搞所谓的社会主义。印度的官员贪污很厉害，因为搞垄断经济，比中国晚了十多年才改革开放。人民党取代了国大党才开始改革，才慢慢赶上来。印度的问题，不是因为它实行了民主，而是它没有真正按照现代社会的规则来改造它的国家。种姓制度当然是个历史包袱，但要看到，历史的陈迹要消灭需要相当长时间，它已经取得很大成就。现在这个印度总统就是贱民阶层。在知识阶层当中，种姓制度的影响越来越小了。现在它的问题不是要回到过去，而是坚持按照现代规则继续改造。

回到中国问题。中国要逐步改，这样就要有足够智慧的政治家，大局在胸，有逐步的全面的计划。在我看来，先要自由，自由度要大大提高。第一个要保障言论自由，先自由，后民主。民主方面，已经有的规则就要遵守，汪洋说乌坎没有超越现有的法律，但它真正做了。再加上温家宝说的，能管好一个村就能管好一个县。其实各地已经有了大量的乡镇民主实验，采取各种方式，从乡镇民主做起，然后到县一级民主；我想这一点危险都没有。在大量实验的基础上，逐步实现中国的民主。这是可以做得到的。就是说，不在于中国特殊，一实行民主自由马上国家分崩离析，而是怕你没有一个全面计划。

再看西方的金融危机问题。西方不是十全十美，但我们看得到它的问题在哪。第一是过分的高福利，希腊病，第二，金融危机是国家对于怎么管理企业和市场，经验仍然不足，这里是不断总结经验前进的问题。包括中国，一方面学习西方经验，但不要走人家已经证明是错误的道路。不是说中国可以不要民主，那是全人类的文明，是抗拒不了的，但要很冷静地根据中国的情况逐步推行。

提问7：中国已经到了改革的深水区，进入攻坚克难的阶段，这个难在哪儿？第二，你说要实现民主自由的环境，我们应该向哪个学习？有没有可以参照的做得好的国家？

答：改革的困难在教育官员转变观念。中国的官员，从中央到地方，多数是人民共和国建立后的中国教育培养出来的，专政社会主义模式培养出来的观念根深蒂固，动不动就说是敌对势力。广东很明显，从太石村事件到乌坎事件，要是动辄按照敌对势力作祟的观点去处理，乌坎事件不可能顺利解决。官员应从专政思维下解放出来，把政府变为真正为保障公民的自由、安全而存在的一个机构。这个观念要树立起来，真正为人民服务，建立一个公开的服务型的政府。这方面一千万官员要有严格的思想转变和改造。同时制度上要相应改变，不变的话也没有希望。

至于哪个做榜样，领导层想以新加坡为榜样，很多人去新加坡训练学习，但是新加坡也是控制型的政府，没有真正实行民主。其实最好的榜样是香港，香港长时间是没有政党的，但是它有自由，一直到九零年代以后才逐步发展出一些政党，但目前来讲它还是行政主导的社会。作为过渡型的政府，我想中国第一步要达到香港的水平，下一步再讲其他，可能是比较现实的道路，而且不会乱。因为香港有言论自由，有法治，官员也比较清廉，将那一套学过来，慢慢再讲其他。

提问8：我前段时间到江西，看到陈寅恪先生的墓，他的墓上有十个字"独立之精神，自由之思想"，你如何评价中国学术界的思想自由？现状怎样？第二个问题，价值观方面，现在西方国家会对我们国家的人权等提很多意见，你觉得美国为主的西方国家为什么要把他们的价值观推给我们？

答：中国的学术现状，我很难作出全面概括，好像原《人民日报》的记者马立诚写过一本《中国当代思潮》，就是讲这个，相当好，可以找来看看。

应该讲，当前的体制下，中国有大把钱设立各种项目，使相当一部分学者为了拿到项目丧失掉独立人格，我感觉这是非常可悲的。当然全面看，科学技术方面政府的资金资助是必要的，这里不牵涉意识形态，主要是规则的问题，不那么公正，评选过程不那么恰当，需要内部的人不断批评更进。但是人文和社会科学方面，受意识形态影响相当大，出现了一些大"五毛"拿了政府的项目资金后，不是独立客观地进行学术研究，而是顺应政府的要求，宣扬相应的东西。这是很可悲的，但要改造恐怕要相当长时间，不是那么容易一下子达到。

西方对中国不断有批评，是不是就是推广它的价值观？美国人有这种情怀，他们以世界宪兵自居，常常做这样的事，从马歇尔计划开始就有明显的表现。事实证明，美国人打伊拉克也不是为了石油。所以我们对国外的批评不要老是用阴谋论去理解，要反过来看，我们在哪方面做得不够。这里有个前提，承不承认现代文明有标准？照我看来，《世界人权宣言》和联合国人权公约就是世界现代文明的标准。要是这点成立的话，就不会把国外的批评看成对中国的阴谋。这是个压力，但压力应该变为中国改革自己的动力，更好地接受现代文明，我感觉这些对中国社会、中国政府都没有坏处。

历史观和中国发展
——答《都市时报》记者李一枪

问：您本是从事哲学专业的，为什么后来"不务正业"，对研究中国近代史感兴趣了呢？

袁：我在哲学系工作，但教的不是哲学理论，是中国哲学史，主要是鸦片战争以来的中国哲学史。这个时期的中国，纯粹的哲学理论十分罕见，教学和研究的主要内容是这个时期的思想文化，逐步扩展到政治、法律等方面。也就是说，中国近代史是我的正业。

问：您也给学生们教授过历史课，有没有出现这种情况，就是学生指出您所讲的历史跟他们以往在教科书上学到的不太一样？如果碰到这种情况，您会如何处理（怎么跟学生讲）？

袁：大学是学术、文化创新的中心。一个合格或良好的大学教师，必须提供与众不同的新东西。我一贯坚持讨论式的教学。我会提出问题，指定阅读材料，让学生充分讨论和思考后，再详细论述我的观点和其他观点。成功的教学要教会学生自己收集、阅读和分析史料，怀疑和批判地思考，充分辩论，存疑求真。把一些观点视为信条，强制灌输，不准怀疑，那是思想专制，是愚民工具，只会培育一批又一批心口不一的伪君子或谨小慎微的侏儒。年轻人中这一类人越来越少了。

问：近年来，大陆史学界开始更多地去勘正过去一些在人们看来是"理当如此"的历史观，如对太平天国、义和团等运动提出与以往官方所宣扬的那一套截然不同的观点，而且这些纠正也越来越为更多的人所共识，虽然这些对于海外研究中国历史的学界而言，可能早已并不鲜见，但该说总归也算是一种进步了？

袁：学术就是不断求真、不断证伪的过程，没有人有权宣布某个结论不准质疑。把自己的观点封为"理当如此"的金科玉律，是有些人掩盖自己思想贫乏的外衣和打人的棍子。近年来，这个局面开始打破，是回归常识的进步，有助于学术生长。

问：您对唐德刚先生的"历史三峡论"持怎样的看法？

袁：中国向现代社会转型的过程特别漫长，这是前现代社会结构性缺陷和民族主义特别顽强，阻挡现代社会制度生长的恶果。经过近二百年的博弈，历史终于到达临界点。可是，能否和如何冲破最后一关，仍是未知数。

问：中国自古便已有"以史为镜"的说法，似乎人们早已深明此道，但事实表明历史却总是容易循环往复，一些事情总是重复上演，您如何理解这种看似矛盾的现实？

袁：后发展国家社会转型，必须具备两个必不可少的条件：一是社会中上层有改变现状、改进自己处境的强烈要求。二是知识阶层较普遍懂得和愿意接受现代文明。19世纪、20世纪之交，中国大体具备了这两条，不幸传统太顽强，加上革命党人太极端和幼稚，机遇一再被断送。现在，要求改革的呼声很强烈，但身处朝野的知识阶层能否认识现代文明不可抗拒，因而勇敢排除种种奇特的利益和意识形态障碍，融入世界主流文明中去？这是有待观察和博弈的大事。换句话说，一百多年的以史为鉴，往往既没有看清自己的真相，特别是根本性的缺失，也没有看清别人的真面目，所以一误再误。

问：过去一种惯常的观点认为儒家思想同西方价值观是相矛盾、不能并立的，不过历史学家余英时先生对此却持不同的观点，他认为一些现在所惯称的"普世价值"在儒家经典中也能找到出处（如"己所不欲，勿施于人"等），您是否认同余英时的观点？

袁：种族没有优劣之分，人性是共同的，"人同此心，心同此理"。所以，各大文化体系中均有仁爱思想、商人精神、自由、平等思想等等，即现在被称为普世价值的因素。所谓普世价值，汇合了各大文化体系的精华，应该称为现代社会的共同价值。从这个角度看，我赞成余先生的观点。

孔子说："己所不欲，勿施于人"。这是不是中国特点呢？印度教"毗耶婆说：你自己不想经受的事情，不要对别人做；你自己向往渴求的事情，也希望别人得到——这就是整个的律法，留心遵行吧。"犹太教："你不愿施诸自己的，就不要施诸别人。"耶稣《路加福音》："你们要别人怎样对待你们，你们也要怎样对待他们。"穆罕默德："你自己喜欢什么，就该喜欢别人得什么；你自己觉得什么是痛苦，就该想到对别的所有人来说它也是痛苦的。"

（《全球伦理——世界宗教会议宣言》，四川人民出版社）除了翻译带来的文字表达的差异，这些观点有什么差别呢？

当今向现代社会转型，最艰难的大约是一些伊斯兰教国家了。可是，阿拉伯人即使在伊斯兰化以后，重视商业的传统也没有中断，也不缺乏商人精神。

中国典籍中有好些民本思想，更是众所周知的。

不过，西欧北美之外，这些思想因素仅是零散的闪光，没有发展成为系统的理论，更没有推动传统社会转化为现代社会。

儒家思想应该区分为两个层面：其三纲六纪等思想固化为社会制度，是中国社会转型的严重障碍和历代有识之士讨伐的对象，同现代社会格格不入，其余威尚在，不可等闲视之！

在非社会制度领域，儒家思想同世界上所有文化体系一样，它们所附丽的各种典籍、风俗习惯等等，是现代社会必须保护、研究，自由发展，让公民自由选择的文化遗产，根本不存在与现代社会对立不对立的问题。

问：对今天的中国而言，您认为是更需要鲁迅还是更需要胡适？

袁：胡适和鲁迅有三个共同点：

1. 专制制度和专制思想的批判者。

2. 中国语言表达工具变革——白话取代文言的支持者，白话文学的倡导人。

3. 中国文化遗产研究和发扬的先驱。

其间，胡适是主将，鲁迅也是重要的前驱。第二条已功成名就，不用担心了。第一、第三两项至今仍是重任，因此，胡适、鲁迅至今都没有过时。

两人也有差别：

1. 对自己追求的理想社会，胡适认同主流的现代社会并有深刻、全面了解；鲁迅则上当受骗，迷信苏联。

2. 社会变革途径，胡适致力于改良，鲁迅则沉迷革命。

对21世纪中国而言，只要头脑清醒的人都会深信：改革开放——改良是利国利民的最好选择。

问：在老一辈史学家中，有哪些是您所推崇的？当代的晚辈学者中，哪些最值得关注？

袁：20世纪上半叶的中国，在史学各个领域，都涌现了一批大师。王国维、陈寅恪、陈垣、吕思勉、汤用彤、傅斯年、李济、顾颉刚等人的成就是最出类拔萃的。

中华人民共和国成立后至改革开放前，史学界真正让人敬仰的仍然是1949年以前已成名的老史家。改革开放后培养出来的史家，20世纪90年代后崭露头角。以19世纪、20世纪中国史研究来说，我最喜欢的是茅海建、高华、沈志华、杨奎松、桑兵等人的著作。

问：谈点我们身临其境的当代史话题吧，您怎样评价20年前邓小平南方谈话的意义？

袁："八九"风波的创伤尚未抚平，1991年苏联又突然坍塌，中国向何处去？有人把"反和平演变"列为中心任务之一，改革开放进程深受威胁。小平南方谈话，重申是否改革开放关乎国家存亡，批判了以姓资姓社的愚蠢借口阻挡改革开放的荒唐，从而为中国融入世界、吸收现代文明清除了思想障碍。这次谈话推动市场经济在中国生根，推动中国经济加入全球化进程，作用非同小可。但是，人们至今尚未彻底领会这次谈话的内涵，中国全面融入世界现代文明的障碍尚未完全清除，纠缠姓资姓社的愚昧仍历历在目，改革开放的步伐太慢了。

问：关于改革，您说过"此时不改,更待何时"，但于目前而言，您认为促发改革的真正动力在哪里呢？

袁：改革的动力有两条：

1. 朝野各方睁眼看世界，认识现代文明是人类的共同财富，不可也无法抗拒；认识中国与先进国家的差距太大，历史进程不能再耽误！

2. 公民瞪大眼睛维护自己的尊严和权利，随时监督政府和政府官员，揭露他们的不端行为，迫使他们四不敢：不敢贪污受贿，不敢枉法霸道，不敢偷懒，不敢阻滞改革开放。

问：您今年已是81岁高龄了，但思想、观念却与时俱进——开通微博同广大网友们交流，作为正宗的"80后"，这丝毫不落伍于另一群80后，选择上网同网友交流，是觉得这样也可以或多或少地改变一些什么吗？

袁：世事繁复，进展飞快，我不懂的东西太多了。进入互联网，开通微博，是我学习和参与公共生活的一个渠道。我相信越来越多的中国人开通微博，沉默的中国变为众声喧哗的中国，会推动中国民主、法治和繁荣的进程。

问：总体而言，年青一代可能历史感比较淡薄，即有种说法是说90后乃至80后是"没有历史的一代"，有人认为这群人无知、愚蠢，也人认为由于没有历史包袱"80后、90后是中国第一批可以被称之为人的人"，您对这一群体持有怎样的印象？

袁：不要低估1980年以后出生的年轻人。他们有强烈的独立精神、求知欲望，敢于抛弃意识形态枷锁；加上任何措施都无法割断中国与世界的联系，他们知道世界和中国的现状，是完成中国社会转型的可靠力量。

2012年2月18日星期六
原载《都市时报》2012年2月22日星期三

社会转型和现代文明的标准

时　　间：2012年3月10日
地　　点：中山市公安局
主办单位：中山团市委"精英有约"

今天想讲两个问题。我们生活在一个转型社会。生活在这样一个时代，应该讲是很难得的。那么复杂的一个社会，很少人能碰到这样一个观察社会大变动的机会。想不白白度过一生，我想首先一条，要胸有全局，究竟怎么看这个时代，怎么看这个机遇？这是第一个问题。第二个问题，面对这样一个大变动，应该怎么做？

在第一个问题里，转型究竟转向哪里？要转到一个什么样的社会？很简单，在中国来讲，鸦片战争后都处于转型阶段，向人类的现代社会转。从文艺复兴以来，人类就开始向现代社会转型，特别是17世纪后，人类的历史进入一个新阶段。也就是说，刚好大清帝国建立的时候，世界就在向现代社会转型。但我们错过了这样一个机会。

　　那个时候，世界上有好几个大帝国，但由于历史条件不同，未来的命运大不相同。一个是英国革命，转型以后它慢慢建立了一个世界性的大帝国，这个大帝国有血腥的一面，征服殖民地，另一方面它把人类文明传播到世界，把人类历史往前推进了一大步。差不多同一时期，俄罗斯彼得大帝的改革，也建立了一个大帝国，把一个野蛮的俄罗斯建成一个半开化的俄罗斯，在文明史上也留下很多光辉的记录。同时建立的大清帝国，给中国建立了一个空前的大国，中国的版图应该讲最大就是那个时候，光是陆地就有一千二百多万平方公里但是鸦片战争以后一再挨打。

　　为什么会这样？我想，了解现在世界的全局，必须对中国的历史、世界的历史有比较全面的认识。假如对人类历史的发展没有一个全面、清醒的认识，很多问题的判断是不准确的。为什么西欧、北美会变为现代文明的代表？为什么中国乃至整个东方社会到现在转型还很艰难？了解历史，很多问题的判断就比较准确。

　　这里，我希望大家读一点书。

　　一本是复旦大学出版社2010年翻译出版的《西方文明史读本》，它有个好处，不是简单地将结论拿出来，而是列出了有关的史料，作者丹尼斯。世界文明怎样发展到今天？它勾画出一条基本线索。

　　应该对照世界文明的发展，来了解中国历史的发展。我建议大家对两头一定要有比较深刻的了解，一头是先秦的历史，读《剑桥中国先秦史》，因为它意识形态束缚比较少，对先秦有比较准确的概括。与先秦史大致相当的古希腊罗马的历史，也应对照了解一下。另一头，要了解近代历史。也就是鸦片战争以来的中国史。但是，近代史我们受意识形态的束缚太多了。要澄清这段时间的历史，还是要读一读《剑桥晚清史》《剑桥中华民国史》。对照来读，世界历史怎样，中国历史怎样。除了《剑桥晚清史》和《中华民国史》，其他一些书也可以读一下，比如茅海建的《天朝的崩溃——鸦片战争再研究》是非常了不起的著作。有空也不妨看看我的《晚清大变局》。其他还有很多。

联系历史全局来看，很多问题的看法和处理就会不同了。比如，什么叫现代社会？我们转型转到哪里才叫达标？历史是人的历史，社会转型要转到人能够生活得最好，那样转型就叫完成。什么叫现代文明标准？全世界学者的代表、政府的代表，1948年共同讨论制订《世界人权宣言》，其中一个中国学者张建春起到很大作用。什么意思呢？这个标准不是西方的，也不是东方的，而是代表了全世界的共识。学者参与，政府代表参与，然后经过联合国大会投票通过。

为使《世界人权宣言》的要求更加具体，1966年联合国制订了两个人权公约：《经济、社会、文化权利国际公约》《公民权利和政治权利国际公约》。这三个文件网上都可下载到。后面两个公约中国政府都签了字，《经济、社会文化权利国际公约》已经批准了，有法律效力，但《公民权利和政治权利国际公约》全国人大还没有批，领导人都说要创造条件批准，十多年了到现在还没批，1998年签的字。签了字就证明中国政府认为它的原则是对的，基本内容是对的，不过中国现在条件不够，不能一下子达到，所以暂缓批准。这样我们就了解，人类已经发展到这一步。

了解这些以后，我们再来谈具体问题，就比较好办了。比如，有这些标准，而现在我们还在争论中国转型到哪里去，这个能搞，那个不能搞。这些提法，作为中国人怎么看？人类文明到了这个程度，我们是接受还是不接受？现在中国就处于这个阶段。不断发生的所谓普世价值之争，不从整个历史的全局看，就搞不清是非标准在哪儿。

中国的发展，向现代社会转型为什么那么慢？主要原因在哪里？内部原因是主要的，还是由于帝国主义是我们发展的主要障碍？

主要障碍不是在外部，而是在我们自己。自己的原因在哪里？从先秦就已经种下祸根。为什么要读先秦史和世界文明史，要对照古希腊？就是要看我们的缺陷在哪儿。现在不讲具体的缺陷，你们自己去读书就知道问题在哪儿。

假如这个问题清楚了，处理很多问题看法就会不同。比如，现在很多地方提倡读经，怎么看？共青团常常要跟学校打交道，是不是要在学校里面提倡读经，读《弟子规》《三字经》？要是对中国历史、中国文化的弱点有深刻了解的话，根本不会参与这样的活动。为什么？孔子的教育方法跟苏格拉底有差别，孔子是灌输信条的，灌输很多结论，要你们相信；但苏格拉底不给结论，而是让你怀疑和讨论。整个西方文明就是在古希腊文明影响下发展起来的。我们一些民族主义者一直在蛊惑，中国多么了不起，全世界就是中国文明没有中断。反过来问，古希腊文明就中断了吗？现在的西欧、北美，是不是古希腊文明的发展和壮大？整个现代文明，就是吸收了东西方文明的结晶，包括古希腊文明，是这些文明继续往前发展的成果。全局在手的话，对这样一些具体问题就会比较清醒。

再比如，刚才讲主要障碍在哪里？反对帝国主义非常热烈，现在还有人大骂这个、那个帝国主义。中国反对帝国主义的任务什么时候完成的？我的一个讲话提到，过去讲北洋政府是卖国政府，不是，北洋政府是收回国家主权的重要阶段。1919年五四运动提出的那些问题，在1921年至1922年的华盛顿九国会议已经解决了。这个会议为什么能够确立维护中国的独立完整，解决山东问题？美国在主导，美国和中国是个什么关系？美国是不是侵略我们的主要敌人，还是历史上给了我们很多帮助？要搞清楚。国民党时期，内政上很多反动措施，不民主，但在对外方面，反对日本侵略方面它有很大贡献。国民政府时期（1925年7月1日至1948年5月20日），反对帝国主义的任务基本完成。1943年所有不平等条约废除了，而且订立了新的平等条约；抗日战争胜利，日本被赶出去，反对帝国主义的任务基本完成。剩下有没有不平等条约？有，《中苏友好同盟条约》是新的不平等条约，继承了沙皇时代俄国的特权，租借大连、旅顺，新疆又建立什么公司，这是不平等条约，但在赫鲁晓夫时代也改正过来了。

反帝怎么反？我念高中的时候很相信美帝国主义仍在侵略中国。1946年签订了《中美通商航海条约》，那时左派报纸拼命说这是美帝国主义侵略。怎么解释呢？两国企业可以自由贸易自由投资，你那么强大我那么弱小，一自由我们就吃亏了。现在看起来很好笑。按这个逻辑，应该是我们可以到美国投资，美国不可以到中国投资。这个叫平等？其实现在中美关系处理上我们想得到的，1946年条约都有了，现在有些东西还要不到。怎么说这个条约证明美帝国主义侵略？不是说美国政府做得都对，但在基本大局上，国民政府时代已经完成了反对帝国主义的任务。

再讲全局。我们参与了苏联社会主义阵营，大讲社会主义和资本主义斗争，帝国主义阵营多么可恶。了解转型社会全局后回过头想，我们上了大当。首先，对苏联怎么看？苏联71年的历史，是人类的一个大灾祸，是俄罗斯以及原来苏联版图内的民族的灾祸，不但是苏联的大灾祸，也是世界人民的大灾祸。这个还要讨论吗？想一想是不是这样？

这里就牵涉到一个问题，社会主义与资本主义的斗争。我们原来以为这是支配20世纪世界历史的一个基本线索，实际上是不是？根本不是那么回事。因为"二战"前后，资本主义和社会主义融合了，这又是我们理解全局中的一个大问题。从生活出发，人人都知道，很多人都向往西方社会，为了孩子或自己晚年过得好，千方百计移民。你说他们对不对？他们不过想在那边过一个安稳生活，这是人之常情。进一步从理论上讲，就是社会主义与资本主义的融合。

什么时候开始的？1929年世界经济大危机以后，罗斯福上台，他总结了经验教训，提出了四大自由，包括言论自由、信仰自由，是历史上文艺复兴以来的传统的自由；然后是免于恐惧的自由、不虞匮乏的自由，总结了希特勒的国家社会主义和斯大林的专政社会主义的教训，要让百姓自由自在，免于恐惧，保障公民的基本自由不随便侵犯。还有一条，社会主义不是经济上的民主，他提出不予匮乏，是基本的生活有保障，不会缺乏的自由。现在在发达国家即使失业，基本生活都是有保障的。这是四大自由，是社会主义制度与资本主义制度的融合，这样一讲，我们为社会主义奋斗了那么多年是不是白干了？其实是走了大弯路，上了俄国人的当，走俄国人的路是个大弯路！要是了解全局的话就是这样。

了解全局、了解世界是这样一个情况，读历史就是为了这个。这个问题不理解清楚的话，今后还会糊涂。比如要继续反对帝国主义，国内现在动不动就是反帝，不要做"带路党"。

再看，世界还有一些国家比中国还要落后，比如伊斯兰国家，除了少数如土耳其走上了正轨，很多还在努力反对帝国主义，还没睡醒，还在重复中国人昨天的错误。中国改革开放后面貌一新，原来是拼命反对帝国主义的，不知道这个大局。我们原来说反对帝国主义牺牲了多少人，包括朝鲜战争。本来抗日战争胜利后，不存在所谓反对帝国主义问题，国共两党联合起来建设自己的国家，那样就不同了。很痛心的一个教训，就是由于不了解全局。讲得更深一些，我们原来学的那些理论，哲学基础就不对，斗争哲学，老是讲社会主义与帝国主义的斗争，工人与资本家斗，农民和地主斗，斗争没有给中国人带来富强。回过头来看，资产阶级和工人阶级，光讲矛盾一面是非常片面的，它们有共同利益的一面，我们过去根本不讲，但这个一定要讲，不然就会走大弯路。不了解这条，基础就错了。为什么我们老是"左"？中国共产党第一个纲领就提出，要消灭资本主义，消灭资产阶级。资产阶级是不能消灭的，并且以后一直会有人做资产的经营者。

但是另外一方面，工人也要变资本家，叫人力资本家，就是要受到足够的教育，知识就是资本，有创造发明就是资本。不但有资金的是资本家，有知识的也是。这个我们不知道，结果走了大弯路。

第二个问题，作为共产党员，作为干部或普通企业家，在这个转型期应该怎么做？

最重要的一条，保持社会稳定，不要再搞什么革命。原来我们因为理论水平不高，知识不够，老是上当受骗，老是被鼓动，要革命，于是拼命造反，所有文化遗产搞得落花流水，给国家造成重大损失。斗争哲学那套根本是错误的，很极端的思潮，不能再要那些。反过来要承认，人类文明是有共同标准的，中国不但经济上要崛起，而且文明也要崛起，不但要做经济大国，也要做文明大国。刚才讲，文明的标准在联合国的三个人权公约，那个就是现代文明已经达到的水平。回过头，有没有这个认识会差得很远。

这里就牵涉到是不是真正地维护国家法律的尊严，现在全国人大正在讨论刑诉法草案，就在人大开会前，国务院发表了拘留所管理条例，有六个要点，里面说到犯罪嫌疑人的权利和义务，律师什么权力，管理者要负的责任，等等一大堆。过去我们对这些法律是有所忽视的。

今天是在公安局的报告厅里，作为公安干警和普通公安干部，你对刑讯逼供是什么态度？假如你读过书，了解这样一个文明发展的趋势，就会绝对禁止，不会这样干。因为你所面对的犯罪嫌疑人，可能有过错，也可能完全没有。文明已经到了这一步，不能违反法律也不能践踏文明。假如说要怎么做，我想最根本一条，做一个文明人，文明干部，不要违反历史发展的趋势。

还有很多要讲，但我愿意留出时间给大家提问。谢谢大家。

问答部分

提问1：我来自中山学院，是教政治的，在教学过程中有一个困惑想请教。在我的体会中，中国更多的应该是反封建主义而不是反资本主义，你所说的腐败和刑讯逼供是封建思想残留的标志，因为权力独占，我能够拥有但别人不能拥有，这是根源。

答：中国没有封建制度，按国际学术界对封建的定义，中国是宗法专制的制度，但没有西欧那样的封建，假如有封建转型会比较容易。日本是有封建制度的，所以下面的封建藩主可以造反，反对幕府，有地方势力可以推翻中央政府。中国没有，是宗法专制制度，而且非常严重。你所说的反封建实际应是反宗法专制。很多人以中国的民族主义来煽动，说中国的传统文化优秀。不要上当，中国民族文化有优秀的地方，也有根本性的缺陷，不要随便、简单地肯定。

提问2：问一个很直接的问题，如果当权者拒绝文明，我们应该怎么办?

答:这是一个假定性的问题。实际上,社会没有那么简单。我是老共产党员,我的党龄比在座多数人年龄要长。我有六十多年党龄了,相信在座的没有六十岁的。对共产党员怎么看?它过去有错误,但这三十多年的历史是了不起的,改革开放的历史。从共产党的第一个党章开始,就要消灭资产阶级,消灭私有制。《共产党宣言》中说,共产党员不隐瞒自己的观点,我们的全部理论概括起来就是一句话,消灭私有制。改革开放是干什么?恢复私有制。最重要是这条。跟世界文明接轨,吸收世界文明的好东西,将经济融入世界,也就是恢复私有制,这样一个党,你说它其他的改革就不进行了?不是,但是它改革得慢了。那么,我们要看到它改变在哪些方面。假如你是政法干部,就要认真研究刑诉法的修改会带来什么,有些人说这是恶法,不是。其实费了很多心血,里面有进步的地方。它有不够,我们舆论去督促,只要有市场经济存在,公民意识一定会觉醒。我要参与市场,一定要保护我的财产和权利。受侵犯怎么办,我就出声,要发言,要求言论自由,健全法制。改革受到侵害,或者有官员不改革怎么办?我们说话,我们批评监督,你违反了法律,违反了历史进程。我理直气壮,你腐败贪污我就指出,也指出制度上有什么问题。我想这个过程正在中国进行,所以不要想象改革已经停止。而是改革正在进行,我们怎么参与。问题就在这里。

提问3:我是团市委宣传部。有个问题请教,我们文明的进步到底是生产力发展还是对资源的掠夺加快?当一个先进文明进入了落后文明地区,会不会有资源掠夺?这样的掠夺会不会有马太效应,造成强者越强弱者越弱?

答：《共产党宣言》里面有句话，资产阶级来到这个世界，就要创造世界市场，这是一个不可抗拒的历史趋势，世界会走向一体化。这样一个过程，确实比较复杂，因为是个自发过程，有掠夺殖民的一面，也带来人类文明的其他成就。会造成什么结果，要看这个国家的人以什么样的态度对待这些文明。以日本来看，它对西方文明是采取学习态度的，所以很快在物质层面变为一个强国，它是从教育开始，废除过去的教育，全面学习西方，建立从小学到大学的制度，没有老师从西方请，没有教科书翻译过来。经济方面也是这样。它跟中国一样有过殖民地和不平等条约，但它忍下来了，先发展自己改革自己。但它最初的学习也是片面的，在政治制度上没有认真学，它有宪法，1890年宣布宪法，但没有宪政，还按儒家的道德去教育青少年和军队，结果成为世界灾祸的根源，发动了战争，使中国和东亚各国乃至美国都受大害。所以一个国家要发展，就是要老老实实学习现代人类文明，所谓反对帝国主义那些方面，都是骗人的。当一些强国以不平等态度对待弱国的时候，应该批评应该反抗，但另一方面，主要一方面，好好学习先进的文化。

提问4：我有个认识，我们要解决与人类文明的接轨问题，解决当下中国的主要问题，有一个首要条件是中国民智的开启。所以提个老问题，自辛亥革命五四以来中国都面临一个怎么提高全民素质的问题，今天的论坛叫精英有约，但即使您这样的精英也不能解决全盘问题，还是要通过开启民智。您是一个德高望重的教育工作者，请你开出药方，中国人要开启民智要从哪些方面做起？

答：其实很简单，就是要使中国所有的知识阶层认识到中国是一个落后国家，现在不但经济落后，思想文化各方面也是落后国家，大家都来告别野蛮，告别落后，推动中国文明崛起。很难讲某方面，要全面做。比如办报的，很自然的，报纸天天都在启蒙，网络上也在天天做启蒙，但我认为最重要的，就是通过具体案例告诉大家哪些是错的。比如拆迁，随便侵犯百姓财产所有权，有些地方反抗，带来全面讨论，实际上进行了一个公民权利的教育。通过一个个案例，比如乌坎，讲怎么尊重农民的私产和权利。就是要这样。

提问5：有一个问题，世界有没有可能走向共同富裕，还是必须存在剥削与被剥削的状态？我们从小的教科书就教我们资本主义是赤裸裸的剥削，您刚才说资本主义要永远存在，那是不是永远存在剥削与被剥削？就好比欧洲那边的人那么懒，但他们生活得还那么好，而我们这么勤劳还挣扎在基本的生存线上。

答：这是过去错误教育的一个烙印。其实资本主义的发展，就意味着生活水平的逐步提高，过去说的羊吃人，绝对贫困化，都是错的，骗人的。世界经济史表明，从1750开始产业革命的一百年，大众的生活水平整个提高了一倍多。凡是资本主义所到之处，都带来生活水平的提高。中国改革开放以后，经济上采用了资本主义的经营方式，带来的是我们的经济生活水平落后还是提高？显然是大提高。所以这个观念是不对的。不要把资本家妖魔化，资本家发财以后，无论怎么花天酒地，他的财富满足了个人生活必需和消费以外，大部分是社会资金，带不走的。问题要从根本上想，这些资金交给官办企业经营增值快还是给私营增值快？肯定是私营经营的结果比官办好得多。所以过去那种观念就不对。假如一个富翁很吝啬，即使从不捐钱做公益，这个人对社会贡献也是很大的，因为他要交营业税，各种税，除此以外他的所得还要交25%的所得税，现在有没有纯粹意义上的私有财产？他要交那么税，他的所有相当部分是给社会做贡献的。我们长期以来吃狼奶，老是说资本家怎么剥削工人。资本家为养活工人所做的贡献我们过去不讲，当然工人为老板做的贡献也应该肯定，所以他们是利益共同体，有矛盾的一面，更大一面是利益共同体。我们现在要大力讲这一面，私有财产是不可消灭的，是人类自由的基础。同时资本主义越发展，劳动力的报酬就会提高，社会生活水平就会提高。所以不要将资本主义妖魔化。

另外讲西欧的问题，我们现在就要考虑这个问题，过度的福利，福利国家这条路是不通的。我们讲社会主义与资本主义融合了，甚至台湾、香港的社会主义比大陆多，加拿大和美国的社会主义也比我们多。但我们要很小心，不要过度福利化，福利太高就会染上西欧病，危害公民的长远利益。

提问6： 今天我印象非常深刻是您对历史的记忆，让我非常感动。我想问两个，一个对民营企业，企业家的原罪说，另外关于官员的财产公开，因为现在有个说法，应该宽以在前，严以惩后。想听听你对这个问题的看法。第二，关于国企改革，请教您对国企的改革，从人类文明的进程里看它目前是什么阶段，以后怎么进步？

答： 对财产怎么看。对企业家的财产，应该有个这样的态度，以前我们破坏私有制不对，改革开放后，恢复私有制，这个过程中有些违反当时的法律规定的，一点儿不奇怪，法律规定长途贩运就是投机倒把罪，不违法怎么赚钱？将税收提得很高，不偷税漏税怎么维持生活？所以，对私营资本家在恢复私有财产过程中的一些做法，我想应该过去从宽，从历史的眼光理解，不要随便追究。但对官员，我想有一条应该严格，贪污受贿不论什么时候做的，都是错的，不能从宽。但有些东西在历史条件下有规定，现在随便找碴是不行的。所以对官员的一些东西也应该按历史条件实事求是地处理，但今后除了制度规定以外，一定要洁身自好，千万不要去做错误的勾当。

另外对国有企业，我想全世界的国有企业90%以上都是办不好的，或者是表面上办得好，实际上浪费很大。办得比较好的国企是新加坡的企业，它是一个只有三四百万人的城邦国家，有严格的法治制度，对国企和官员的监督非常严厉，这种情况下它可以办好。除了这样的少数例外以外，多数都办不好。我们的"两桶油"表面好像很风光，其实很多浪费，很多做得不恰当的地方。最荒唐的是山东，一个破产的国企去兼并一个赚钱的民营企业。决策者没有知识，对整个历史趋势不了解，对私有经济没有正确态度，就造成这样的恶果。我想中国的国企也应该改革，第一步恐怕应该从股份制开始，把它变为一个大众企业，在股民的严格监督下可能会走向正轨。有人提出分给大家，是行不通的，还是要使之正常经营，但是股份化，使它全部的经营决策要在公众严格监督下。还有一条，银行，中国金融要改革，关键在这里，国家要增加贷款，大部分给了国有企业，结果形成国进民退的局面。假如一开始执政者是清醒的，知道希望在私营企业，将贷款的相当部分支持它们发展，情况就大不一样。这个问题，要长期来看，一定要走全世界共同的的道路，这是对社会主义很有利的一个措施和选择。不要再沉迷在社会主义和资本主义斗争的过时概念，两者已经融合了。这是最重要的一个观点。

向民间慈善组织大开绿灯的时候到了！

中国号称第二大经济体了，广东说是中国第一经济大省，但贫困随处可见，公益济贫制度仍然很不完善。像广东这样的地区，温饱尚未解决的人口很少了。问题多半出在家人有重病，家里无法负担；或者家里有无法自理甚至生活无法自理的残疾人，往往成为经济和精神上压垮全家人的重负。

不久前在广州发生的惨剧：一位母亲把两个照顾了13年的脑残儿子杀死，然后自杀（获救）。不是这个母亲没有爱心，而是经济和精神不堪重负。法院正在审判这位母亲。不过，在我看来，更应该接受审判的是我们的社会。每个成年公民和家庭应该自立。但是，有些出乎意料的困难和灾害，政府和社会有责任伸出援手。

到北欧旅游。他们的教育免费、医药免费，这是众所周知的旧闻了。给我留下深刻印象的是丹麦对残疾人的照顾。对这类人的照顾全部社会化了，而且费用全部由政府负担。根据这些残疾人的不同情况，有人定期上门服务。每年有专人陪同他们到各地旅游。最特别的是他们认为性生活是人的基本需要，因此，没有结婚的残疾人每月可以公款购买一次性服务。

这个国家对残疾人的照顾那么完善，当然同它的富裕息息相关。它只有五百五十多万人口，人均GDP四万五千多美元。不过，更重要的是它的政治制度。这个国家长期由社会民主党执政，政府是一人一票选出来的，不好好为人民服务，几年后就有下台的危险。因此，政府把国民收入28%多用于居民的福利。

恐怕没有什么人会那么脱离实际，要求中国的社会福利立即向丹麦或其他发达国家看齐。但是，作为发展中国家，我们的社会福利和公益事业也有很大改进的空间。

首先是对中小民营企业的服务应该做得更好一些。企业家办好和扩大企业是最大的行善。家庭就业人口增加，许多问题都会迎刃而解。离开珠三角，到粤东北、粤西和粤北走一走，举目皆是无法掩盖的相对和绝对贫困。几十年来广东省的头头脑脑都信誓旦旦要"改变广东贫困山区面貌"，大小进步总是有一点，但从根本上说实在成效不彰。关键在于这些地区企业经营环境不是那么好。

其次，政府改革的力度应该加大。一个公开透明的政府、服务型的政府，这是温家宝总理一再作出的承诺和各级政府机关的要求。落实这个要求，拓宽各种渠道，让公民可以随时随地监督政府和政府官员，行政费用和作秀工程的费用必然大大减少，贪污、浪费很难遁形，为公民直接服务的医药、教育等费用自然相应增加。

社会救助不能光靠政府，向民间慈善组织大开绿灯的时候到了。"人饥己饥，人溺己溺"是中国文化的传统，也是社会人的本性之一。可是，迄今民间公益事业的生长环境不是那么良好。民间慈善组织有些还处于半合法状态，特别是民间要办公募基金困难重重。大老板拿出大把资金办慈善当然是好事；升斗小民，口袋中有几块余钱,想捐给他或她信任的民间慈善组织,集腋成裘,更是没有什么危险的大好事。半官方的慈善机构垄断公益事业的思维早就应该抛弃了,更不要用阶级斗争多疑症的有色眼镜去看待民间慈善组织。

深圳开了一个好头,让壹基金落地注册了。应该把这类迟来的好事做到底,赶快让他们顺利公开募集资金。这类基金会与官办的慈善组织公开竞争,对双方改善服务都是大好事。

2011年6月17日星期五

刊登于《中国财富》2011年7月号第67页,

题目改为:"社会救助不能光靠政府"

中国转型的历史教训

　　社会转型，近几十年间各国有许多学者在研究，写出了好些有价值的专书。吉尔伯特·罗兹曼主编的《中国的现代化》（中译本，江苏人民出版社1988年版），以专门研究中国转型的开创性和全面性著称。本文从一个较小的角度探索这个问题。

　　从鸦片战争算起，一百七十多年了，中国社会转型尚未完成。跌宕起伏，盛衰交替，关键在如何处理三个重要关系：1. 与列强的关系。2. 贫富关系。3. 政府与民间的关系。不幸，传统和外来的极端思潮相继主导了转型过程，造成非常严重的后果。从特定角度看，这是思想杀人！创巨痛深，应该认真检视和反思。

一、与列强——发达国家的关系

1. 祸根在于华夷之辨根深蒂固。

　　在传统文化浸淫下，中国的知识阶层和统治者深信华夷之辨是不可逾越的信条，其他国家与本国不可能是平等的，更不理解他国的文明已超过本国。而历史课题是必须冲破这个思想桎梏，认识向西方学习是救国的不二法门，也是东方社会转型的唯一通道。

整整花了50年，直到甲午战败，主流社会才承认了这个严酷的现实。1895年7月19日，光绪皇帝要求各地督抚在内的大臣"详加披览，采择施行"的奏章：《顺天府尹胡燏棻条陈变法自强之道》写道："今日即孔孟复生，舍富强外亦无治国之道，而舍仿行西法一途，更无致富之术。"①

这是戊戌变法的先声，主流社会思想变迁的重要转折点。不过，历史包袱太沉重，还要经过义和团事件这一大劫难，朝野上下才幡然悔悟，接受这一常识。于是才有20世纪开头三十多年的经济持续较快发展，向工商社会转变的进程明显加快。

不过，好不容易摆脱了传统思想的羁绊，又出现了新的思想陷阱。

2. 反帝口号对转型过程的干扰。

20世纪20年代开始，一个新的排外思潮浮现：列宁的《民族殖民地提纲》和《土地问题提纲》传入中国，植下后来反复出现的左祸的思想根源。这些观念包括：

A. 极端片面地把阶级斗争和阶级矛盾绝对化，忽视各阶级有共同利益；与此同时，把作为现代社会基础的市场经济制度和企业家（所谓资本主义和资产阶级）宣布为消灭对象。

用《提纲》的话来说是："各国的无产阶级和劳动群众为……打倒地主和资产阶级""战胜资本主义"而"共同进行革命斗争"。

随着这些观念蔓延，资产阶级和资本主义成了负面事物，即使有所肯定，也是利用而已。

---

① 《光绪政要》卷二十一，第16页。

B. 在一个土地可以自由买卖、农民可以自由离开农村的国度宣扬没收富裕农民土地乃至消灭土地私有的思想。

"立刻无条件地没收地主和大土地占有者的一切土地"，"中立中农"与落后国家的资产阶级民主派结成"临时联盟"，夺取政权和建立国家"完全能够控制"的工业和大规模的集体的农业。

C. 苏俄（苏联）利益高于一切；通过苏维埃联邦制这一"过渡形式"和无产阶级专政，实现世界"完全统一"。为此必须认定"承认民族平等"和维护民族利益是"小资产阶级民族偏见"，要把同这种祸害的斗争"提高到首要地位"。

D. 贬斥现代社会的思想基础——自由、平等、民主，宣布这些都是"虚伪"的，反对"动摇到追求绝对的贸易自由和使用私有财产权自由那方面去"。宣布"要求平等的真正意义只能是要求消灭阶级"。于是 追求国家、民族平等和公民的自由、平等都是不容许的。

这些观点中国化的代表作，是漆树芬的《帝国主义铁蹄下的中国》（又名《经济侵略下的中国》，1925年孤军杂志社版）。此书出版之际，各方名流纷纷为之背书：

吴敬恒写道："故帝国主义虽古今为恶物，但今日之资本帝国主义，为已成熟之吃人主义，乃结晶于经济上。并非如古代在政治上萌芽之帝国主义，仅为殃民之主义也。"

唐绍仪说得更加尖锐："今日为我国上下其最感苦痛者，非此生活困难之问题乎？试问何以困难若此？即不外受外国工商业之压迫，遂致生计日蹙，糊口无方也。噫：'内乱不止，外忧何止？'……而内乱之来，多为外人唆使利用以助成之也。是则为我生存权之大敌，且足危及子孙而永难解脱者，半在内部之军阀，半在国际帝国主义之侵略也。"①

面对这样的局面，中国向何处去？郭沫若更以诗人的激情，开出凶猛的药方："我们目前可走的路惟有一条，就是把国际资本家从我们的市场赶出去。而赶出的方法：第一是在废除不平等条约；第二是以国家之力集中资本……这资本如以国家之力集中，这竞争力便增大数倍，在经济战争上，实可与之决一雌雄。是目前我国民最大之责任！"②

应该指出，这些为中国人勇敢指路的明星，都是无可怀疑的爱国者，但除唐绍仪外都没有办理公共事务的经验。他们的论断缺乏瞻前顾后的全面考虑，而不乏热情的想象。

漆树芬详细论证后得出的结论是："顾我国之经济……已受资本帝国主义层层束缚，万不能有发达之势。换言之，即我们欲使我国成为万人诅咒之资本主义国家，亦事实有不能也，遑论其他！……故我除一方联合世界无产阶级弱小民族，以抗此共同之敌；他方内部实行革命，使国家之公正得实现外，实无良法也。"③

如果这些只是少数激进者的愤懑，在多元社会中司空见惯。不幸，这些观点成了当时拥有武装的最大的反对党——国民党和初生之犊——中国共产党的纲领，掀起一场席卷大江南北的大规模战争——打着国民革命旗号的北伐战争，并以建立全国性的党国体制——国民政府告终。

他们的论断经受不住实际生活的考验。直至抗日战争前夕，20世纪的中国经济一直处在持续以较高速度发展的态势。"1936

---

① 漆树芬：《帝国主义铁蹄下的中国》，1925年孤军杂志社版序，第3、8—9页。
② 同上，第16页。
③ 同上，第452~453页。

年产业资本总额，关内与东北合计，达99.9亿元，为前一基期1920年的3.87倍。"①而从1894年至1920年，产业基本平均年增长率，外国在华资本为13.11%；本国资本为11.88%，其中私人资本则为13.84%。②

3. 民族自大理论的最新版。

经过一百多年的折腾，以改革开放特别是2001年加入WTO为标志，中国经济融入世界市场成了无法逆转的事实。不过，民族自大梦魇仍在思想文化领域兴风作浪，核心是以本国的传统文化对抗普适性的现代文化。在中国，则是一再捧出儒家和孔子，冀图把中国演变为儒教国家或不伦不类的所谓"儒家社会主义共和国"。

从方法论说，他们混同两个不同层次的问题：思想文化层次的儒学与社会制度的儒教化。

现代国家的思想文化必然是多元的，进入民国后儒学丧失了独尊地位。这是现代国家文化、学术自由制度的正常状态，是历史的大进步。可是有些儒教徒的心态不适应这个大变化。他们不顾儒学研究空前繁荣的现实，持续不断地攻击新文化运动摧毁了中国传统文化或打断了中国文化传统。

在社会制度层面，市场经济、宪政国家、法治社会、现代大学、多元文化等等，其基本原则是普适性的。多年来一些伊斯兰原教旨主义者不承认这一条，不但导致自己国家困顿，而且成为一些地区持续动乱的根源。某些儒教徒梦寐以求的目标，是把中国变为儒教国家。不管他们说得如何天花乱坠，实质都是冀图修改现代社会运行的基本规则，把儒教和儒教徒高踞其他公民之上。这是非常危险和错误的设计，也是其他公民无法接受的安排。比较坦率的蒋

① 许涤新 吴承明主编：《新民主主义革命时期的中国资本主义》，人民出版社1993年版，第721页。
② 许涤新 吴承明主编：《旧民主主义革命时期的中国资本主义》，人民出版社1990年版，第1047页。

庆设计的中国国家制度，规定自封的儒学大师以及所谓圣贤和皇帝的后裔，可以否决民选的众议院通过的决议。一个无可回避的质疑是：这些人为什么享有其他公民没有的特权？儒学又凭什么要高于其他民族的传统文化和其他学术流派？

近代中国历史证明，转型顺利或挫折的重要标志是如何处理与列强——发达国家的关系。

学习现代文明是落后国家救国的唯一通道。关键在是否承认文明差距。不幸，东方国家粉饰落后的借口很多：文明类型不同，没有先进、落后之分；内政不容干涉，如此等等。历史记录是：不学必然挨打。学皮毛必败（如洋务运动）。学一半必定给本国和世界带来大灾祸（如搞假宪政的明治维新）。

二、贫富关系

20世纪20年代后，历来的贫富差距喟叹演化为阶级矛盾不可调和的完整理论。你死我活剧斗多年后，只见贫穷普遍化，未见富裕生活和人间天堂降临。越来越多人幡然悔悟：思维方法片面化，只说阶级、阶层的矛盾冲突，不承认他们的利益高度重合，完全与实际生活不符，其后果则是惨绝人寰的灾难和折磨。

不过，在儒门"不患寡而患不均"的观念支配下，民粹主义在中国有深厚土壤。

吸取多年创巨痛深的教训，有几个基本观点必须牢固树立：

1. 富裕不是罪恶。只要守法，大财团、大富翁越多越好。

2. 强制瓜分现有财产无法导致富裕社会的建立和成长。产权保护是现代社会经济发展的基础；私有财产不容侵犯则是公民个人自由的基础。

3. 自由竞争是推动经济发展的主要途径。思想和言论自由则是文化艺术和科学技术必不可少的最低条件。须知"扩展人类自由是发展的首要目的,又是它的主要手段"。[①]

4. 公平的标志是创立机会均等的社会环境。教育机会均等是最大的公平。

5. 政府无可推卸的责任是建立全民社会保障和保险制度,适时救助弱者。与此同时,要为私人慈善事业的建立和发展扫除一切障碍。

三、政府与民间的关系

中国有悠久的民本传统。儒家为政的最高境界是君师合一,官员和士绅为师,他们是道德典范,理应清廉、公正,为民做主;百姓则要恭顺服从。不过,这些宣示只是书生的幻境,除了任何时候都有的少量清官外,道德外衣掩盖下的是腐烂的官场和对百姓的欺压。

辛亥革命后,民间社会迅猛发展,独立性强,在当时言论和结社自由的环境下,不但成为监督政府的强大力量,而且也是政治生活的积极参与者,个人、政党、商会和其他团体经常发表政见,制定和公布自己的宪法草案亦司空见惯。

进入20世纪20年代,儒家传统与苏联传入的党国体制相结合,构建了一个政府控制一切的威权体制,辛亥革命的成果被摧毁。

蒋介石教导麾下的党政军大员:

"总要晓得无论你做文吏,做军官,做团警干部或是办其他各种事业的人,凡为人之长上的人,就有教人的责任。不仅你直属的部下,就是你的学生,凡是归你管辖或是在你驻在地的一般民众,

---

① 阿玛蒂亚·森:《以自由看待发展》,中国人民大学出版社2002年版,第42页。

都要当做是你的学生。所谓'作之君，作之亲，作之师'就是这个意思。"①

《尚书·泰誓》上有句话："天佑下民，作之君，作之师。"管理和教育下民的君和师都是天为福佑下民而立。继承儒家君师合一的传统，蒋介石要求他的文武官吏为民之君、亲、师，其实这也是他的自我期许。独裁者在君临天下的同时，还要做民之父母和导师。

儒家传统是国民党转变为苏式政党的重要渊源，从而建构了一个政党和政府不分、社会受到控制的党国体制。人民共和国成立，社会受控程度变本加厉，民间社会的空间消灭殆尽。职是之故，从国民党建立全国性政权开始，恢复社会的独立性，把政府和民间社会的关系恢复到正常状态，成了中国转型的重要内容。

随着市场经济制度逐步巩固，民间社会也在逐步恢复。以广东为代表的民间组织的合法化和鼓励其发展成为这一领域的风向标。政府从领导和控制一切改变为公开宣布要与民间合作共治。

一个值得关注的理论和实践问题是：宗族组织在这个过程中能起什么作用？有些儒门子弟认为宗族组织的发展是中国民间社会和宪政制度的特色。笔者未敢苟同。随着城市化进程加快，宗族关系必然逐步削弱；而公民意识的强烈觉醒，个人独立性呈现，不同利益群体分化，新型结社必然取代宗族。后者多半是松散的联谊组织，不可能成为公民参与公共生活的主要渠道。

2012年5月5日星期六

2012年5月28日在复旦大学主办的《上海论坛》上宣读

---

① 蒋介石：《"全国总动员"的要义》（1935年9月10日），《总裁言论选集》卷五第763页，国民党中央训练委员会编，宣传部印。

入世：不可逆转的开放

中国参加WTO三年了。三年间，中国的GDP增长了25%，进出口总额翻了一番①，创造了罕见的历史奇迹，平息了不少反对的声音。此事的历史内蕴，值得反复玩味。

新世纪的界标

在我看来，中国参加WTO的首要意义，是中国选择了认同现代主流文化，决定融入全球化的市场经济。这是为中国走上持续、健康发展的正确道路选择，是中国历史的非常重要的转折点。

1999年，商家和媒体联手，炒作21世纪开始于2000还是2001年？我的答复是2001年。因为2000年，从历法上看不过是20世纪的第一百年。

如果有人再一次提出这个问题：我会又一次毫不犹豫地说：2001！

除了原有理由外，更重要的是2001年有两件大事分

---

① 《入世三周年 四问龙永图》，《南方周末》2004年11月11日。

别成了人类和中国历史大转折的标记。

这一年，人类编年史用鲜血凝成一行大字：2001年9月11日，恐怖分子劫持民航客机撞毁纽约世界贸易大厦，人类一场旷日持久的最后战争从此开始！如果不消灭贫困、愚昧和冲破狭隘民族主义的桎梏，彻底战胜恐怖活动是不可能的；而做到了这一条，爆发大规模的战争的可能性也就不大了。

这一年，中国人用喜庆的红色在自己的五千年文明史上写上：参加WTO，中国选择融入现代人类主流文化，走上和平发展的正轨！

两件事不是毫无关联的。

透过纷繁复杂的现象，那些恐怖活动实质是对经济全球化进程的极端反应。很多中国人都对恐怖活动很反感，但他们恐怕忘了，尽管表现形式不同，中国人同样对全球化过程有过极端的或者是莫名其妙的反应。从1793年的马嘎尼尔使团的遭遇到1900年的义和团，其中有多少令人哭笑不得的故事！最极端的莫过于义和团，洋人、信洋教的"教民"、学习西学的洋学生都要被砍头；一切洋货包括铁路、电线都要烧毁！而中国参加WTO则是历经一百多年的甜酸苦辣后，毅然抛弃分岔小道，理智地选择融入这一不可抗拒的历史进步进程。

这是非同小可的关系中国前途命运的选择。

对制度改革的大压力和大贡献

这个选择的另一重大意义是对中国改革的冲击。

苏联兴起和覆没不但是20世纪世界史最重大的历史事件之一，也是人类文明史上应该反复研究的大事。它留给人类不能忘记的教训之一，是应该摒弃反市场经济和反人性的计划经济。中国从20世纪80年代逐步引入市场经济机制，是中国能够从国民经济崩溃边缘的困境中走出来的决定性因素。15年的入世谈判，不但是不同国家各自维护自己利益的博弈，更是迫使中国完善市场经济体制的过程。批准中国参加WTO，不过是"与国际接轨"——按照国际规范改造社会运行机制的开端。

这个改造包括四大变革：

A. 经济运行机制特别是金融体制的变革。中国的市场经济远未健全，须要进一步摆脱过时观念和旧体制的残余束缚，作为现代经济核心的金融体制更面临非变不可的生死劫。

B. 司法体制变革。保障市场经济正常运作不可或缺的条件是法治。参加WTO要求独立、公正的司法体制的建立和健全。否则，不但经济发展会遇到难以突破的瓶颈，还会出现以腐败和官商勾结为特征的最坏的市场经济，后果不堪设想。

C. 信息流通体系的变革。大众传媒不能不面向大众，面向市场。无穷的莫名其妙的"保密"，不能不趋于透明。

D. 政府功能和运作方式的变革。"法治政府"，不管还要经过多么艰难、曲折的历程，已经是历史的必然指向。

这些改造十分艰难，但在条约义务特别是国家和地区之间激烈竞争的压力下，中国和中国境内各地区都成了没有退路的过河卒子。在市场经济条件下，资金、人才无国界，也无省界和其他地域界线，制度环境的好坏成了这些因素进入还是退出的决定性因素。逆水行舟，不进则退。这应该说是WTO体制给中国的大压力，也是大贡献。

推动维护社会稳定的方式转变

这个选择对中国社会稳定关系重大。

国内生产总值的提升和外贸大发展增加了就业人数，固然是对稳定的大贡献，更大的贡献是推动维护社会稳定方式的转变。这个转变表现在两个方面：

一是从自由竞争中求稳定。

诺贝尔经济学奖得主阿玛蒂亚·森说得好："自由不仅是发展的首要目的，也是发展的主要手段。""如亚当·斯密所说，交换和交易的自由，其自身就是人们有理由珍视的基本自由的一部分。一般性地反对市场，就像一般性地反对人们交谈一样荒唐"。可是，19世纪的官办企业，20世纪下半叶几十年间离开市场建工厂，时至今日不计成本的政绩工程遍地开花，都是资源垄断和经济自由在中国仍未得到彻底保障的表现。这是今日中国问题丛生的重要根源。不过，自由竞争带来的生机和垄断的恶果对比如此鲜明，许多人已经从中得到教益。

资源垄断、剥夺公民经济自由造成国困民穷，中国是历时最久、损失最大的国家。鸦片战争后60年间，日本明治维新成功，而大清帝国的洋务自强运动以失败告终，最重要的原因在公民有没有办企业的自由。20世纪的中国，仍然吃尽官府垄断经济资源、官员热衷指挥生产和其他经济活动，而公民的经济自由严重受损乃至被剥夺之苦。

参加WTO以后，自由不自由的快乐和痛苦如此鲜明，执迷不悟的人应该越来越少了。

最新的例子是：中国公民没有办电的自由，利益集团垄断，结果是全国范围电力供应紧张！

参加WTO之初，中国人最为担心的是：农业、汽车、银行等薄弱行业会不会被外国企业冲垮，从而威胁社会稳定？

三年过去，农业和汽车行业在发展，也没有其他什么行业因为参加WTO而衰落。

以农业来说，苛捐杂税多、土地产权不明确和市场化程度不高，这是制约中国农业发展的三大关卡。这些问题的实质主要是农民的经济自由权利没有得到充分保障。参加WTO以后，随着三方面的情况都有所改善，生机就开始显露。

汽车和银行的问题都在垄断和政府不恰当的干预，即经济自由在这里受阻。

一些民营企业为一张生产汽车的许可证而耗费了不知多少精力和岁月！不是中国人造不出汽车，而是权力在握的官员和已经先机在握、利益攸关的企业害怕竞争，硬要把胎儿扼杀在摇篮中。

中国四大国有商业银行由于官员办政绩工程、以权谋私和管理不善等原因，弄得不良资产居高不下，早就令海内外经济学家为之提心吊胆。中国的私人资本却没有办银行的自由。

好了，根据WTO条款，外资银行不但可以比较顺利进入而且即将享受国民待遇。兵临城下，迫使国有银行加快改革，也使民营银行有望冲破重重阻难破土而出。没有外资和民营银行的夹击，国有四大银行还会老牛破车，得过且过！但愿WTO条款约束带来的压力，转化为银行改革的助推器，帮助拆解可能造成经济大波动、破坏社会稳定的引爆器！

稳定方式另一转变是客观形势推动官员学会从尊重公民权利中求稳定。

在中国参加WTO三周年前后，各地陆续传来一些社会矛盾尖锐化的消息。怎么看待这些现象？市场经济的主体是有充分权利的现代公民。现代化过程就是由臣民社会向公民社会转化的过程。一些地方社会矛盾尖锐化，不排除有人无理取闹，更多的是公民依法维护自己的权利，而官员或是违反法律或政策侵害公民利益，或是用不正当手段对待公民，从而闹出事来。

没有法治就没有市场经济，通过解决这些矛盾学会依法施政，政府工作就会提高到一个新的水平，从而使社会稳定建立在一个新的基础上。不能依法施政，妥善解决矛盾，谁敢往那里投资，把资金往烈火中扔？社会生活在迫使政府进行从功能到行为方式的改造。在参加WTO后，这又是内外夹击条件下的改造。

不可逆转的开放

最后，这个选择从制度上确保开放不可逆转。

过去我们惯于说，中国贫穷落后两大根源之一是帝国主义或列强的侵略掠夺。可是，为什么同在列强欺压下，有些国家能够摆脱困境，而中国却依然故我？

回顾19世纪中国史，列强炮火给中国人的伤害固然不可忘记，自我封闭带来的灾难同样不可忘记。1816年英国使团再度到达北京，因英国公使拒绝行"三跪九叩礼"而被驱逐回国。嘉庆皇帝宽大为怀颁给英国的"敕谕"是这样写的："天朝不宝远物，凡尔国奇巧之器，亦不视为珍异……嗣后毋庸遣使远来，徒烦跋涉，但能倾心效顺，不必岁时来朝，始称向化也。"[1]最后一次平等交往的机会消失了。

20世纪快要结束了，中国人争得只差没有动拳头的问题是：凡事都要问一个"姓资还是姓社"！这与19世纪洋人挟船坚炮利打进来后争得不可开交的问题——能不能"以夷变夏"如出一辙！

21世纪，人们忧心忡忡说："2003年，我国外贸总额达8512亿美元，占GDP比重达61%……到2002年，外国在华投资企业的产品已占我国出口总额的52.5%。我国大部分重要出口产业中，外资企

---

[1] 王之春：《清朝柔远记》，中华书局1989年版，第170页。

业占据了绝对控制权。"对外依存度太高了!

　　首先,作为经济学的外行,我认为这样的统计方法是不可靠的。所谓外贸占GDP比重达61%是怎样算出来的? 2003年中国国内生产总值约11万7千亿元,人们把外贸总额与之一比,就得出这个结果。可是,国内生产总值是净产值,外贸总额是没有除去重复计算部分的总值,两者根本没有可比性。

　　其次,现在的统计方法是把港台资本算作外资,而且是外资的主要部分。他们是如假包换的中国人,而且其中不少是大陆资金绕道进来的"假洋鬼子"。

　　再次,这个局面是怎样造成的?它既是长期抗拒全球化、拒绝开放的恶果,又是被迫开放后"崇洋媚外"给外资超国民待遇造成的。如果真正落实经济自由,不给内资设置那么多障碍,这个局面会逐步改变的。香港从英资占绝对优势,到华人资本与英国和其他外资并驾齐驱,就是最好的启示。

　　自我封闭的壁垒害苦了中国。关起门来称王称霸,不愿接受现代文明的共同成果,这才是中国的致命伤。参加WTO对中国的重大意义之一是把开放作为不能违反的条约义务。对中国来说,这是医治痼疾的无可替代的良方。

2004年11月18日星期四

原载《经济观察报》2004年11月29日第38版

读 行 者

"读行者"是由中南博集天卷文化传媒公司精心打造的文化品牌，主张"从阅读走进现实"，立意为文本、作者和读者架造沟通交流平台，分享读书人对历史文化、现实人生的思考感悟，培育国民自由人格，推动公民社会进程。

读行者2013年1月成立至今，出版图书超过30本，其中包括：

- 文艺作品系列：《1980年代的爱情》野夫著/《青春，我们逃无可逃》康慨著/《十三亿种活法》宋石男著/《让"死"活下去》陈希米著/《徒步中国》雷克著/《身边的江湖》野夫著/《没有英雄的时代，我只想做一个人》大踏著/《空谈》狗子 陈嘉映 简宁著/《跑得远远的，一切都会好》袁田著/《我是落花生的女儿》许燕吉著 等。

- 社科历史系列：《缠斗》袁伟时著/《中国国民性演变历程》张宏杰著/《南渡北归》（全六册）岳南著/《帝制的终结》杨天石著/《多情却被无情恼：李商隐诗传》苏缨 毛晓雯著/《诗经密码》刘蟾著/《成长比成功更重要》凌志军著/《李鸿章传》梁启超著/《王安石传》梁启超著/《苏东坡传》林语堂著/《朱元璋传》吴晗著/《张居正大传》朱东润著 等。

欢迎关注读行者图书微信，加入读行者共同体，分享精彩文章，参加读书沙龙，与作者互动，或参与各种有奖活动等。

读 行 者